Florence Hinckel

Le brasier

MÉDIUM
l'école des loisirs
11, rue de Sèvres, Paris 6e

De la même autrice à *l'école des loisirs*

Collection Neuf

Renversante

Collection Médium

Renversante (y'a encore du boulot)

Loi n° 49.956 du 16 juillet 1949 sur les publications destinées à la jeunesse : janvier 2025
Dépôt légal : janvier 2025
Imprimé en France par Aubin Imprimeur à Ligugé

ISBN 978-2-211-34063-2

« Envolez-vous par le monde, et tirez-vous
d'affaires vous-mêmes, dit la méchante reine.
Envolez-vous comme de grands oiseaux sans voix. »
Les cygnes sauvages, *de Hans Christian Andersen**

* Paru en 1838 dans le recueil *Eventyr, fortalte for børn*. (*Contes de fées racontés pour les enfants.*) Traduction du danois par David Soldi, dans *Contes d'Andersen*, Librairie Hachette et Cie, 1876 (page 302).

— Partie 1 —

La méchante reine

Élisa

Elle aimerait distinguer ce qui se passe au-delà de l'au-delà de l'horizon.

Être une bouche qui embrasse le ciel et la mer.

S'allonger sur le monde et en sentir toutes les aspérités.

Humer le parfum des mers, des terres, des montagnes et des océans.

Elle a le corps menu de ses treize ans, mais aimerait engloutir le monde entier !

En attendant, elle écoute les vagues s'écraser contre la roche et mourir sur ses vêtements et sa peau. Au bord de la falaise, au milieu de la bruyère rose, verte et dansante, elle ouvre les bras et ses poumons. C'est si bon de respirer à fond.

Soudain, elle se raidit.

– Qui va là ?

Quelqu'un approche. Les herbes bruissent sous le poids d'un corps qui rampe. Elle tend l'oreille. Plusieurs corps.

Un frisson de peur et d'excitation la parcourt. Elle porte la main contre le manche de son couteau, prête à le sortir du fourreau fixé à sa ceinture. Elle aurait aimé posséder une épée, mais sa nourrice Gerda a refusé. Le couteau offert par sa mère adorée ne pouvait pas lui être confisqué, elle en aurait fait scandale, c'est sûr, alors Gerda a cédé.

La menace se rapproche de seconde en seconde.

Elle sourit. Ils sont si peu discrets !

Elle se retourne en une volte-face, avec un cri animal.

Onze garçons, en cercle autour d'elle, en sursautent de surprise et d'effroi. Ils bondissent sur leurs pieds, prêts à riposter.

– On aurait dit un goret ! s'esclaffe l'un d'eux.

Voilà qui donne le signal de la détente. Tous éclatent de rire avant de se laisser tomber dans l'herbe. Ils n'ont même pas d'arme, eux, rien que leur volonté de la surprendre, pour jouer.

– Mes frères, un de ces jours je vais vous blesser, si vous n'y prenez pas garde !

Aloys, Bernard, Clovis, Fulbert, Gontran, Lothaire, Norbert, Renaud, Théobald, Tristan et Urbain, les onze frères d'Élisa, tous d'une blondeur de blé, ne répondent rien. Ils savent qu'elle a raison. Elle est plus intrépide, plus vive et plus rapide qu'eux tous réunis.

Des bourrasques s'engouffrent dans le cercle qu'ils forment autour d'elle. Le regard de ses frères change. Elle le connaît et sait ce qu'il signifie. Gontran lui a dit un jour, avec ce même air de surprise émue : «Tu ressembles si farouchement à notre mère.» Sur le seul portrait qu'ils possèdent d'elle, ses cheveux auburn sont mêlés au vent, elle a le visage déterminé et les yeux minéraux. On dit d'Élisa, comme on le disait de sa mère, que ses yeux sont parcourus d'éclats de diamant.

Un soupçon de tristesse se fraie un chemin dans leurs poitrines. Leur mère si belle, si forte, si généreuse, emportée par un treizième accouchement, deux ans auparavant. Le bébé avait péri en même temps que leur maman. C'était une fille. Elle aurait dû être la seule sœur d'Élisa. Ce n'est plus qu'un trou dans leurs cœurs à tous.

– Écoutez ! dit Bernard. La cloche !

La sorofratrie porte attention au nombre de coups, puis à leur rythme.

– C'est un visiteur, conclut Aloys.

– Ou une visiteuse, précise Élisa, sourcils froncés.

Bernard et Lothaire sont déjà en train de courir vers le château pour en avoir le cœur net. Leurs frères et sœur le suivent à la même allure.

Brunehaut

J'ai envie de mourir.

En plus de cela, les cahots du carrosse me donnent la nausée.

– J'espère que vous saurez sourire devant le roi, ma chère enfant. Parce que, pour le moment, vous ressemblez à une morte.

J'ai une furieuse envie de fusiller* du regard mon père assis en face de moi. Avachi serait un terme plus approprié. Je déteste sa manière de s'étaler sur la banquette, comme si le monde lui appartenait. Il ne fait aucun effort de bienséance ni de propreté depuis qu'il vit seul avec moi. Il a pris

* Les fusils n'existent pas encore à cette époque médiévale, bien entendu ! Si l'expression « fusiller du regard » est utilisée ici par Brunehaut, c'est parce qu'il s'agit d'une traduction modernisée du récit qu'elle en aurait fait en langue d'oil (ancien français). D'autres termes modernes émaillent toute la narration au style direct ou indirect qui se déroule au Moyen Âge, pour la même raison.

son seul bain de l'année trois jours auparavant, en prévision de ce voyage. Il se tiendra beaucoup mieux en présence du roi Grégoire, pour sûr ! Ce sera un autre homme. Ma nausée s'accentue.

Le son des cloches me détourne de mes sombres pensées. Mon regard se perd par la fenêtre, vers la lande tourmentée par les vents. Je me sentirais enfermée si par malheur je devais vivre sur cette île. Mon père et moi, on y est arrivés au terme d'un trajet en bateau de plus d'une semaine. Quelle que soit la direction des promenades en ce lieu, c'est la mer hostile qui gronde au bout du chemin. De quoi suffoquer, surtout quand on ne sait pas nager. Or, je n'ai jamais appris à nager. Aucune fille n'apprend à nager dans ce monde-ci. Ni à courir. Ni à s'enfuir d'où que ce soit. On nous apprend au contraire à ne surtout pas bouger de l'endroit qu'on choisit pour nous.

Je me penche vers l'extérieur. Qu'est-ce donc que ces animaux-là ? Ils vont si vite, et si joyeusement ! Un, deux, trois… Douze. Dont un avec une crinière châtain tirant vers le roux. Ils se dirigent, comme le carrosse, vers le château situé en haut de la colline, au centre de l'île. Comme j'aimerais les rejoindre pour fendre l'air et sentir mon cœur éclater du bonheur d'aller vite !

– Brunehaut, ma fille, vous soupirez à nouveau. Par pitié, retenez en vous l'air de votre corps, c'est répugnant de nous le faire partager, et faites bonne figure ! Notre avenir en dépend.

Le vôtre surtout, vieux grigou... Mon père, qui est le seigneur méconnu de la minuscule contrée de Pontieu, n'espère qu'une chose : voir son blason redoré par une union royale. Je ne suis qu'une monnaie d'échange.

Quelle déception en arrivant à destination ! Mon père m'avait tant vanté la richesse et la splendeur du château de l'île au centre du royaume de Margelonne que je m'attendais à une vision enchanteresse. Cela aurait adouci les choses. Au moins cela. Or ce n'est qu'un bête château gris aux tours nues dont les douves sentent l'eau croupie. Les moustiques et les moucherons se disputent à la surface de l'eau verte, et des oiseaux ont niché dans les meurtrières négligées.

Une fois le pont-levis franchi, le carrosse s'arrête dans la cour. Je pose le pied dans la boue. Personne n'a daigné déployer de tapis pour épargner mes chausses. Je prends une forte inspiration avant de me diriger vers l'entrée du château, au bras de mon père. Finalement, ce n'est pas plus mal d'arriver avec le bas de ma robe entachée.

Avec un peu de chance, je ne plairai pas au roi !

J'ai enfilé ma robe la moins jolie, et coiffé mes cheveux de la manière la plus simple. Heureusement, je n'ai jamais eu ni dame de compagnie ni tutrice, parce que mon père se soucie d'économie. Personne ne peut donc m'obliger à me parer comme ceci ou comme cela.

Dans la salle du trône nous attendent le roi ainsi que ses douze enfants, tout échevelés, tout blonds, hormis la seule fille, auburn. C'étaient donc eux, ces animaux vivaces et véloces, sur le chemin ! Une pointe d'envie me transperce violemment le cœur. Ils ont les joues rouges et l'air sain de qui bénéficie d'une liberté totale en pleine nature. Cette liberté que je n'ai jamais eue. Mon père m'empêchait de tout faire, et d'apprendre quoi que ce soit. Les gardes et les domestiques de notre demeure lui servaient de mouchards. Je ne pouvais pas bouger un orteil sans que mon père l'apprenne.

Le roi Grégoire est donc peut-être une belle personne, pour laisser ce choix à ses propres enfants, même à sa fille ? J'ose enfin dévisager celui qui pourrait devenir mon époux.

Horreur !

Je tire sur le bras de mon père, pour qu'il approche son oreille.

– Ne m'abandonnez pas à ce vieillard, père, par pitié, il est plus vieux que vous ! Il a au moins un milliard d'années !

– Ne faites pas l'enfant, gronde-t-il en sourdine, vous croyez-vous si jeune et si fraîche vous-même ? Voilà quatre ans que j'essaie de vous trouver un mari, et que vous faites fuir chaque prétendant un par un, à cause de votre mauvais caractère. Si le roi veut encore de vous à votre âge avancé, on pourra s'estimer heureux. Souriez, que diable ! Poitrine en avant ! Montrez les atouts que vous avez encore… Pour bien peu de temps, croyez-moi. Oubliez-vous que vous avez déjà dix-sept ans ?

Je lâche son bras et m'éloigne ostensiblement, d'un mètre au moins. Mon père me dégoûte. Le regard du roi me révulse. Les mines gorgées d'air et de soleil des princes et de la princesse me donnent envie de les lacérer pour qu'ils connaissent enfin, eux aussi, la douleur et la frustration. Je déborde de haine. Puisse-t-elle m'enlaidir !

Je souris le moins possible. Je rentre les épaules et adopte mon regard le plus vide. Je ne peux pas montrer davantage mon aversion au roi. D'autres ont été condamnés à mort pour moins que ça. Malgré mes efforts pour paraître peu désirable sans sembler arrogante, les multiples rides du roi s'animent. Il paraît de plus en plus ravi au fur et à mesure que je m'avance vers lui. Hélas, je lui plais, cela saute aux yeux.

J'essaie de me réfugier dans mes souvenirs, pour supporter l'inéluctable.

Plusieurs images viennent à mon secours.

Les mains de ma mère, qui me caressaient le visage avec amour. Ses berceuses entonnées d'une voix si douce. Je ne me souviens plus de son visage, malheureusement. La tuberculose l'a emportée alors que je n'avais que trois ans.

Les fous rires de Catherine, ma meilleure amie, quand nous nous déguisions en garçons ou en paysannes. Nos confidences réconfortantes, à la lumière des bougies vacillantes, lorsque nous étions autorisées à dormir dans la même chambre.

Le visage de ce garçon lorsqu'il m'a embrassée, derrière les écuries et sur le foin des granges. J'avais réussi à vivre ces moments de joie et d'exaltation avec le fils du palefrenier, pendant une maladie de mon père, qui l'avait empêché de recueillir les potins de ses sbires. Le soir, je revivais les baisers en pensée comme j'aurais fait tourner une friandise dans ma bouche pour la faire durer.

Le regard bienveillant d'Arlan, le vieux guérisseur, qui me répétait : « Il émane de toi une lumière particulière, Brunehaut. Écoute ce que tu ressens, ce que tu sens, ce que tu pressens, et une grande force coulera un jour en ton âme. À toi de voir ce que tu en feras… »

Hélas, ce dernier souvenir me plonge dans le désespoir.

Une grande force ? Pour quoi faire ? Si je m'enfuyais d'ici, on me pourchasserait, on me retrouverait et on me punirait sévèrement. Si je me débattais, on finirait par me tuer. Il n'y a aucune issue autre que la soumission pour survivre… Mais survivre sans vivre pleinement, est-ce mieux que mourir ?

– Brunehaut ! Le roi te parle !

Retirée dans mes pensées, je n'ai même pas entendu qu'on s'adressait à moi.

– Plaît-il ?

Une exclamation collective et outrée s'élève de l'assemblée des courtisans et proches du roi. On ne répond pas ainsi au roi. Pas sans révérence ni autre signe de déférence. « Quelle insolente ! » fuse ici et là.

La phrase tourne autour de moi avant de s'éteindre quelque part sur le sol.

Le roi, pourtant, ne semble pas s'en offusquer. Il est sous le charme. Mais pas au point d'être envoûté, ce serait trop beau. Je pourrais alors le manipuler. On n'en est pas là, hélas, et cela n'arrivera sans doute jamais. Je reconnais en lui ce type d'hommes si narcissiques qu'ils ne sont gouvernés que par leurs propres désirs, et rien d'autre. Facile : comme mon père.

– Daignerez-vous dîner avec moi ce soir en petit comité ? Et rester ensuite plusieurs jours dans mon royaume, si le cœur vous en dit ?

Cette fois, j'ai le réflexe de me pencher en une profonde révérence.

– Ce sera avec grand plaisir, soufflé-je.

Je réprime une grimace. L'ère des mensonges a commencé.

Élisa

Quelle beauté ! Jamais Élisa n'avait vu de femme plus éclatante que Brunehaut de Pontieu.

Et pourtant, il en a défilé, des prétendantes, sans arrêt, depuis des mois. Cela a commencé dès le lendemain de la fin du deuil officiel du roi, le père d'Élisa, un an et un jour à peine après la mort de sa mère. « Il n'a même pas eu la décence d'attendre une seule seconde supplémentaire », avait grommelé Clovis, avant de se détourner pour dissimuler ses larmes. «Tout cela est politique, avait expliqué Gerda, leur nourrice, votre père doit nouer des alliances avec d'autres royaumes. Ne le jugez pas trop vite… »

Heureusement, les frères d'Élisa, eux, ont des cœurs d'or. Quand ils étaient petits, leurs questions désespéraient le roi. « Pourquoi ne partageons-nous pas nos richesses avec les pauvres ? », « pourquoi habitons-nous une si grande demeure alors qu'on serait aussi bien dans une maisonnette ? », « pourquoi doit-on donner des ordres à nos valets ? »… Leur père tempêtait, sûr que cela ferait d'eux de bien piètres monarques.

Et il a fini par se désintéresser complètement de ses fils, abandonnant tout espoir que l'un d'eux lui succède sur le trône. De toute façon, aucun n'en a jamais manifesté l'envie. Quant à Élisa, la question ne se pose pas : c'est une fille.

Une rumeur lancinante et sinueuse prétend que la reine Lisbeth serait morte par la faute de son époux… « L'enfant à naître ne peut pas être celui du roi, il est déjà si vieux ! » entendait-on sur les trottoirs encombrés d'étals et de passants, sans que l'on puisse deviner qui avait ainsi persiflé. Le bruit était arrivé jusqu'aux oreilles du roi. Il en aurait été si ulcéré qu'il aurait demandé aux médecins de s'en aller au pire moment de l'accouchement, prétextant un besoin d'intimité. En vérité, il aurait tout fait pour que l'enfant ne vive pas. Si la petite fille ne lui ressemblait pas, la honte serait insupportable ! Mais, ce faisant, il aurait dans le même temps condamné la mère. Un accident, en somme… Certaines versions de la rumeur, aigre et cruelle, racontent que le roi aurait contemplé le nourrisson mort, entre les jambes de la reine morte, et qu'il aurait reconnu à la pliure du coude droit une tache de naissance d'un bleu d'ardoise, et de forme étoilée. Exactement la même que la sienne, au même endroit de son propre corps…

Le jour de la mort de la reine a été suivi d'un mois entier de cataclysmes. Orages, tempêtes, tremblements de terre ont ravagé les récoltes et plongé le royaume dans des difficultés dont il a mis des années à se remettre. On dit que ces manifestations furent provoquées par la fureur de la fée

Morgane, qui était très amie avec Lisbeth. Mais les esprits les plus rationnels rejettent l'existence même de cette fée, que l'on dit imaginée par les opposants au roi, désireux d'affaiblir son pouvoir en inventant une rivalité supérieure.

Élisa n'arrive pas à croire que son père puisse être cruel à ce point. Il est capable de condamner à mort tout sujet qui lui déplairait, certes, ses colères sont froides et suivies d'effets effarants, c'est vrai, mais elle ne le croit pas capable d'une telle manœuvre envers sa propre épouse. La mère de ses propres enfants. Elle ne veut pas y croire. Elle a envie de l'aimer, son père, puisqu'elle n'en a qu'un.

Elle arrive même à comprendre qu'il veuille se remarier aussi vite. Tout le monde a besoin d'amour en ce monde. À tout le moins, de compagnie. Il a renvoyé chez elles tellement de prétendantes qu'il ne peut pas être motivé par la seule urgence de briser sa solitude. Certes, elles étaient toutes laides ou vieilles ou les deux, mais il attend certainement de trouver celle qui sera à la hauteur de sa pauvre femme décédée.

Et voilà Brunehaut de Pontieu. Elle rayonne autant que si elle avait avalé une dizaine de bougies. Des ondes puissantes, mouvantes et tournoyantes, semblent l'entourer. Son regard, arrogant et fiévreux malgré de visibles efforts pour le baisser ou l'éteindre, ne peut être que celui d'une personnalité forte et indépendante. Ses yeux sont d'un violet foncé changeant, et ses cheveux d'une noirceur d'ébène.

Jamais Élisa n'a connu personne possédant une telle présence.

Au dîner, les deux pères s'entendent tout de suite parfaitement, pour parler ripaille, femmes et guerroiements, les trois piliers du plaisir de ces messieurs… Voilà ce que signifiait « petit comité » : la nouvelle famille, pour ainsi dire. Durant tout le temps du dîner, Élisa observe Brunehaut de Pontieu. Elle reste silencieuse et droite. Elle semble absente, et mange peu. Comme chacun l'a prévu, la fin du dîner se conclut par une demande en mariage.

– Monseigneur, m'accorderiez-vous… commence le roi.

– Oui ! Oh, quel plaisir vous me faites là ! répond le père de Brunehaut.

Fulbert murmure :

– Ils n'ont qu'à se marier tous les deux ensemble, puisqu'ils ont l'air de si bien s'entendre.

Les dix autres frères pouffent. Élisa hausse les épaules. Brunehaut semble de marbre. Ou de glace. Elle ne laisse rien paraître. Pas un frémissement. Mais l'air vibre. Si fort qu'Élisa doit s'accrocher à la table pour ne pas basculer en arrière. Leurs deux pères se taisent. Se tiennent l'un à l'autre, ébranlés. Les frères se serrent les uns contre les autres, en un bloc : leur manière à eux de traverser toute épreuve quelle qu'elle soit.

– Qu'était-ce donc que cela ? demande le roi Grégoire une fois que l'onde est passée.

– Cela ressemblait à un tremblement de terre, répond messire de Pontieu.

– Ça n'en était pas un, tranche Brunehaut.

– Qu'en savez-vous, insolente ? répond son père.

Elle se contente de lui lancer un regard furieux. Elle ne prend plus du tout les précautions qu'exige la bienséance. Élisa est fascinée par cette audace. Même elle, la fille la plus libre du royaume, n'ose pas pareil comportement en présence de son père.

Cette fois, seuls les deux hommes paraissent vibrer de l'intérieur. Leur teint pâlit, et leurs paupières se mettent à clignoter. Cela leur ôte toute envie de poursuivre la conversation.

– Je crois que j'ai trop bu, déclare le roi.

Le seigneur de Pontieu répond par un rot étouffé.

Ainsi se termine le dîner.

*

* *

– Qu'est-ce que ça va changer pour nous ? demande Norbert en poursuivant une oie dans la cour.

Le jour du mariage est arrivé, à peine deux jours après la demande. Élisa et ses frères se sont réfugiés près des abris, auges et auvents réservés aux animaux de la ferme, pour échapper à l'ébullition des préparatifs. De toute façon, Gerda les a quasiment mis dehors, pour ne pas les avoir dans les pattes.

– Qu’est-ce que ça va changer pour elle ? demande Élisa tout haut.

– Pour Brunehaut de Pontieu ? rétorque Renaud. Il n’aurait rien pu lui arriver de mieux : elle va devenir reine ! N’importe quelle femme rêverait d’être à sa place.

– Tu crois vraiment ?

– Oui, je le crois. Mais nous, ça peut nous pourrir la vie, si jamais elle se pique de tout régenter. Et ma foi, elle n’a pas l’air facile !

Un mauvais pressentiment traverse Élisa tout entière. Elle enserre le corps chaud de son gros chien Fidèle, tout en lui murmurant des chansons. Le mastiff participe aux chasses du roi, mais le reste du temps il tient compagnie à la petite fille. Elle adore son odeur d’herbe, de foin, d’écume et de forêt, tout cela dans les narines en une seule inspiration.

Théobald réussit à attraper l’oie, qui se débat si fort qu’il en tombe par terre. L’animal s’échappe en cacardant.

Élisa rit avec ses frères. Elle leur raconte quelques blagues car elle adore susciter leur amusement, puis lève la tête vers la fenêtre de la chambre de Brunehaut de Pontieu. Elle croit voir sa silhouette droite comme une corde tendue du sol au plafond. Mais l’ombre disparaît bien vite.

Doit-elle craindre ou plaindre sa future belle-mère ?

« Peut-être les deux à la fois », lui souffle le vent.

Brunehaut

La noce est fastueuse, comme il se doit pour une noce royale.

Danseuses, troubadours, fous, bouffons, acrobates agitent voiles, mots, notes devant une assemblée joyeuse et gourmande. Hommes et femmes ont bientôt le visage luisant du gras des gibiers. Le vin en fait grimper quelques-uns sur les tables. Les retenues se débrident. La nourrice Gerda envoie les enfants se coucher avant que cela ne vire à l'orgie.

Moi, je ne peux pas bouger. J'aimerais m'enfuir, ou au moins sortir prendre l'air, mais je suis surveillée de près par celle qui est déjà ma nouvelle « dame de compagnie ». Hilde est une femme des contrées du Nord, dont il est impossible de deviner l'âge. Sa poitrine et ses fesses rebondies vous sautent aux yeux, et on a envie de se blottir contre cette chair abondante, cependant on est vite retenu par une mâchoire serrée et un regard d'une dureté de plomb. Elle a un front large mais un menton minuscule. Ses cheveux bruns sont parsemés de fils grisâtres. Elle me terrifie, moi qui n'ai pourtant pas peur de grand-chose.

Oh si, il y a bien quelque chose dont j'ai peur, bien davantage que de Hilde. J'ai peur du moment où le roi me demandera de venir dans sa couche. Voilà qui est au-delà de la peur, côtoyant les régions des rumeurs et de l'inconnu. Impossible d'en dégager une idée claire parmi le fatras de fanfaronnades masculines et de silences féminins, subis, résignés ou prêts à faire imploser les femmes de fureur…

*

* *

La chambre du roi. Nous y sommes. J'y resterai, quand Hilde aura fini de me dévêtir. J'ai osé demander à une jeune lingère ce qui m'attendait. J'ai exigé qu'elle soit honnête. Je ne m'attendais pas à ce qu'elle éclate en sanglots. J'aurais pu tomber sur quelqu'une qui aurait eu une meilleure expérience de la chose, mais elle n'en avait eu que de mauvaises. De toute manière, qu'il soit doux ou qu'il ne le soit pas, je n'ai aucune envie que le roi me fasse ce que cette lingère a décrit. Je ne veux pas, je ne veux pas, je ne veux pas.

Pourrais-je m'échapper par la fenêtre ? Non, c'est le vide qui m'attend et, en bas, les douves malodorantes. Par la porte ? Des gardes y veillent, nuit et jour, avec consigne de ne pas me laisser sortir. Ils sont costauds, bien plus forts que moi. Je ne ferais pas le poids, d'autant que le château grouille d'autres hommes qui ne me laisseront pas partir.

Parviendrais-je à les duper par la ruse ? Tous ? C'est illusoire. Mais j'essaierai, oui, j'essaierai dès que j'entreverrai une possibilité, si mince soit-elle.

– On dirait que vous allez à un enterrement, fait remarquer Hilde avec sévérité.

– C'est pire que ça. Comme si j'allais vers ma propre mort.

La gifle fuse. La douleur est fulgurante. Hilde possède des mains comme de larges plateaux. J'en tombe sur le lit. Une goutte de sang imprègne le beau linge blanc. Je porte la main à mon nez puis en contemple la paume rouge.

– Petite imbécile, assène Hilde. Enfant gâtée ! Vous allez devenir reine, réalisez-vous le pouvoir que cela va vous donner ?

Je me redresse et la transperce du regard.

– J'en userai pour t'exiler, voilà la première chose que je ferai, espèce de vipère !

– Ce serait une grosse erreur. Je connais tout le monde ici, et chacun me respecte. Je pourrais devenir votre meilleure alliée, si vous faisiez preuve d'un peu de jugeote !

– Pourquoi est-ce que tu deviendrais mon alliée ? Quel intérêt en tirerais-tu ?

– Vous croyez peut-être que le roi me traite bien ? Je travaille jour et nuit pour le servir et il me paie juste assez pour que mes petits ne meurent pas de faim.

– Tu… tu as des enfants ?

– J'en ai six. Ils vivent sur le continent avec ma sœur.

Je n'ai même pas le temps de les voir. Madame me le permettait deux fois par mois, mais maintenant qu'elle n'est plus là…

– Je vois… Tu attends de moi le retour d'une vie un peu plus clémente.

– Je peux largement adoucir la vôtre en retour. Mais, pour avoir les coudées franches, vous devez gagner la confiance du roi.

– Ça implique de le laisser me… me toucher et me…

J'ai un haut-le-cœur.

– Vous n'avez pas le choix, réplique Hilde sans émotion apparente. Et vous n'en mourrez pas.

Sur ce, elle quitte la pièce.

Je reste le regard rivé sur la goutte de sang absorbée par le drap immaculé.

Élisa

Il y a tant de mystères en ce monde. Par exemple : peut-on vivre en étant morte à l'intérieur ? Élisa se pose sérieusement la question alors qu'elle observe la reine Brunehaut en se racontant tout haut des histoires, juchée sur un ballot de foin dans la cour.

Cela fait maintenant un mois que sa nouvelle belle-mère arpente les couloirs du château tel un fantôme. Elle qui était si éclatante à son arrivée n'est plus qu'une ombre. Sa présence vibrante et puissante semble avoir été anéantie par le mariage. Elle reste longtemps sur le toit de la plus haute tour, droite comme un if, résistant aux bourrasques, paraissant espérer qu'elles la déracinent et l'emportent loin de cette île âpre et tumultueuse.

Élisa, elle, aime cette île. Elle en chante les légendes avec gourmandise. Elle a très envie d'aller explorer ce qu'il y a au-delà, très loin d'ici, mais elle reviendra toujours à Margelonne. Elle est sûre de ne pouvoir être heureuse nulle part ailleurs, et a du mal à comprendre qu'on puisse ne pas s'y sentir bien. Elle a envie de crier à la nouvelle reine : venez courir dans la lande à en perdre haleine, venez humer le parfum de la bruyère cendrée, de la callune rose ou des ajoncs couleur d'or capiteux à en mourir, venez emplir vos poumons d'iode jusqu'à sentir votre cœur éclater, venez vivre là où palpitent les abords du monde, que diable ! La vie explose dans tous les recoins de ce royaume, et vous, vous persistez à détourner les yeux.

– Elle se laisse mourir, confie Gerda à Élisa.

– Qu'est-ce que tu dis ? Aïe !

L'aiguille qu'Élisa manie avec force soupirs lui semble parfois avoir une vie propre. Elle déteste la broderie, mais sa nourrice lui assure que c'est un art à maîtriser pour une jeune fille de son rang. Elle est aussi obligée de suivre des cours de harpe, de luth et de chant. Cela ne l'ennuie pas, elle aime faire œuvre de précision et de musique, mais elle aime aussi poser des questions, et en écouter les réponses. Elle voudrait, en plus de cet enseignement artistique, suivre des cours de sciences ou de philosophie. Elle brûle également de savoir le nom des plantes et d'où viennent les étoiles.

– Se laisser mourir ? Qui ça ? Et comment ? demande-t-elle en portant à sa bouche la goutte écarlate qui pointe à la pulpe de son doigt.

– Chhhut, pas si fort, jeune écervelée, la gronde Gerda. La reine Brunehaut. Elle ne se nourrit plus. N'as-tu pas remarqué qu'elle n'avait plus que la peau sur les os ?

– Elle est donc bien malheureuse…

– Hélas ! Quelle tristesse de laisser sa vie fuir ainsi quand on est si jeune, et qu'on n'a même pas à lutter pour sa survie. C'est du gâchis.

– Qu'en dit Hilde ?

– Ah, cette vieille carne ! J'imagine qu'elle ne doit pas beaucoup aider sa reine.

– Qu'est-ce qu'on peut faire ?

– Je l'ignore. Madame n'autorise personne à l'approcher. Il n'y a bien sûr que le roi à qui elle ne peut l'interdire. Mais tu sais à quel point il est peu doué pour le réconfort. Voire même…

– Voire quoi ?

– Rien, mon Élisa. La vie de couple n'est pas toujours simple, tu sais.

– J'aimerais que mon père soit différent. Il est si…

– Tais-toi donc ! C'est le roi, je te le rappelle. Il n'hésite pas à couper la tête de quiconque le critique, comme tu ne l'ignores pas, et que tu sois sa fille ne fera pas de différence.

Élisa se jette contre Gerda pour l'enlacer.

– Heureusement que tu es là, ma bonne nourrice.

Gerda a un doux sourire en serrant fort sa protégée.

– N'exagère pas, Élisa, tu n'as pas moins de onze frères qui t'aiment tous tendrement. Tu es entourée d'amour !… Allons, tu as assez brodé, cours te défouler. Je sens bien quand les jambes te démangent !

Élisa embrasse la bonne joue chaude de Gerda, lui souffle un « merci », et court au-dehors.

Elle n'a que l'embarras du choix pour trouver un compagnon de jeu ou de loisir, parmi Aloys, Bernard, Clovis, Fulbert, Gontran, Lothaire, Norbert, Renaud, Théobald, Tristan et Urbain. Cette fois, ce sont Lothaire et Norbert, tout prêts à monter leurs chevaux préférés pour parcourir la lande. Lothaire a un véritable amour des chevaux. Norbert a celui des promenades.

Élisa se délecte de vitesse et de vent, agrippée à la bride d'un cheval brun, Lothaire et Norbert à sa suite.

Ils s'arrêtent sur le port de l'île. Les frères et la sœur aiment y observer la réfection des bateaux, leur mise à l'eau, et le retour des pêcheurs aux tuniques perlées d'écume. Ils échangent quelques mots avec Éric, le jeune charpentier au regard sombre sous une tignasse blond cendré. Avec ses longs doigts fins et sa silhouette d'adolescent, il paraît étranger à ce monde du travail, harassant. Il semble comme déposé sur ces quais par accident. On l'imagine davantage lire ou écrire ou composer de la musique, loin des cordages et des filets. Élisa et ses frères ont fait sa connaissance lors de cours de luth donnés par le père d'Éric. Son fils l'accompagnait souvent, mais le père est mort de phtisie l'hiver précédent. Le professeur qui l'a remplacé est un vieux grincheux sans grâce ni sensibilité, et Éric n'a plus aucune raison valable de pénétrer au château.

Alors que le garçon écoute avidement Norbert lui raconter ce qu'il a appris en cours de latin dernièrement, le contremaître l'appelle avec rudesse, jugeant qu'il bavarde trop longtemps.

– Je dois y aller. Tout le monde n'a pas la chance d'être prince ! Moi, je dois gagner mon pain et permettre à ma mère de garder un toit au-dessus de sa tête.

– Et princesse ? demande Élisa. Tu aurais aimé ça, être une princesse ?

– Tout plutôt qu'être pauvre. Même être fille, ça m'aurait été, s'il s'agissait d'une fille riche. Mais c'est trop tard, n'est-ce pas ?

Il lance à Élisa un regard complexe, plein de résignation et de pitié tout à la fois. Que pense-t-il d'elle ? Ne pas le savoir lui fait un peu mal. Peut-être qu'il la méprise.

*
* *

Une fatigue inhabituelle s'abat sur Élisa lorsqu'elle ramène son cheval à l'écurie. Elle n'a même pas la force de se murmurer une seule histoire pour se réconforter. C'est comme si du plomb avait coulé dans son sang. Elle passe une main sur ses cuisses pour les désengourdir. Et court dans ses appartements, le plus vite possible, ignorant son chien Fidèle qui veut jouer avec elle.

– Quelle mouche te pique donc, sœurette ? lui lance Lothaire.

– Fiche-moi la paix ! Et toi aussi, Fidèle, laisse-moi !

Son cœur bat à se rompre alors qu'elle cherche Gerda. Elle la trouve dans la buanderie en train de plier du linge, et se jette contre elle pour la serrer.

– Ma chère nourrice, je vais mourir !

– Mais qu'est-ce que tu me chantes là, Élisa ?

– Je suis atteinte d'une terrible maladie. Regarde !

Elle ouvre la main, paume vers le ciel. Elle est rouge sombre.

– Du sang coule de mon corps. Je saigne sans raison ! Lorsque le père d'Éric a craché du sang, il n'a pas tardé à mourir. J'ai une variante de cette affection, c'est sûr…

Gerda la serre encore plus fort que tout à l'heure, avant qu'elle ne chevauche jusqu'au port, ce qui achève de la convaincre qu'elle vit là ses dernières heures. Mais la nourrice lui prend les épaules pour lui faire face.

– C'est tout le contraire, jeune fille. Tu ne vas pas mourir, tu vas vivre.

– Mais le sang…

– Le sang n'est pas toujours signe de mort. Il est même très souvent signe de vie, lorsqu'il s'échappe de nos corps. Ce sang-là qui coule entre tes jambes est le signe que tu grandis correctement. Cela arrive à toutes les petites filles.

– Je ne comprends rien.

Gerda entreprend de lui expliquer tout ce que sa mère lui aurait appris si elle avait été encore de ce monde. Elle lui montre les linges qu'elle devra désormais porter, coincés dans une culotte de coton, dans les périodes où cela arrivera. Tous les mois, désormais, elle saignera. Et même si ce n'est absolument pas pratique, elle devra accueillir cela avec reconnaissance.

– Tu es en bonne santé, mon Élisa ! C'est tout ce que cela veut dire ! Réjouis-toi.

Brunehaut

–Vous êtes d'une rare stupidité, ma reine.

Je pourrais condamner Hilde à mort pour ces propos… mais je n'en ai pas la force.

J'attends que la vie s'écoule de moi jusqu'à me quitter tout à fait.

Il ne me reste qu'un seul sentiment vivace : une haine farouche pour le roi. Cette haine est teintée d'un dégoût froid. Ses baisers me révulsent.

Le roi, mon mari, produit sur mon corps des baisers égoïstes. Je ne savais même pas que cela pouvait exister. Des baisers qui n'ont pas d'autre but que de faire plaisir à celui qui les fait, sans se soucier de celle à qui ils sont adressés.

Le roi, mon mari, me fait l'amour sans amour. Il le fait avec brutalité lorsque j'ai le malheur de montrer que je n'en ai pas envie. Il vaut mieux faire la morte. Et c'est à force de faire la morte que j'ai fini par tant désirer l'être vraiment. Être morte, au moins, ne demanderait plus aucun effort.

– Hilde, tu dépasses les bornes, le sais-tu ? réussis-je à dire avec difficulté.

Je suis devant la fenêtre, comme souvent. La lumière du jour est la seule chose qui me relie à la vie. En bas, les plus jeunes des princes jouent aux chevaliers et aux brigands de grand chemin. Les plus âgés discutent en riant gaiement. Leurs éclats de voix brillent d'insouciance. Élisa est parmi eux.

Je l'envie. Je ne peux pas m'en empêcher. Elle représente ce que je ne suis plus : une fille à qui son corps appartient. Et tout ce que je n'ai jamais eu la chance d'être : une fille libre d'aller où elle veut. Elle a une chance insolente, et ne semble même pas s'en apercevoir.

Mais, depuis peu, elle a changé. Son comportement n'est plus tout à fait celui d'une petite fille. Il lui arrive encore de jouer et de rire et de parler, parler, parler, elle est si bavarde, mais elle est plus souvent plongée dans de profondes réflexions, la tête posée sur son chien.

– Vous êtes la reine, poursuit Hilde, et le roi est satisfait de vous depuis que vous ne lui résistez plus. Vous êtes en position d'exercer votre pouvoir. Ne le voyez-vous pas ? Au lieu de cela…

Je retiens un cri de rage.

Je repense à ce moment où sol et murs ont tremblé, en écho à ma fureur, en voyant mon père et mon futur mari s'entendre si bien pour faire de moi ce qu'ils voulaient et rien d'autre. J'ai su, alors, que c'était moi qui avais provoqué cela. Pourtant, jamais auparavant une chose pareille ne s'était produite. Mais jamais auparavant non plus je n'avais ressenti une telle injustice à mon encontre. Comment avais-je fait ? J'aimerais le savoir ! Car je pourrais alors reproduire cela quand je suis dans la chambre du roi, pour l'effrayer, et pour qu'il me laisse tranquille. Mais je n'y ai jamais réussi à nouveau.

Exercer mon pouvoir ? Hilde ne sait pas de quoi elle parle.

– Tu ne comprends rien, pauvre femme ! Crois-tu que ne plus résister au roi est un choix de ma part ? Ou pire, un calcul ? Crois-tu que cela ait pu me rendre plus puissante ? C'est tout le contraire ! Et quel pouvoir crois-tu que je puisse avoir envie d'exercer en échange ? Ha ha, en échange ! Comme si on avait conclu un marché, ce monstre et moi. Je suis anéantie, Hilde, cet homme m'a pliée, comment ne comprends-tu pas cela ? Je n'ai plus envie de rien, toute force et toute volonté m'ont été ôtées. Je passe mes journées l'esprit occupé par une seule chose : la terreur du soir. Si j'avais un quelconque pouvoir à exercer, ce serait pour mettre ce porc hors d'é…

– Prenez garde à vos paroles, ma reine. Le roi reste le roi, même pour vous.

– C'est bien ce que je me tue à te dire, vieille bique !

– Cessez de vous tuer, ma dame. C'est toujours la vie qu'il faut choisir.

Son ton me surprend. Il est plus doux que d'habitude, alors que je viens de l'insulter. J'ai envie de me retourner pour voir l'expression du visage de Hilde, mais j'ai le regard accroché par autre chose.

Le roi.

Il est lui aussi posté devant une fenêtre. Celle de ses propres appartements, juste en face. Je ne l'y ai jamais vu, auparavant. Il a toujours eu autre chose à faire qu'à rêvasser en regardant au-dehors. Mais que fixe-t-il donc ainsi ?

Avec ce petit sourire gourmand ?

Voire concupiscent ?

Et ce regard brillant…

Cela ne peut pas être ?…

Un coup au cœur.

Dans la ligne de mire du roi se trouve… sa fille Élisa.

*

* *

Je m'intéresse plus à Élisa que je ne l'envie, désormais.

L'envier n'était pas si désagréable. C'était contempler une forme de bonheur, même s'il ne m'était pas donné. Cela a quelque chose de rassérénant de voir quelqu'un être pleinement heureux, même si on est soi-même si malheureuse. Mais même ce bonheur-là est menacé, à présent.

Certaines phrases du roi prennent un sens particulier.

« Cette enfant ressemble de plus en plus à sa mère », dit-il parfois d'un air détaché.

« Elle a hérité de sa beauté », peut-il lâcher par moments.

« Ma foi, c'est désormais une jeune fille, et plus une enfant », fait-il remarquer au détour d'une conversation.

Et puis, il fait en sorte qu'elle s'approche de lui. Ou lui, de s'approcher d'elle. Pendant les veillées, il se presse contre sa fille, caresse sa joue ou sa cuisse. Cela pourrait passer pour de l'affection paternelle chez un père ordinaire, mais il n'a rien d'ordinaire. J'ai cru un temps que la liberté dont bénéficient ses enfants pouvait être la conséquence d'une grande générosité paternelle. Elle n'est due, en réalité, qu'à une magistrale indifférence. Il ne s'est jamais occupé d'eux. En plus de cela, le roi a l'habitude que ses désirs soient des ordres, quel que soit l'ordre de ses désirs. Cet intérêt subit pour sa fille n'a donc rien de naturel. Et il a tout d'inquiétant.

Je me remets à manger, pour reprendre des forces. Je souhaite rester attentive à la situation. La vigueur me revient, mais aussi d'étranges visions…

*
* *

Un soir, le roi, mon mari, allongé à mes côtés, me caresse la cuisse, la hanche, le ventre. J'essaie de ne pas trop me crisper, pour qu'il ne lui vienne pas des idées de brutalité. Je m'efforce de penser à autre chose. Convoque un état de dissociation qu'il m'est de moins en moins difficile d'atteindre. Je laisse mon corps là, pendant que mon esprit s'échappe le plus loin possible. Le rêve de baisers partagés s'éclaircit, je me colle contre le visage, le torse, le flanc, les cuisses, les jambes, les bras d'un garçon attentionné, chimère de mon invention, et je cherche ses yeux doux. Parfois je charrie avec moi, ce faisant, des dizaines voire des centaines d'autres femmes dans le même état. Elles sont toutes étonnées d'être ici, ensemble et légères. Elles ont toutes l'idée d'une chaleur à rejoindre : une peau, une compagnie, une odeur, une couleur, une étendue sableuse, une clairière ensoleillée, un nuage ou une créature fantasmagorique et aimante. J'aimerais rester là, parmi ces compagnes silencieuses, mes sœurs de transe, mais le roi susurre à mon oreille.

–Vous tomberez rapidement enceinte, ma douce, je n'en doute pas une seconde.

Cette seule perspective me donne la nausée.

–Vous savez, poursuit-il, jusqu'ici j'étais un peu affolé à l'idée que vous mouriez en couches. C'est hélas si courant !

Je me garde bien de répondre quoi que ce soit, de peur d'entendre la suite des pensées tordues de mon mari. Hélas, il les énonce tout de même.

– Mais aujourd'hui je me sens plus serein. Si vous veniez à mourir, il y aura toujours une présence féminine à mes côtés. Comment n'y avais-je pas songé auparavant ?... Ma douce Élisa sera toujours là pour moi.

Je me redresse, tremblant de comprendre ce qu'il y a à comprendre.

– Toujours ? Que voulez-vous dire, mon bon ami ? Un jour, Élisa se mariera et quittera votre royaume pour celui de son promis.

– Et j'en mourrai de solitude ! Comment pourrions-nous accepter une chose pareille, je vous le demande ? Non, il faudra éviter cela à tout prix. Je l'épouserai ! Et voilà comment sera réglée l'affaire.

– Vous… vous… Votre… propre fille ? On ne peut pas… épouser sa… sa…

– N'est-ce pas moi qui fais les lois ici ? Ce sera pour le bien de tous. Je suis sûr qu'Élisa sera terriblement soulagée de ne pas partir de ce lieu qu'elle semble adorer… Et je sais qu'elle m'aime. Toutes les filles aiment leur père, non ?

PAS COMME ÇA, ai-je envie de hurler.

Vous n'avez pas le droit, ce que vous racontez est criminel !

Je ne peux pas crier, je ne peux rien dire, je ne peux que me taire. Retourner dans mon refuge onirique, y ouvrir la bouche si grand que cela me défigure, alerter les autres femmes présentes qui toutes courent vers moi et m'enlacent et me bercent, nous savons, nous sommes avec toi, nous accueillons ton cri et l'absorbons, nous sommes ta colère.

Issu de ce silence douloureux, un récit que j'ai entendu conter au coin du feu lorsque j'étais enfant me revient en mémoire. J'en ai entendu plusieurs versions, aux titres divers : *Toutes-Fourrures*, *Peau-de-mille-bêtes*, *Peau d'Ânon*,

*La peau d'ânesse**... Je me sens blêmir. Le sort d'Élisa ne serait hélas guère original. Elle ne ferait que revivre la sinistre traque paternelle qu'évoque ce conte. Non. Cela ne se peut.

VOUS N'AVEZ PAS LE DROIT. Ni de parler de ma vie et de ma mort de manière si légère, ni de convoiter votre fille. VOUS ÊTES UN MONSTRE.

J'essaie de maîtriser les muscles de mon visage pour qu'il ne devine pas ma fureur. Je suis seule avec lui dans cette réalité-là, il est plus fort bien que plus vieux, et il peut à tout moment appeler les gardes qui veillent derrière la porte. En une minute je pourrais avoir la gorge tranchée, et il parviendrait à faire passer cela pour un accident.

CET HOMME EST UN MONSTRE.

Je dois vivre.

Parce qu'il est un monstre, moi, je dois vivre.

Je le dois, pas seulement pour moi, mais pour éviter horreurs et crimes.

Un puissant désir de repousser la mort monte et s'installe en moi.

* Beaucoup plus tard, au XVIIe siècle, Charles Perrault en donnera une adaptation écrite, sous le titre *Peau d'âne*.

Élisa

Ce sang qui coule entre ses jambes… C'est une trahison !

Elle tourne dans sa chambre comme une bête emprisonnée. Son corps ne devrait pas lui faire ça ! Elle pousse par moments de petits cris de rage. C'est si désespérant… Donne des coups de pied dans le mur. Pourquoi la nature lui fait-elle un tour pareil ? Se recroqueville puis se détend comme un ressort. Trahison !

Ses frères, au moins, pourront encore longtemps se croire enfants. Ce ne sont pas quelques poils qui poussent ici et là qui vont les empêcher de se courir après comme des gamins, ou d'imaginer de grandes batailles fictives en forêt ! Ce n'est pas…

Stop. Elle donne un dernier coup de poing dans son matelas, puis s'oblige à freiner le fil révolté de ses pensées. Se pose, s'installe sur son lit, et réfléchit… Après tout, y a-t-il quelque chose qui l'en empêche, elle ?

Qui a décrété qu'« avoir ses règles » signifiait « la fin de l'enfance » ?

– C'est vrai, ça, qui ? demande-t-elle tout haut.

Sans doute quelqu'un qui ne les a pas eues aussi tôt qu'elle. Voire qui ne les a jamais eues du tout. Treize ans, ce n'est pas l'âge adulte.

– Je ne vais pas me laisser faire.

Ni une ni deux, elle court hors de sa chambre pour se joindre aux activités aussi exaltantes qu'enfantines de ses frères.

Rien ni personne ne l'empêchera d'être heureuse !

Pendant les multiples jeux d'exploration, les moments de joie et de contemplation des jours suivants, Élisa essaie de s'oublier mais sent le poids d'un regard sur elle. Celui de sa si étrange et changeante belle-mère.

La reine a retrouvé une vigueur surprenante en un temps record, après une période où chacun a craint pour sa vie. Elle se promène plus souvent sur les coursives ou dans les galeries. On ressent de nouveau sa présence si puissante qu'une onde semble osciller en soi lorsqu'on se trouve à moins de dix mètres d'elle.

Et ce regard perçant qui s'attarde… Il traverse Élisa de part en part, pour aller au-delà de son corps, au-delà de l'horizon, au-delà du monde.

Un jour, après plusieurs heures de pluie dense, Élisa brosse son cheval préféré sous les rayons du soleil neuf, en chantonnant. Cette fameuse présence lourde et vibrante envahit subitement toute son âme. Elle se tait et reste clouée sur place, incapable de faire un geste supplémentaire.

– N'est-ce pas là le travail du palefrenier ? lui demande la reine.

Le poids disparaît. Comme si la reine avait décidé d'alléger son aura, maintenant qu'elle a l'attention de la princesse.

– J'aime m'occuper moi-même de mon cheval, répond Élisa. C'est très apaisant, et ça crée du lien avec l'animal. Sinon, il a plus de mal à m'écouter. Les chevaux sont très intelligents, le saviez-vous ? Et très sensibles aux émotions des humains. De véritables éponges ! Vous ne montez jamais à cheval, vous-même ?

– Eh bien… si. J'aime beaucoup cela. Je galopais par monts et par vaux lorsque j'étais à Pontieu, lors de mes rares moments de liberté. Mais aujourd'hui je suis reine et… je ne peux plus faire une chose pareille.

– Oh… Je suis désolée.

Élisa se retient de poser des questions, même si cela lui brûle l'œsophage.

– En tout cas, chère enfant, un tel travail n'est pas digne d'une princesse.

Doit-elle arrêter ce qu'elle est en train de faire ? Sa belle-mère vient-elle de lui donner un ordre, de manière déguisée ?

– Mais c'est vous qui avez raison, ajoute la reine d'une voix basse. Si l'on devait s'en tenir à ce qu'*ils* ont décidé pour nous, seule la mort serait une délivrance.

Le visage de Brunehaut s'est durci. Dans une flaque à ses pieds, Élisa discerne le reflet de sa belle-mère… Et fait un bond en arrière.

– Qu'y a-t-il, princesse ?

– Je… Euh… Rien, ma reine.

Quelque chose vibre à nouveau dans l'air. Cela résonne jusque dans le cœur d'Élisa, qui menace de se pétrifier.

Le reflet de la reine dans la flaque d'eau est celui d'une femme toujours très belle, mais au teint blafard, aux yeux effrayants de noirceur, nimbée de ténèbres…

– Poursuivez ainsi, princesse, dit la reine, ainsi que la sinistre femme dans la flaque, d'une voix rauque. Poursuivez…

Élisa reste pétrifiée et, ce qui lui arrive rarement, muette.

Brunehaut, la belle Brunehaut, s'éloigne dignement. Le reflet disparaît.

Brunehaut

La vie peut circuler en soi, même si l'on se sent morte.
Le souci de la vie d'autrui peut faire tenir debout.
Et la vie se niche en bien des lieux.
Découvrir tout cela me transforme.

En une personne dissociée.

Je suis deux. Une morte et une vivante.
Morte pour moi et vivante pour les autres.

Il faut toujours choisir la vie. Hilde ignorait qu'on pouvait choisir la mort en même temps. Et que devenir morte-vivante faisait circuler en soi des cercles d'un autre monde. Cercles qui tournent et que je ne comprends pas. Mais qui laissent à chaque passage quelque chose de puissant, qui s'installe au creux de mon âme presque moribonde. C'était déjà en moi sans que je m'en doute. C'est ce « quelque chose » qui m'a permis de faire trembler toute la salle du dîner, le soir où mon père m'a abandonnée. Vendue.

Ces cercles, ou ces flux, ou ces ondes, je ne sais, me donnent l'intuition de ce que je dois effectuer.

D'abord, changer le décor.

Je fais par petites touches des demandes à l'intendant, qui en réfère au roi par pure convenance – ce dernier se préoccupe peu des contingences domestiques. La réfection de la chambre et des rangements de mes appartements. La rénovation de la pièce commune du château. Un nettoyage de fond en comble, de l'échansonnerie au sommet des tours, en passant par les latrines. L'achat et la confection d'éléments de décoration, de tableaux et de miroirs…

Remettre sur pied le château aux allures de bâtisse abandonnée, c'est fixer tout près une vie qui refuse de rester en moi. Elle se niche dans le détail d'un tableau, la couleur ravivée d'une pierre ancestrale, ou la courbe lustrée d'un escalier en colimaçon.

En quelques mois, les lieux deviennent tout à fait somptueux, chaleureux, décorés avec soin et, je le crois, avec goût.

L'intendant, qui n'osait pas opérer lui-même ces changements, en a été si ravi qu'il m'a fait confectionner des robes et des parures dignes de la reine d'un tel endroit. J'ai un peu hésité avant de lui souffler l'idée de faire confectionner des toilettes pour les princes et la princesse, puis j'ai décidé que cela ne leur rendrait guère service. Ainsi vêtus, ils ne pourraient plus aller gambader dans la lande ou en forêt. Autant les laisser tranquilles, tant qu'ils le peuvent. La liberté est un bien précieux, que j'ai pour ma part perdu, voire jamais possédé tout à fait.

Je ne sais pas comment cela a pu se faire, mais j'ai fini par me prendre d'affection pour les enfants du roi... Après tout, je n'ai aucune raison de les détester. Ils ne me font pas d'ombre, d'autant moins que j'en suis une moi-même. Ils ne me menacent d'aucune sorte. Leur vitalité et leur bonheur m'attendrissent, car je crains que ceux-ci ne soient éphémères. Je rêve parfois qu'ils m'acceptent comme leur sœur et qu'ils me proposent de participer à leurs courses et à leurs jeux. Mais je suis leur belle-mère.

J'essaie de ne rien montrer de cette tendresse que j'éprouve pour eux. Ma froideur apparente protège sans doute la fin de leur enfance. Et puis, ils seraient plus embarrassés qu'autre chose par mon affection, j'imagine.

*

* *

– Aloys aura dix-huit ans l'an prochain, laisse tomber le roi entre deux bouchées de sanglier.

Il mange avec les mains, si bien qu'elles en sont brillantes de graisse, mais moins que le pourtour de sa bouche et la surface de sa barbe. Je détourne le regard. J'ai pris en horreur cette boule de poils désordonnés qui est le réceptacle des restes de tout ce qu'il mange. Il n'est pas rare que j'y décèle un petit os de caille ou un peu de gelée, même longtemps après la fin du repas.

Parfois ses mains sont encore huileuses et sa barbe remplie de victuailles lorsqu'au mitan de la journée il décrète la mise à mort d'un homme, d'une femme ou d'un enfant accusé d'avoir volé une pomme ou un bout de pain. Je rêve alors que le ou la condamnée se jette sur lui pour le dévorer tout entier. Hélas, le désespoir ne rend pas féroce, j'ai pu le constater plus d'une fois. C'est l'opulence qui rend sauvage.

Hilde, qui reste debout derrière nous à chaque dîner, se racle la gorge. Il y a aussi Teuthardus, le valet du roi, mains croisées devant lui, qui réprime un bâillement. Tous deux doivent être prêts à subvenir à nos moindres besoins. Les enfants du roi, quant à eux, mangent préférentiellement à la cuisine, avec le personnel du château, et personne ne les oblige à rien. Quelle chance !

– Dix-huit ans, oui, en effet, je réponds poliment.

– Et moi, j'en aurai bientôt cinquante-six.

– Mmmm…

– Mes seigneurs et conseillers commencent à en parler, de mon âge. Je les ai entendus. Ils pensent que je devrais me retirer. Moi, le roi ! Alors que je suis encore si vigoureux !

Je me retiens de faire remarquer que la plupart des

hommes ne dépassent pas les quarante-cinq années, en cette époque qui est la nôtre. Il est donc bel et bien l'un des plus vieux hommes du royaume, mais il a encore hélas toutes ses forces, qu'il sait employer contre moi, et d'autres jeunes filles…

– Ils pensent qu'Aloys ferait un bon roi, si on le lui apprenait. Ils m'ont déjà plusieurs fois suggéré de le laisser assister à nos réunions, et participer à nos décisions. Ah ah, quelle inconscience que la leur ! Ne voient-ils pas qu'il n'est encore qu'un gamin ?

– Oui. Il est encore jeune.

J'ai le même âge que lui. Mais le roi ne paraît pas faire le rapprochement.

– Cela dit, je pense que mes fils ont besoin de s'occuper. Ils ont si peu à faire de leurs journées ! L'oisiveté, ce n'est pas une bonne chose pour de jeunes garçons.

– Vous songez donc tout de même à les impliquer dans la gouvernance du royaume, pour les occuper ? Par petites sessions, bien sûr.

– Oh, non. Cela les ennuierait à mourir ! Il leur faut une activité qui fouette le sang, qui forme la jeunesse, qui forge le courage… et qui fait voir du pays. C'est à leur âge qu'il faut voyager.

– À quoi pensez-vous donc ?

– À la guerre, bien entendu ! Cela fait trop longtemps que nous n'avons pas organisé de croisades, ne trouvez-vous pas ? Il doit encore exister certains lieux sans chrétienté ?

Des infidèles qui mériteraient qu'on leur frotte le dos ou qu'on leur découpe quelques membres ? Et puis j'avoue, cela ne nous ferait pas de mal de posséder de nouvelles terres. Il faudrait les choisir saines et fertiles.

– La guerre, vous dites ?

– Oui ! Imaginez mes fils faire preuve d'héroïsme au milieu d'un champ de bataille où se mêlent catapultes, trébuchets, piques, arcs, arbalètes ou hallebardes ! Ah, quelle beauté ! L'exercice de la chevalerie leur fera le plus grand des biens. Ils reviendront auréolés de gloire et nimbés de légendes…

– S'ils reviennent…

– Qu'insinuez-vous, ma mie ?

Il a tapé sur la table et s'est presque levé, mais ayant trop bu il n'a fait que tituber, avant de retomber lourdement sur sa chaise.

–Vous pensez réellement que mes fils puissent être si mauvais chevaliers qu'ils puissent en mourir ? Et même s'ils l'étaient, n'y a-t-il pas plus belle mort que de mourir pour son roi ?

Je ferme les yeux. Il n'y a que du sang derrière mes paupières. Des gorges tranchées et des ventres traversés par des épées. Des corps ébouillantés ou écrabouillés. De très jeunes gens en pleurs, atrocement blessés, appelant leur mère, allongés dans la boue. C'est cela la guerre. Je le sais par les récits de rescapés revenus de croisades anciennes. Quand j'étais enfant, il y en avait quelques-uns au coin du feu. En vieillissant, ils devenaient de plus en plus bavards, et donnaient de plus en plus de détails sordides.

Que le roi puisse avoir envie de jeter ses propres fils dans cette boucherie me révulse. Le sentiment d'horreur m'occupe tout entière au point de rassembler la morte et la vivante que je suis. C'est de cette union de mes deux moi que monte la puissance des cercles qui y tournent. Tournent, tournent, tournent, de plus en plus vite. La puissance monte, monte, monte, jusqu'à en faire trembler les murs. Hilde, Teuthardus et le roi doivent s'accrocher à ce qu'ils peuvent pour ne pas basculer.

Cette puissance… Je peux certainement en faire quelque chose. Mais j'ignore quoi.

Un seul instinct me guide en ce moment précis, et il me dicte de m'enfuir loin de la folie de cet homme. Partir loin, ce serait toucher la possibilité de n'être que vivante, totalement vivante, libérée de l'ambiance morbide que trimballe le roi avec lui.

– Il y a de plus en plus de tremblements de terre, fait remarquer le roi… Heureusement que vous avez fait consolider les fondations du château, très chère.

Une fois libérée de la contrainte du dîner, je cours pour que Hilde ne puisse pas me suivre. Je cours, la peur au ventre.

*

* *

Un soir, déjà, j'ai tenté de quitter le château. C'était

le lendemain de ma nuit de noces. Cette nuit atroce. Je voulais partir. M'enfuir loin. Je n'avais aucun endroit où aller, et j'aurais peut-être fini par mourir de faim au fond des bois, mais tout me paraissait mieux que la vie avec cet homme égoïste, dominateur et brutal.

À peine arrivée dans les cuisines, où une porte permettait de rejoindre discrètement la cour, j'ai été arrêtée par la cuisinière en cheffe, grosse femme au visage rougeaud sur lequel se lisait la bonté.

– Désirez-vous quelque chose, ma reine ?

– Rien, non, merci, je… J'avais juste un peu soif et maintenant j'ai envie de prendre l'air.

La femme a froncé les sourcils, en se plaçant devant la porte.

– Cette sortie est réservée au personnel. Elle n'est pas digne d'une personne de votre rang. Vous risquez une mauvaise rencontre.

– J'ai toute confiance en mes gens, je vous remercie.

J'ai tendu la main vers la poignée, mais la cuisinière s'est interposée avec plus d'aplomb.

– Je suis vraiment désolée, ma reine, mais vous n'y êtes pas autorisée. Les consignes sont claires.

– Vous osez vous opposer à votre reine ?

– Je… je suis désolée, mais… Les consignes sont claires, je vous le répète, et… elles émanent du roi.

– Je vois. Savez-vous que j'ai le pouvoir de faciliter votre vie si jamais…

– Le roi, lui, a le pouvoir de me tuer si je ne lui obéis pas.

Elle a joint les mains pour m'implorer de ne pas insister. Mais il *fallait* que je fuie.

– Par pitié, ai-je soufflé, je vous en supplie, laissez-moi passer. Je vous jure que ma vie en dépend.

– Les risques sont trop grands, ma reine. Je ne peux...

– Pitié, bonne femme, personne n'en saura rien. Je ne pourrai pas survivre à...

Une reine qui demande la pitié d'une cuisinière, cela s'était-il déjà vu ? Je n'ai pas eu l'idée d'en avoir honte, tellement j'étais envahie par le désir de quitter cette prison. Les larmes me sont montées aux yeux. J'avais l'air si misérable que la commisération a envahi le regard de la cheffe des marmitons. Nul n'ignorait ce que le roi était capable de me faire subir.

– Je vous en supplie...

– C'est hors de mes... Je ne peux... Ah, pourquoi me suis-je trouvée là maintenant ?

– Sauvez-moi... Vous n'imaginez pas... C'est pire que la mort...

– Relevez-vous, ma reine. Soyez forte.

– Il me brise. Il brise toute force ! Ne comprenez-vous pas ?

– Si... si, ma reine. Oh, pauvre enfant, vous êtes si jeune...

– Je vous en prie...

– Ma fille a votre âge… Je… Oh, grand Dieu, je le regretterai !

La bonne femme a regardé tout autour d'elle d'un air inquiet, avant de s'effacer pour me laisser passer.

– Merci, merci, vous en serez remer…

– Halte-là !

Le visage de la cuisinière a blêmi d'un coup. Deux gardes venaient d'apparaître sur la coursive de l'étage noble, comme surgis d'une boîte à ressort.

– Je… j'allais l'en empêcher, a-t-elle bredouillé pendant que les gardes dévalaient les escaliers, avant de m'empoigner sans ménagement.

Mais sa voix était blanche de terreur. J'avais envie de lui crier pardon. Mais aucun pardon n'aurait racheté ma faute envers cette pauvre femme.

Car, le lendemain, le roi m'a obligée à assister au pire spectacle que j'aie jamais eu à voir.

– Gardez les yeux ouverts, ma mie, sans quoi j'élargirai le châtiment à toute la famille de cette infâme traîtresse.

La femme qui avait eu pitié de moi avait été condamnée à la pendaison, après torture, le tout en public. Écartèlement, mais pas trop, pour qu'elle respire encore et sente la corde se serrer sur sa gorge. Ses cris… Grands dieux, ses cris résonnent encore en moi toutes les nuits. Le soir même, j'étais moi aussi punie, d'une autre manière, de celle qui ne tue pas et ne rend jamais plus forte.

*
* *

Je cours comme ce soir-là, terrifiée à l'idée de revivre la même horreur, et de faire courir des risques insensés à de pauvres et bonnes gens. Lorsque j'entrevois la silhouette des gardes devant la porte que je souhaite passer, mon sang se glace. Je ferme les yeux, puis tente de retrouver cet état que j'ai eu au dîner, quand les murs ont tremblé. Morte et vivante réunies. Le désir de fuite est une pulsion de vie que ne réussit pas à éteindre le cadavre de mon âme. Et subitement je *sais* que les gardes ne feront pas attention à mon passage, comme s'ils ne me voyaient pas. Voilà ce que peut mon pouvoir. Mes os s'entrechoquent de terreur, mais je marche devant eux sans que leur vigilance s'éveille.

C'est effrayant, mais je l'ai fait. J'ai éteint leurs sens.

Je me précipite hors du château, enveloppée dans une cape. Je descends jusqu'au village qui entoure le château, et j'hésite… Fuir loin, comme je l'avais désiré la première nuit, ou bien ?… Pas tout de suite. Je fais volte-face et me rends jusqu'au domicile de Gausselmus, grand médecin du roi. Il se trouve entre une échoppe et une gargote remplie d'hommes avinés. Ils veulent m'aborder, mais ils restent à distance, comme surpris par une force étrange. Je frappe à la porte de bois.

– Gausselmus, ouvrez-moi !

Je ne connais pas bien l'homme, mais j'ai senti une connivence à sa dernière visite. Il m'a tout de suite fait penser à Arlan, le vieux guérisseur de Pontieu, qui voyait en moi une grande force. Gausselmus a le même air admiratif et terrifié lorsqu'il me regarde. Venu pour soigner l'une des innombrables maladies du roi, de plus en plus fréquentes, il s'était brusquement tourné vers moi. J'étais au chevet de son roi, au moment même où il me venait l'une de ces visions que je ne comprends pas, effrayantes d'étrangeté. Le médecin m'avait dévisagée avec insistance. Je l'avais moi-même raccompagné vers la sortie, parce que j'espérais quelque chose. Je n'ai plus que cela : l'espoir de je ne sais quoi. Chaque intuition est à écouter. Et, en effet, il m'avait dit ceci, avant de partir :

– Ma reine, permettez-moi de vous conseiller de venir me voir si vous souffrez encore de vos absences.

– Mes absences ?

– Appelons-les ainsi, si vous le voulez bien, tant que nous n'en savons pas plus. La médecine des corps et des esprits est encore bien ignorante.

Il n'y avait plus de doute. Son regard avait été si pénétrant ! Si empli d'allusions.

J'avais hoché la tête, l'avais laissé partir, puis avais tremblé des pieds à la tête.

Il m'arrive quelque chose d'anormal, c'est évident, et ce depuis longtemps. Mais cela s'accentue depuis peu. Vais-je en mourir ? Je frappe plus fort à la porte.

– Ouvrez-moi, que diable !

– Qui jure ainsi ?

La porte s'ouvre à demi.

– Ma reine ?

– Taisez-vous donc, et laissez-moi entrer.

La lueur de quelques bougies éclaire un capharnaüm de fioles, de tiroirs à herbes diverses, de liqueurs et de livres posés sur les étagères de bois, ou bien ouverts partout ailleurs, sur la table, les tabourets ou à même le sol. L'homme referme la porte derrière moi.

– Vous vivez là ? je demande.

– J'y travaille et j'y dors.

Il me désigne un petit lit, dans un coin, perdu dans le désordre.

– À quoi travaillez-vous, en dehors des visites que vous faites à vos patients ?

– Les potions que je prescris ne se font pas toutes seules. Il faut que je les confectionne, les teste, que j'ajuste la proportion de chaque ingrédient. Une erreur de dosage peut être fatale dans certains cas, ou causer des dommages irréversibles. C'est une grande responsabilité que d'être guérisseur.

– Je suis fort aise de vous l'entendre dire. J'ai vu tellement de charlatans autour de mon père. Ils lui faisaient prendre des vessies pour des lanternes, en n'oubliant pas d'empocher leurs émoluments.

– Puis-je savoir ce qui vous amène, ma reine ? Seriez-vous souffrante ?

– Eh bien... Je ne sais pas...

– Vous venez pour vos *absences*, n'est-ce pas ?

Gausselmus n'attend pas ma réponse. Il me désigne une chaise et s'assoit sur un tabouret, face à moi, après avoir débarrassé l'un et l'autre des piles de livres qui les encombraient.

– Je suis gêné de vous recevoir dans un tel endroit… Mais vous avez eu raison de venir. Au château, chaque mur a des oreilles.

– Qu'ai-je donc à cacher de si important, d'après vous ?

– Ce que vous ne comprenez pas vous-même risque d'être encore moins bien compris par les autres. Et d'ailleurs, si je puis me permettre… il va falloir que vous appreniez très vite à le dissimuler beaucoup mieux que vous ne le faites.

– Je ne puis cacher que ce que je comprends. De quoi parle-t-on, au juste ?

– De votre don, madame. Ou bien devrais-je parler de pouvoir ?

– Un… pouvoir ?

– Vous semblez n'avoir pas conscience de ce qui se passe autour de vous lorsque ce pouvoir se manifeste. Vous courez un grand danger si d'autres que moi devinent que ces ondes puissantes proviennent de vous.

– Je n'ai conscience de rien d'autre qu'une anomalie. Une grande anomalie. Éclairez-moi, je vous en prie.

Un silence s'installe. Il m'observe avec curiosité.

– C'est merveilleux de vous connaître, finit-il par dire.

Jusqu'ici, je croyais que le livre des… des magiciennes n'était que fabulations. Le peuple parle des pouvoirs d'une certaine Morgane, qui régnerait selon eux davantage et mieux que le roi sur le royaume, mais je ne l'ai jamais vue, et n'ai jamais été témoin de ses dons, au point que j'ai fini par ne pas y croire. En revanche, vous, vous êtes là, devant moi.

Magiciennes ? Comme s'il entendait mon interrogation muette, il se lève pour extirper d'une étagère poussiéreuse un ouvrage à la couverture de cuir usé. Il se rassoit pour l'ouvrir face à moi. Des enluminures colorées explosent de vie sur chaque page. Des jeunes femmes y sont reproduites, dans des postures et avec des gestes qu'on ne leur voit jamais dans les livres qu'on m'a donnés à feuilleter jusqu'ici. Elles courent, escaladent, jardinent, écrivent, pensent, enseignent, tirent à l'arc ou se battent. J'en suis ébahie. Je pensais que les femmes ne pouvaient que coudre, chanter, jouer de la harpe ou enfanter, et n'avaient que deux choix : soit être débordées de corvées au point de ne plus pouvoir vivre pour soi-même, soit s'ennuyer à en mourir.

– Voici vos ancêtres, ma reine. Pas nécessairement de votre lignée, mais nées sous la même conjonction de planètes.

– Conjonction ?

– Position, si vous voulez.

– Je serais une magicienne ?

Il hésite un bref instant.

– Tout porte à le croire. Ce livre décrit ce qui se passe

quand une magicienne use de ses pouvoirs : tout vibre autour d'elle. Elle est le centre de cercles invisibles aux pouvoirs d'attraction et de répulsion puissants, et elle s'absente quelques secondes du monde qui est le nôtre. Même avec ce que décrit ce livre, je n'aurais peut-être pas reconnu ce que j'ai vu et senti en votre présence… si je ne l'avais pas déjà connu durant mon enfance.

– Votre mère ?…

– Ma grand-mère. Je n'ai compris qu'à sa mort qu'elle était magicienne. Je l'ai compris parce qu'elle m'a offert cet ouvrage, en me faisant promettre de le conserver précieusement… Et de toujours essayer de protéger une magicienne si jamais j'en trouvais une sur mon chemin.

– Sommes-nous nombreuses ?

– Je ne pense pas. Le livre parle de cinq ou six par génération, dans le monde entier. Que j'en aie connu deux est un miracle. Ou peut-être n'est-ce pas un hasard : les magiciennes s'attirent entre elles. Quoi qu'il en soit, je m'estime très chanceux de vous avoir rencontrée… D'autant plus que votre espérance de vie n'est pas très élevée.

– Oh… Combien de temps me reste-t-il à vivre ?

– Tout dépendra de votre discrétion.

– Je vois…

En réalité je n'ai aucune envie d'en savoir davantage.

– Je pars, Gausselmus, dis-je au bout d'une heure. Je pars loin. Rentrer au château est au-dessus de mes forces. Suivez-moi dans mon exil, si vous le souhaitez. Ou au moins aidez-moi à y parvenir. Je ne peux plus supporter ces lieux. Je pars ce soir. Je pars maintenant !

L'air surpris et perdu du pauvre homme me renseigne sur ma folie.

– Ma reine, je… Ce serait un grand honneur, mais… Je ne suis qu'un érudit, pas un aventurier. De quoi allez-vous vivre ? De quoi vivrais-je si je vous suivais ? Vous ne possédez rien par vous-même, et moi non plus. Qui vous aidera ? Tout le monde craindra le châtiment royal. Moi-même, je… J'ai trop… j'ai trop peur, lâchons le mot même s'il est lâche. Peur, ma reine, de ce qu'il pourrait m'arriver si je vous aidais à fuir, j'en suis désolé. Je prends déjà tellement de risques en vous recevant ici…

– Bien sûr, bien sûr… Je comprends. Je… Pardonnez-moi. Je vais fuir seule, et sans aide de votre part. Que pourriez-vous faire de toute façon ? J'ai perdu tout sens commun.

– Je vous en supplie, ma reine, restez ici tant que vous n'êtes pas plus experte. Vous avez réussi à endormir la vigilance des gardes en venant, et c'est merveilleux, mais cela a été un coup de chance. Vous maîtrisez encore assez peu vos pouvoirs, d'après ce que vous m'en avez dit. Un garde aurait pu être rétif à un pouvoir défaillant même un seul centième de seconde, et c'en aurait été fini de vous… Attendez d'être plus sûre de vous avant de tenter toute fuite.

– Je mourrai avant, Gausselmus ! Vous ne vous rendez pas compte…

– Si, ma reine… Je devine de quoi est capable le roi,

hélas… Mais je vous assure qu'au fil des jours vos pouvoirs sauront vous protéger, ou bien vous permettront de vous enfuir sans aucun risque.

– Attendre… C'est subir encore…

– Faites-moi confiance. À être trop pressée, vous courez encore plus sûrement à votre perte.

Je suis dévastée à l'idée de devoir rester morte-vivante encore un temps indéterminé, après avoir été portée par cette pulsion de vie qui m'a donné la force de fuir.

Comment ne pas laisser la mort gagner, durant ce temps-là ?

Je repense aux propos insensés de celui qui me tient lieu de mari, au dîner, à propos de ses propres fils. Je repense à ses regards concupiscents en direction de sa propre fille. La nausée me saisit.

Parce qu'il est un monstre, moi, je dois vivre, ai-je songé il y a peu.

Je le dois, pas seulement pour moi, mais pour éviter horreurs et crimes.

Je me raccroche à nouveau à ces pensées. Ai-je le choix ?

Élisa

Faire la course avec Fidèle, Norbert et Gontran, de la falaise jusqu'au château, laissant derrière soi un ciel orange et rouge, fait exploser le cœur d'énergie et de joie. C'est cela, être vivante, être humaine, être un peu animale, mais être soi. Elle accélère pour rattraper Norbert qui la précède de même pas un mètre, et lui attrape la manche pour le ralentir. Il se débat pour se dégager sans y parvenir. Dans cette lutte, il trébuche et plonge tête la première dans une botte de foin à l'orée du château. Élisa est entraînée dans la chute et se retrouve dans la même position. Quelle rigolade !

Ce jour-là, cependant, elle a dû mettre une robe, obligée par Gerda qui souhaitait qu'elle présente bien, en vue de la visite d'un seigneur et de son fils.

– Qui sait, le fils aime peut-être les sauvageonnes dans ton genre, mais autant lui montrer combien tu es féminine.

– Mais, nourrice, je n'ai que treize ans !

– Il se souviendra de toi pour quand tu seras plus âgée.

– Je ne veux pas d'un garçon qui m'emmènera loin d'ici. Je ne veux pas de garçon tout court.

– C'est dans l'ordre des choses, ma chérie… Et ce sera mieux pour toi.

Elle a eu beau râler et trépigner, rien n'y a fait.

– Tu es d'une telle beauté, a argumenté la nourrice. Chaque jour elle est plus éclatante. Tu ne peux plus l'ignorer, mon canard. Tu dois savoir en déjouer les pièges. Tu dois quitter les lieux où elle risque de te desservir.

– Quels pièges ? Je ne comprends rien ! Et puis je ne suis pas belle ou quoi d'autre, je suis moi et c'est tout.

Gerda n'a pas répondu et lui a d'office enfoncé la tête dans la robe choisie.

Mais voilà désormais le vêtement relevé jusqu'à la taille, dénudant ses jambes, à cause de la chute dans le foin. Élisa a éclaté de rire, consciente du ridicule de sa mise. Fidèle jappe joyeusement. Mais Norbert et Gontran restent silencieux. Ce n'est que lorsqu'elle émerge, les cheveux ébouriffés avec de longs brins blonds pris dedans, qu'elle découvre leur mine gênée. Ils détournent le regard alors qu'elle se rajuste, le rouge aux joues. Aucun mot n'est échangé, mais une colère sourde monte en Élisa. Jamais auparavant ses frères n'avaient réagi ainsi en voyant ses jambes de petite fille. C'est arrivé si souvent au cours de leurs jeux ! Qu'est-ce qui leur prend, soudain ?

Norbert s'approche d'elle et lui ôte quelques brins de foin de ses cheveux.

– Sœurette, tu es peut-être trop grande désormais pour ce genre de jeux.

– Mais n'importe quoi, on a quasiment le même âge !

Elle pousse un cri de rage.

–Vous n'avez qu'à tous vous crever les yeux, comme ça vous ne verrez plus rien de dérangeant !

Elle court jusqu'à sa chambre, Fidèle à ses trousses, bien décidée à ne pas se montrer à ce fils de seigneur. Qu'il aille se faire voir.

Qu'on lui fiche la paix ! Qu'on l'ignore. Qu'on la laisse se faufiler entre les uns et les autres comme un feu follet. Chantonner et raconter des histoires jusqu'à plus soif sans qu'on lui demande de cesser. Qu'on lui laisse sa liberté de mouvements, de paroles et de pensées. Elle claque la porte de sa chambre après le passage de Fidèle, et pousse un nouveau cri de colère.

Gerda la grondera pour cela, mais elle s'en moque.

Brunehaut

Je n'ai donc pas fui ce soir-là, mais je ne suis pas non plus revenue les mains vides de chez Gausselmus. Avant le dîner du lendemain, j'ai dissimulé une fiole de ciguë dans mon corsage.

Je connais d'autres herbes et potions que j'ai déjà pensé glisser dans la nourriture ou le vin du roi, mais il se méfie. Il a tellement d'ennemis ! Un serviteur goûte tout, une heure avant qu'il ne le porte à sa royale bouche. Nous en sommes au cinquième goûteur depuis mon arrivée.

Tout est possible cependant, dans le laps de temps entre le test du goûteur et le dîner.

C'est Teuthardus qui est chargé de ne pas quitter des yeux les plats royaux, dans une petite pièce sans fenêtre et fermée à double tour, au-dessus des cuisines.

J'ai guetté le moment où le valet en est sorti pour amener les plats devant le roi, et l'ai abordé dans un couloir désert.

– Teuthardus, regardez-moi, c'est un ordre.

Dès qu'il a posé les yeux sur moi, j'ai tenté d'accaparer son attention, comme j'avais réussi à capter la vigilance des gardes, la veille. Trouver le même état. Réunir les deux âmes en moi. Plusieurs secondes se sont écoulées, et le valet est resté si immobile que j'ai cru avoir réussi à l'hypnotiser. Sans le quitter des yeux, j'ai porté la main à mon corsage pour y saisir la fiole.

– Ma reine…

J'ai sursauté. Et enfoncé la fiole au creux de mes seins.

– Je suis désolé, majesté, mais le roi attend son repas, et je crains d'être sévèrement réprimandé si…

– Bien sûr, oui, allez-y…

Je me suis effacée, les joues rougies par l'échec. Et par la honte : le valet a-t-il cru que j'essayais de le séduire ?

Les jours suivants, j'ai risqué plusieurs autres choses. Tout en pensant très fort au roi, j'ai tenté de le faire imploser, exploser, de le projeter violemment contre un mur ou sur un piquet. Par la seule force de ma volonté, j'ai tenté d'obstruer sa gorge pour qu'il s'étouffe. De stopper l'écoulement de son sang ou les battements de son cœur. Tout le monde aurait pris cela pour une simple crise cardiaque. Cela aurait été propre et sans risque. Si seulement…

Cela n'a pas fonctionné. Rien n'a fonctionné.

– Vous ressentez trop de terreur en pensant au roi pour

être efficace, a diagnostiqué Gausselmus les jours suivants. Il ne faut aucun sentiment parasite pour espérer progresser. Commencez par de petites choses.

J'écoute le guérisseur d'une oreille de plus en plus distraite. Il aime endosser l'habit de celui qui sait, fort de ses livres et de l'expérience de sa grand-mère, néanmoins j'ai compris au fil du temps qu'il n'avait aucune idée de la manière dont les cercles fonctionnent et tournent en moi. Ses propos comportent une part de vérité, mais davantage grâce à son empathie que grâce à ses connaissances.

Cette fois-ci, pourtant, il capte totalement mon attention. Il a touché du doigt un élément capital que je ne voyais pas jusqu'ici. En effet, la peur que j'éprouve face au roi me tétanise, et empêche mes cercles de pouvoir de tourner aussi vite et régulièrement que je le voudrais. Devant lui, je ne suis que morte, incapable de convoquer en moi la vivante. La dissociation est trop forte.

C'est ainsi que j'ai commencé à m'entraîner sans penser à lui, loin de lui, sans songer éperdument et essentiellement à l'empêcher enfin de me nuire.

*
* *

On ne peut pas s'imaginer, tant qu'on ne l'a pas vécu, à quel point il est effrayant de provoquer quelque chose d'aussi extraordinaire que de soulever un flacon d'herbes odorantes. Ou bien de fermer une fenêtre par la seule force de sa volonté. J'ai eu si peur, les premiers temps d'entraînement, que j'en claquais parfois des dents.

Mais qui suis-je donc ?

J'ai pourtant persévéré, malgré la frayeur entêtante.

Voilà que moi, Brunehaut de Pontieu, je possède des pouvoirs de plus en plus grands.

Je n'arrive cependant à les exercer que sur des choses inanimées. Je dois passer à la vitesse supérieure.

Je me suis concentrée sur de petits animaux.

J'avais déjà une idée bien précise derrière la tête quand j'ai capturé l'une des souris qui arpentent le château en effrayant Hilde. Je me suis remémoré ce que Gausselmus m'a lu dans le grand livre des magiciennes : « La magicienne cherche un état de transe. Elle se trouve hors d'elle-même tout en ayant haute conscience de soi. Elle est en prise avec tout ce qui existe en elle *et* en dehors d'elle. Elle se représente les liens qui existent entre toutes choses. Certaines parviennent ainsi à les modifier à leur guise. »

Voilà l'entraînement : essayer de trouver cet état de plus en plus facilement, de plus en plus vite. Effectivement, sans penser au roi, je parviens à réunir mes deux « moi » plus facilement.

Assise par terre, dans mes appartements, en face de la cage où la souris tourne en rond, passablement affolée, d'abord je ferme les yeux. Consciente de tout. Ce qui m'entoure et ce qui est en moi. Je sens le sol vrombir. Ou bien est-ce moi qui vibre ? Je ressens le fonctionnement de chacun de mes organes, même ceux dont j'ignorais l'existence, mais j'ai aussi une perception aiguë de l'existence des oiseaux dans le ciel, des fourmis sur la terre, des insectes minuscules et invisibles dans l'air et sur les murs. Je perçois ce qui constitue l'air qui m'entoure. Je devine que la Terre tourne, même si on me traiterait de folle si j'osais affirmer une chose pareille. Je pressens une force d'attraction surnaturelle entre le soleil, la lune et notre planète. J'en ignore tout, mais je le vis dans ma chair.

Puis j'ouvre les yeux pour fixer la pauvre souris. Elle s'est figée, comme paralysée. Elle semble terrifiée par mon regard. Je pense très fort à ce qu'elle est : des poils, du sang, de l'eau, des nerfs, des tendons, des muscles, des organes… Gausselmus m'a prêté des livres d'anatomie humaine et animale afin que je puisse mieux me représenter tout cela.

J'effectue l'effort ultime. Il me paraissait surhumain lors de mes premiers essais, quand je ne m'attaquais qu'à des moucherons ou des vers de terre. J'ai beaucoup échoué. L'insecte finissait par imploser ou exploser, dans tous les cas il finissait en bouillie sanglante. Jusqu'à ce que j'y arrive. Transformer une chenille en papillon, œuvre réservée à mère nature, m'était désormais possible.

Je pense très fort aux transformations que je souhaite opérer sur cette souris.

Et, peu à peu, je l'observe se muer en autre chose qu'une souris.

Cela met du temps, cela m'épuise, mais, au bout de quelques minutes, les couinements deviennent des miaulements. La petite souris grise est devenue un matou gris tacheté de blanc.

Je le libère de sa cage, et il vient se frotter contre moi en ronronnant. Je dors pendant trois heures, après cela.

Avant de m'attaquer à ma véritable cible, il faut que je maîtrise ce pouvoir sur de plus gros animaux. À l'abri de tous les regards, je suis parvenue à changer une vache en cheval, un cheval en cochon, un cochon en bœuf.

Puis, un jour, entre dans ma chambre un petit valet d'une douzaine d'années, venu chercher le plateau de mon dîner. Il est si malingre et a l'air si apeuré qu'il me fait immédiatement penser à un chevreau surpris en pleine forêt par un chasseur.

– Pose ce plateau, je lui ordonne. Et ferme la porte.

Il tremble encore plus. Son air ressemble encore davantage à celui d'un petit animal traqué. Il me fait un peu de peine, et puis je m'avise que je vais peut-être lui rendre service. Une vie d'asservissement l'attend, et rien d'autre.

– Approche.

Il reste planté devant moi. J'entends presque ses os s'entrechoquer de peur.

– Détends-toi. Je ne vais pas te tuer. Ni t'humilier d'aucune sorte. Je… je veux juste expérimenter quelque chose.

J'ai honte lorsque je lui demande de fermer les yeux et de penser à une chose agréable. Mais je le fais, il m'obéit, et je commence à me concentrer.

Plusieurs minutes plus tard, un chevreau tourne en rond dans ma chambre, avec des cris stridents. Cet idiot va alerter le château entier ! Je me précipite pour lui ouvrir la porte.

– Pars ! Tu es libre ! Plus libre que tu ne l'as jamais été, et que tu ne l'aurais jamais été si je t'avais laissé sous forme humaine.

Puisse-t-il ne pas croiser la route d'un chasseur !

Une fois seule, je m'affale sur mon lit, épuisée et éberluée par ce que je viens d'accomplir d'incroyable. Et d'atroce. Pauvre garçon. J'éclate en sanglots, j'ai envie de mourir, mais, au final, je dors jusqu'au soir.

Élisa

Elle essaie de faire fuir la colère hors de son corps. Elle le fait en luttant. Elle se bat contre elle avec fougue. Elle ne trouve pas d'autre moyen, pour y arriver, que de courir à perdre haleine dans la lande, dès le lever du soleil. Elle y crie et y chante à gorge déployée. Lorsqu'elle n'en peut plus, elle se laisse tomber dans l'herbe haute, et Fidèle vient se coucher sur elle pour lui lécher le visage.

Rien ne va. Elle grandit trop vite, et en plus ses frères ont en ce moment même, comme chaque matin depuis des jours et des jours, rendez-vous avec le maître d'armes pour s'entraîner à la guerre… Comme les filles s'entraînent à être mères en jouant aux poupées. Ils partent après-demain pour guerroyer. Élisa en tremble. Elle veut oublier ce proche départ. Elle veut les empêcher de partir. Elle veut oublier son impuissance à y parvenir.

Elle ne comprend pas leur enthousiasme.

Une brise caresse son visage.

Brunehaut

– On ne peut plus faire confiance à personne, fulmine Hilde en me brossant les cheveux.

– Mmmm ?

– J'ai fait des pieds et des mains pour faire embaucher le fils de ma cousine comme valet. Je me suis portée garante de sa fiabilité. Mes cousins sont si pauvres ! Ils avaient grand besoin d'une aide financière. Eh bien, figurez-vous que le garnement a abandonné son poste. Pfuit ! Disparu, du jour au lendemain. Les jeunes d'aujourd'hui, je vous jure, c'est n'importe quoi. Allez savoir ce qu'il est allé faire et où. On va le retrouver dans un caniveau, un jour, saoul comme une barrique. Vous verrez !

– On peut être surpris, parfois…

– Vous êtes bien bonne. Un garçon qui abandonne sa famille ! On ne pourra rien en tirer.

Un profond malaise me saisit. Je préfère détourner la conversation.

– En parlant de garçons, sais-tu où sont les princes, ce matin ?

– Les princes ? En voilà d'autres, des fainéants. À ne rien fiche de toute la journée, que s'amuser, rire, et courir la lande... Quoique ces temps-ci ils passent du temps à se préparer pour leur croisade imminente. Voilà qui va leur apprendre la vie !

– Ou leur faire connaître la mort...

– Ah, ça, je ne leur souhaite quand même pas un tel malheur. Tenez, ça me revient maintenant ! Comme chaque matin, leur maître d'armes leur a donné rendez-vous sur le terrain de combat à l'arrière du château. Ils devraient être en train de s'y rendre, en ce moment même. Il paraît que le départ est prévu dans deux jours.

– Deux jours ? Déjà ?

– Mais oui, majesté, comment l'ignorez-vous ? Tout le monde en parle. Vous paraissez si préoccupée ces temps-ci que...

– Merci, Hilde, cette coiffure est parfaite. Laisse-moi, j'ai à faire.

Élisa

Elle ne comprend que la course des nuages dans le ciel au-dessus d'elle.

Et la brise qui forcit.

Brunehaut

Je me précipite au-dehors. L'heure est encore matinale, et il n'y a personne sur le terrain de combat. Je me dissimule derrière une catapulte, et j'attends. Aloys arrive en premier, rapidement suivi de ses dix petits frères. Le maître d'armes n'est pas là, par chance.

Ils sont onze. Onze garçons plus grands et forts que le petit valet de l'autre jour. Onze occasions de m'entraîner, tout en évitant le pire pour ces pauvres âmes si jeunes. Aurai-je assez de puissance ? Vais-je y laisser toute mon énergie vitale ? Jusqu'à en mourir ?

J'observe la leur, d'énergie vitale. Elle est admirable. Ce sont des jeunes gens pleins de dynamisme et de mouvement. Ils commencent déjà à se battre comme ils imaginent qu'on se bat sur un champ de bataille : proprement, héroïquement, dignement. Ils ignorent la crasse, la bassesse et les veines ou les intestins qui éclatent. J'ai le pouvoir de le leur faire ignorer à jamais. Je me concentre.

Des exclamations de stupeur s'élèvent parmi eux. Théobald est le premier à s'être transformé. Il est si beau en cygne blanc qui jamais ne sera souillé par le sang d'un guerrier adverse. Il commence à s'élever, tout étonné d'être ce qu'il est. Urbain suit. Lothaire les rejoint. Les autres courent en tous sens, hurlent, s'agitent, sautent, ne sachant que faire, avant de subir la transformation à leur tour, avec force cris d'oiseaux perdus. Tristan, Renaud, Norbert, Gontran, Fulbert, Clovis, Bernard et enfin Aloys.

Élisa

Elle peine à trouver l'apaisement en cette matinée qui commence, quand, dans le ciel, elle voit passer un vol d'une rare beauté.

Jamais elle n'a vu d'oiseaux aussi beaux. Elle croit que ce sont des cygnes. Ils sont d'une blancheur parfaite et éblouissante. Ils volent en ligne face au soleil levant. Deux lignes, plus précisément, qui forment un V. C'est comme s'ils dessinaient un autre grand oiseau. Le battement de leurs ailes, lent et doux, est d'une grâce infinie. Elle ne peut pas s'empêcher de penser qu'ils ont quelque chose de royal, ou tout du moins de princier. Leur port est si altier. Le sommet de leurs têtes brille comme si elles étaient ceintes d'une coiffe d'or. L'un d'eux émet un cri sonore en passant juste au-dessus d'Élisa.

Elle les salue de la main.

– Bon voyage, les amis !

Où vont-ils donc ? Elle aimerait tant voir du pays avec eux…

Brunehaut

Au bord de l'évanouissement, je me laisse tomber au pied de la catapulte.

Tous les princes, désormais, sont de magnifiques cygnes sauvages qui se sont élevés dans les airs. Ils se dirigent vers le soleil levant.

Élisa

Les princes se sont évanouis.

Tout le château bruisse de cette nouvelle, parvenue à Élisa dès son retour.

– Mais où sont-ils ? Où sont-ils donc passés ? Mes frères, où êtes-vous ?

Le matin même, avant de courir dans les champs, Élisa avait parlé à Aloys dans l'armurerie. Le maître d'armes ne les a jamais vus arriver sur le lieu du rendez-vous. L'homme a bien trouvé des traces de combat, mais cela ressemblait à l'affrontement violent d'oiseaux qui y auraient laissé de nombreuses plumes d'une blancheur de neige pure.

Rien d'autre.

Élisa entend l'intendant rugir, jusqu'à couvrir le bruit de sabots des valets, lingères, cuisinières ou dames de compagnie.

– Cherchez partout, dans chaque recoin du château. Et si c'est encore une de leurs mauvaises blagues…

La première à s'affoler a été Gerda, qui a communiqué son inquiétude à l'intendant. Ils connaissent les princes mieux qu'aucun autre adulte, et se doutent qu'il y a là quelque chose d'anormal : d'ordinaire, il y en a toujours au moins un dans leurs pattes.

Élisa court vers les appartements du roi. Ne l'y trouvant pas, elle cherche dans son cabinet de travail, et pour finir on lui apprend qu'il est dans son bain – l'un des rares de l'année. Elle s'approche de la porte.

– Disparu ? entend-elle s'étonner le roi. Comment ça, disparu ? Personne ne se volatilise comme ça, enfin ! Ces fainéants ont certainement préféré courir le guilledou plutôt qu'apprendre à se battre. Ne vous affolez donc pas, mes chers conseillers. On aura de leurs nouvelles avant que le soleil se couche, croyez-moi !

Mais le soleil se couche trois fois sans qu'ils reparaissent. Alors seulement le roi ordonne à sa garde de retourner chaque recoin de l'île.

Aucune trace des frères d'Élisa, aucune parole laissant entendre qu'ils partiraient quelque part, aucun témoin qui les aurait vus ici ou là…

Et cela fait déjà une semaine.

– Ils ont fui, conclut gravement le roi lors du dîner.

La disparition de ses fils ne lui a pas coupé l'appétit, alors qu'Élisa n'arrive plus à rien avaler, rongée par l'angoisse. Elle bondit de sa chaise.

– C'est impossible !

La reine lui jette un regard noir lui signifiant de se taire. À moins qu'elle ne l'en implore ?

– Qui ose me contredire ? prononce le roi d'une voix sourde.

– C'est moi, votre fille, la seule enfant qu'il vous reste !

– Oh, mignonne Élisa... Prunelle de mes yeux. Que t'arrive-t-il, ma chère enfant ?

– Mes frères ne seraient pas partis volontairement sans me prévenir. Et puis ils avaient l'air si heureux de se préparer à faire la guerre !

« Les idiots... Ils s'imaginaient peut-être que cela allait ressembler à leurs rixes d'enfants. » Élisa entend ces paroles dans sa tête comme si elle les pensait, mais... C'est la voix de la reine. Pourtant, elle n'a pas bougé les lèvres ! Élisa secoue la tête et poursuit sa diatribe.

– Ils n'avaient aucune raison de fuguer, alors qu'ils attendaient tant le départ pour les croisades. Il leur est arrivé quelque chose, mon père ! Il faut poursuivre les recherches, les étendre au-delà des rives de Margelonne.

La petite fille, que beaucoup aiment appeler jeune fille avant l'heure, finit par hurler, avant de se mettre à pleurer, avec force morve, hoquets et petits cris.

– Cette enfant fait une crise de nerfs, décrète la reine. Permettez que sa nourrice la raccompagne dans sa chambre, mon cher époux.

– Faites, faites, ma mie, ordonnez cela, oui, ce spectacle

est dégoûtant chez une si belle enfant. Elle ne devrait être que pureté, or ces miasmes l'enlaidissent tant qu'on n'a plus envie de la regarder. Ôtez-la de ma vue avant que je ne me souvienne plus que de cela.

Gerda a bien du mal à faire quitter à Élisa la salle des agapes.

– Je ne partirai pas avant que mon père ait décrété des recherches plus larges ! crie-t-elle entre deux sanglots. Il faut qu'on cherche mes frères au-delà des mers, au-delà des terres, et même dans le ciel s'il le faut ! Il le faut ! Et si jamais il leur arrive quelque chose…

La nourrice place la main sur la bouche de sa protégée, et approche ses lèvres de son oreille.

– Le roi est en train de devenir écarlate. Je t'en supplie, mon Élisa, tais-toi, tu risques l'exil ou l'écartèlement. Allons, viens avec moi.

Gerda réussit à coucher Élisa dans son lit. Dès lors, les pleurs ne cessent pas.

Élisa pleure sans pouvoir s'arrêter. Elle pleure la nuit, elle pleure le jour. Elle pleure pendant des jours et des jours.

Tant de larmes sortent de son corps que Gerda craint qu'il ne s'assèche. Ou qu'elle ne se noie dans toute cette eau.

Au chagrin d'Élisa se mêle le dépit face à l'attitude de son père, qu'elle juge bien mal en rapport avec la situation. Il a fait cesser les recherches au bout d'une semaine à peine, sans jamais les étendre au-delà des frontières de

Margelonne. Son seul souci semble concerner les affaires politiques du royaume. Il a décrété avec regret que la guerre était suspendue, et que la croisade ne reprendrait qu'au retour des princes. Puis il n'en a plus parlé.

Peu habituée à critiquer le roi (personne ne critique le roi), elle finit par se persuader que c'est lui qui adopte la posture la plus digne et royale. Il réussit à lutter contre la douleur sans le montrer, et sans abandonner ce qui doit être décidé pour le royaume. Un véritable roi ne doit pas s'effondrer.

Il ne s'effondre donc pas.

*

* *

Comme d'habitude, c'est Gerda qui apporte à Élisa le plus de réconfort et de compréhension. Il faut dire qu'elle aussi éprouve une grande tristesse. Elle était très attachée aux princes, presque autant qu'à leur sœur. Le soir, elle autorise Élisa à s'endormir dans son lit, puis elle la porte dans le sien. Elle demande que lui soient préparés ses plats préférés, même si Élisa n'arrive plus à rien avaler. Et la nourrice reste auprès d'elle pendant les dix jours que dure cette pure désolation – c'est comme si le monde avait explosé, ou bien s'était désintégré, son corps et son âme errant dans un néant obscur et froid.

*

* *

Élisa n'a désormais plus de larmes, plus de cris, elle n'est qu'un corps à l'âme meurtrie. C'est alors qu'elle reçoit la visite de sa belle-mère.

Comme d'habitude quand cette femme pénètre dans une pièce, elle l'emplit tout entière. Élisa sent sa présence résonner jusque dans ses os, ses veines, presque dans ses cheveux. La reine s'approche de son lit, tout près, et la toise de toute sa hauteur, avec une certaine sévérité.

– Tu as maigri. Tu n'es plus que l'ombre de toi-même. Essaierais-tu donc de disparaître, par hasard ?

– Je... Ce serait un soulagement, je dois dire.

– Stupide enfant !

Elle n'a pas crié, pourtant les deux mots semblent avoir été prononcés par mille voix tonitruantes, et se répercutent sur les parois de la chambre, en plusieurs fois. « Enfant, enfant, fant, fant, fant, fant, fant... »

– Mourir ou disparaître ne sert à rien, précise la reine, comme si rien d'étrange ne venait de se produire.

– Je... Vous avez raison. Mon père m'aime et compte sur ma présence. Je dois vivre pour lui.

– STUPIDE ENFANT, DÉCIDÉMENT !

Cette fois, elle a vraiment crié, et Élisa doit placer ses mains sur ses oreilles pour que ses tympans n'explosent pas.

– Ton père, dis-tu ? Ah ! Ce n'est pas pour lui que tu dois vivre. Tu dois vivre pour toi-même, entends-tu ?

Élisa a du mal à comprendre où elle veut en venir. Son père est la seule famille qu'il lui reste.

– NON, réagit sa belle-mère. Il te reste TOI. C'est TOI qui importes. Entends-tu ?

–Vous… vous lisez dans les pensées ?

– Que racontes-tu ? C'est une chose impossible. Personne ne peut lire dans les pensées de quiconque, tu le sais bien.

Elle se détourne, laissant Élisa à sa stupeur. Quelle sorcière est-ce donc là ? La reine se retourne et lance un regard malicieux à la petite et très jeune fille.

– Tes frères ne sont pas morts, sache-le. Ne me demande pas comment je le sais, mais je le sais. Et toi non plus tu n'es pas morte, même si tu joues à te le faire croire. Crois-moi, je connais cela. Secoue-toi un peu, et cesse de te conduire comme une loque. Par ailleurs, tu vas être obligée de te lever, car je te confie une mission.

– Quoi ? Que… Quelle mission ?

– Il y a sur le continent un couple de paysans qui a beaucoup plus besoin de toi que ton père.

– Mais…

– Ne discute pas. Je sais parfaitement évaluer ce genre de choses. Je suis là, moi, pour ton père, ne le vois-tu pas ? Il est loin d'être seul et abandonné. Alors que ces paysans essaient d'avoir des enfants depuis des années. Ils rêvent d'avoir un enfant même déjà grand comme toi à cajoler.

– Mais…

– Il n'y a pas de mais. C'est décidé.

– Mon père a donné son accord pour une telle chose ? Il vient de perdre ses fils. Il mourra si je m'en vais à mon tour.

– STUPIDE ! FILLE STUPIDE ! C'est décidé, je te dis. Prépare tes affaires. Ton père est parti à la chasse. Je lui transmettrai tes adieux.

Brunehaut

Te voilà bien attristé, mon cher mari.

Mais l'es-tu pour elle ou pour toi-même ?

Il a bien fallu que je t'apprenne la fugue d'Élisa. Oh, la raison en était facile à inventer : elle est allée à la recherche de ses frères. Elle a même laissé un mot pour te l'expliquer. Je ne pensais pas avoir aussi ce pouvoir, celui de faire courir sur une feuille une plume qui imiterait l'écriture de n'importe qui.

Elle ne reviendra pas de si tôt, tu le sais, mon cher mari ?

Elle sera accueillie par des paysans qui vivent dans la forêt, loin, hors même de ton île chérie. Ils sont venus me voir il y a peu.

Cet idiot de Gausselmus n'a pas su tenir sa langue, et la rumeur s'est répandue soit en vapeurs nauséabondes, soit en doux parfum discret, dans tout le royaume et au-delà : je ne serais pas une reine ordinaire. J'aurais quelques pouvoirs. Personne ne saurait dire s'ils sont bénéfiques ou maléfiques, mais je suis une femme, après tout, n'est-ce pas ? Il y a forcément quelque satanerie là-dessous. Ce n'est que parce que je suis mariée au roi que je ne crains pas d'être lapidée par quelques furieux apeurés et assoiffés de mâle vengeance.

Cet homme et cette femme sont venus devant moi, avec toutes les apparences de la pauvreté, mais aussi de la dignité. Regards baissés, vêtements rapiécés, mais air digne et joues roses. De ce couple émanait une lumière que depuis quelque temps je vois plus précisément. Je distingue une aura autour des personnes sur lesquelles je m'attarde. Elle peut être noire et effrayante, ou aussi éclatante qu'un glorieux lever de soleil. Autour de ces deux personnes, c'était éblouissant de pure clarté. Ils n'étaient pas vieux, et étaient tristes de ne pas réussir à avoir d'enfant à chérir. À demi-mot, ils m'ont fait comprendre qu'ils avaient entendu parler de mes pouvoirs, et espéraient que je puisse, par ma seule volonté, les rendre fertiles, subitement. Je n'ai pas le pouvoir de vie ou de mort. Ou peut-être bien que je l'ai, mais il me fait trop peur. Je ne souhaite pas en user. Je suis peut-être une magicienne, mais je ne suis ni dieu ni déesse.

À ce moment précis, Élisa est passée non loin. Je ne la voyais pas, mais j'ai senti sa présence par-delà les briques des murs. Sa profonde solitude et le peu d'amour qui lui est donné m'ont étreint le cœur si douloureusement que j'ai réprimé un mouvement de repli. Ce qui n'était pas reçu ici brûlait d'être donné là. L'équation était d'une sublime simplicité. Voilà comment m'est venue cette idée.

– Une fille vous sera donnée, ai-je dit aux paysans. Vous ne la connaîtrez pas tout bébé, et elle n'est presque plus une enfant. Mais elle vous apportera la joie que vous méritez. Patientez un peu, et elle viendra à vous.

Le bonheur et l'espoir visibles de ces pauvres gens m'ont rempli le cœur d'un coup.

Quant à toi, cher mari, tu n'auras pas la possibilité de détruire une nouvelle adolescence. J'aimerais venger toutes les autres auxquelles tu t'es déjà attaqué…

Élisa

Élisa la déteste.

Elle la déteste, la déteste, la déteste, cette vieille sorcière !

Certes, elle sait que sa belle-mère n'a que dix-huit ans. Mais, pour elle, c'est une vieille bique, et en plus elle lui veut du mal. Elle veut du mal à son père. Elle veut les éloigner. Briser encore davantage leur famille. Plus qu'elle ne l'est déjà. Où sont ses frères ? Ne serait-ce pas un de ses mauvais coups ? Comment ne pas la soupçonner, après ce qu'elle lui a fait ? Elle n'a même pas pu dire au revoir à son père !

Elle la hait !

La reine a traîné Élisa de force jusqu'à une petite plage, comme une criminelle, poings liés dans le dos, prise en étau entre deux gardes. Fidèle, son bon chien, les suivait en gémissant, conscient qu'il se passait quelque chose d'anormal. Tous ses sens alertés, il n'est pas parti aux aurores avec les autres chiens à la chasse menée par le roi. Il s'est dissimulé sous le lit d'Élisa, pour rester près d'elle. Si seulement il avait eu le pouvoir de la protéger, et d'empêcher cette sale sorcière de l'enlever…

Éric, le jeune charpentier, est là, près d'une barque, ébahi. La princesse ainsi traitée ! Jamais il n'aurait pu imaginer cela. La honte brûle les joues d'Élisa.

Sa belle-mère a tenu à l'accompagner, certainement pour se délecter de cette infamie et pour assister au début de son exil. Cependant rien dans son attitude ne laisse croire à de telles intentions. Au contraire, elle a un air doux et triste, comme si elle avait pitié d'Élisa.

– Princesse, murmure la reine, intutile de baisser le regard. Il ne faut jamais avoir honte quand on n'a rien fait de mal.

– J'ai honte parce que tout le monde va croire que j'ai fait quelque chose de mal ! Pourquoi me chasserait-on, sinon ?

– Ce que pense le peuple vous importe ?

– Bien sûr que son jugement m'importe !

Elle rougit alors qu'Éric détourne le regard. Cela n'échappe pas à la reine, qui s'approche du garçon et glisse une bourse dans sa main.

– Mon garçon, je compte sur vous pour ne parler à personne de tout cela. Personne, vous entendez ?

– Oui, ma reine.

–Vous n'avez pas vu la princesse Élisa partir, et vous ne savez ni où elle est allée, ni comment elle s'y est rendue, ni que vous l'y avez accompagnée. Est-ce clair ?

– Parfaitement, ma reine.

– Et je vous assure que la princesse n'a strictement rien à se reprocher. Elle n'est ainsi attachée que parce que je l'ai jugé nécessaire pour qu'elle me suive. Elle n'est exilée que pour de bonnes raisons.

Éric baisse la tête, confus, incapable de comprendre ce qui est en train de se passer. Élisa déteste la manière condescendante et pseudo-bienveillante qu'a la reine de s'adresser à lui. Elle croit pouvoir le mépriser juste parce qu'elle achète son silence ? Cette femme la dégoûte.

Les deux gardes portent Élisa sur la barque pendant qu'Éric y grimpe. Fidèle aboie de toutes ses forces. Il plonge dans l'eau pour rejoindre l'embarcation mais l'un des gardes le chasse à coups de pied vers la rive.

–Vous ne la détacherez que lorsque vous serez à terre, ordonne la reine à Éric.Veillez à ce qu'elle ne cherche pas à se jeter à l'eau. Elle en mourrait noyée.

– J'y veillerai, votre altesse, répond le jeune charpentier.

Voilà Élisa seule sur l'eau, en compagnie d'Éric, sous les aboiements déchirants et révoltés du mastiff. Le garçon rame, tournant le dos à Brunehaut et ses deux gardes en retrait. La reine reste longtemps sur le rivage, à regarder la barque s'éloigner. Pourquoi fait-elle cela ? Écarter ainsi

Élisa ? Craint-elle que la princesse ne lui fasse de l'ombre ? Élisa se jure de revenir, et elle reprendra la place qui est la sienne, et surtout le bonheur qui est le sien.

Que va-t-elle devenir, en attendant ?

Les aboiements sont désormais inaudibles, et les personnes sur la rive ne sont plus visibles.

– Je peux vous détacher dès maintenant, princesse, ose Éric dans le silence lourd de chagrin. Ces cordes doivent vous scier les poignets.

– Je veux bien, en effet, mais seulement si tu m'appelles Élisa comme avant, et si tu me tutoies. On a grandi ensemble, je te le rappelle !

– Je le sais, mais…

– Il n'y a pas à discuter. Allons, détache-moi ! Je veux dire : s'il te plaît.

– Les manières royales ne se quittent pas facilement, n'est-ce pas ? souffle-t-il tout en la déliant.

– Je suis désolée, Éric, je ne le ferai plus. Sais-tu où l'on va ?

– Là-bas, sur le continent, se trouve la forêt de Mirande. Elle est immense et très belle, vous… tu verras. J'ai comme consigne de vous… de te déposer sur une langue de sable et de te confier aux bons soins d'un guide, qui te mènera chez des paysans dont je ne sais rien, malheureusement.

– Je devrai y travailler ?

– Il y a toujours du travail quand on est paysan. Et il

manque toujours des bras. Mais je ne sais pas si tu devras participer. On ne m'a rien expliqué, tu sais.

– De toute façon, je m'en fiche, je m'enfuirai dès que possible.

– Pour aller où ? Si la reine a eu le pouvoir de t'exiler, elle aura aussi celui de t'empêcher de revenir au château.

Élisa reste pensive. Éric la regarde à la dérobée.

– Je serai triste de ne plus te voir, finit-il par lâcher.

– Moi aussi. Tout ce que j'aimais est en train de disparaître de ma vie. Je n'ai pas mérité cela.

Elle se détourne pour cacher ses larmes. Au-dessus des deux enfants en passe de ne plus l'être, le ciel est nuageux, changeant, plein de menaces. La mer en reproduit les couleurs et les mouvements, ajoutés à d'autres plus rapides et complexes. Le continent ressemble à une ligne, l'île de Margelonne à un point, et eux, au milieu, ils ne signifient rien. En tout cas, c'est ce que croit Élisa.

La barque accoste enfin, dans une eau trouble aux algues comme des tentacules qui chercheraient à s'enrouler autour des jambes de la petite fille. Sur la rive attend un homme sombre, grand et massif, en tenue de chasseur.

La peur s'invite quand Éric lâche la main d'Élisa pour qu'elle avance. Qui lui dit que la reine n'a pas donné l'ordre de la tuer ? Cet homme face à elle aurait pour mission de rapporter son cœur frais dans un petit coffre, comme preuve de sa mort.

Élisa recule et se cogne contre le jeune charpentier.

– Je ne t'abandonne pas comme ça, Élisa, lui chuchote-t-il dans l'oreille. Je te suivrai de loin jusqu'à ce que tu arrives chez les paysans. Et si cet homme essaie de te faire du mal, il tâtera de mon couteau.

Éric, fluet comme il est, ne risque pas de faire le poids face au chasseur aux mains comme des pelles, néanmoins ses mots rassurent Élisa. Elle avance vers l'homme, qui hoche la tête sans rien dire et pivote pour s'enfoncer dans la forêt. Elle le suit.

Ils traversent la forêt en silence. Elle sent la présence d'Éric, au loin derrière, même s'il est parfaitement silencieux et invisible. Devant, le fusil de l'homme se balance dans son dos avec une régularité hypnotisante. Élisa n'a jamais été aussi loin de chez elle. Elle se sent perdue mais ne peut pas résister au charme de la nouveauté. Les odeurs, les sons, les couleurs et les lumières, tout est plein de promesses d'une vie à venir. Son âme est partagée entre tristesse, révolte et exaltation. Elle se met à chantonner pour se donner du courage.

Au bout d'une heure ou peut-être deux, une petite clairière se fait jour, avec au milieu une adorable maisonnette.

Le chasseur s'arrête dans l'ombre, comme apeuré par la lumière qui inonde le terrain face à lui. Sans se retourner, d'un coup d'épaule qui fait se balancer un peu plus le fusil, il fait signe à Élisa d'avancer sans lui. Elle jette un œil dans les fourrés derrière elle. Elle adresse un sourire à Éric sans savoir où il est vraiment, pour le rassurer, pour le remercier, pour dire adieu au dernier lien avec sa vie d'avant.

– Ne révèle ni qui tu es ni d'où tu viens, lâche soudain le chasseur quand elle arrive à sa hauteur. À personne. Ordre de la reine. Sinon, il arrivera malheur à ceux que tu aimes.

– Qui ? À qui arrivera-t-il malheur ? À mes frères ? La reine sait où ils sont ? Ou bien à mon père ? Oserait-elle toucher au roi ?

– Tais-toi ! Et contente-toi d'obéir.

Il lui donne un coup sur l'épaule.

Elle avance vers la lumière.

*
* *

Quand Willibert et Lison Petipié l'ont vue arriver ce jour-là, inondée de soleil, dans ses habits simples mais faits de tissus précieux, ils ont d'abord cru à une apparition. Lison a fait le signe de la croix en murmurant : « Seigneur Marie Joseph, on nous a envoyé un ange... » Dès lors, ils ne la traitent pas autrement que si elle en avait réellement été un.

*
* *

Six mois après son arrivée chez eux, ils n'ont pas encore tranché : en est-elle un ou pas ? Lison la regarde parfois comme si elle craignait qu'elle ne s'évapore sous ses yeux.

Elle lui touche alors le bras pour s'assurer de sa réalité. Élisa lui sourit, et c'est comme si elle lui avait offert un morceau entier du soleil.

Le couple travaille beaucoup. Ils possèdent des poules, des chèvres, des vaches, une vigne et un champ de blé. Élisa les aide autant que possible, mais Willibert le lui interdit la plupart du temps. Dès le premier jour, il l'a menée dans une petite pièce munie d'un vitrail coloré, d'un fauteuil douillet avec coussins et plaid bien chaud, et avec, aux murs, des étagères remplies de livres.

– Chaque fois que je me rends en ville, a-t-il expliqué, je vais voir un ami prêtre, qui me vend un ouvrage qu'il a lui-même copié.

– Mais... Vous avez appris à lire ?

– Non. Bien sûr que non. Enfin, un tout petit peu. Le prêtre a essayé de m'apprendre, mais c'est vraiment très difficile. En revanche, il m'a lu de nombreux passages des livres que tu vois ici avant de me les vendre. Et je sais qu'ils comportent des trésors de connaissances et de beauté. Rien que de les savoir ici, près de moi, cela me fait du bien.

– Moi, on ne m'a pas appris, mais j'espionnais chaque cours de latin donné à mes frères, alors c'est tout comme. Je pourrais vous apprendre.

– Je crois que c'est trop tard. À mon âge, tu penses ! Je n'apprends pas aussi bien que lorsque j'étais jeune.

– On peut essayer, quand même.

– Peut-être… En attendant, je te demanderai de lire tous ces livres du début à la fin, pour que tu m'en parles, ou que tu me les lises. J'aimerais que tu passes ici la majeure partie de ton temps. Je veux que tu apprennes le maximum de choses. Et que tu ne deviennes pas aussi ignare que nous le sommes, Lison et moi.

Voilà comment il a réussi à convaincre Élisa de peu travailler aux champs. Il la laisse juste s'occuper des animaux, et Lison lui apprend à cuisiner et à repriser. Élisa, quant à elle, leur raconte des histoires, des contes, leur lit des livres ou leur chante des chansons et leur raconte des légendes. Les Petipié n'ont jamais été aussi heureux !

Élisa, a tenté de s'enfuir plusieurs fois. Il lui semblait avoir un trou dans la poitrine, tellement ses frères lui manquaient. Elle avait la nostalgie de son palais et de son île, aussi. Et elle voulait revoir son père. Même s'il n'a jamais été affectueux, il fait partie de sa vie depuis toujours. Elle s'est enfoncée dans la forêt, avec l'espoir de reconnaître le chemin pris la toute première fois avec le chasseur. Mais elle ne reconnaissait rien. Chaque arbre se ressemblait, et plus elle avançait plus il lui semblait qu'ils se resserraient en obstacles menaçants et touffus. Trois fois, elle s'est perdue. Willibert l'a trois fois retrouvée, grelottante et le visage mouillé de larmes. Le couple ne l'a jamais grondée à cause de ses fugues, mais au contraire a redoublé de soins et d'affection. Lison et Willibert ne savaient rien de l'ancienne vie d'Élisa, et ils n'arrivaient à rien tirer d'elle à propos de son passé, mais ils se doutaient qu'elle souffrait d'avoir quitté l'endroit où elle avait vécu auparavant. Aussi la dorlotaient-ils en lui fredonnant des chants consolateurs.

Brunehaut

Trois ans se sont écoulés depuis le départ d'Élisa et la disparition de ses frères.

Le roi mon mari s'en est très rapidement remis, après une grosse crise semblable à celle d'un enfant frustré. « Ma fille ! Qu'on me rende ma fille si jolie ! Elle est à moi ! Je la veux, je la mérite, c'est à moi de la chérir ! »

Dès le lendemain, il avait repéré une demoiselle de ferme encore plus jeune qu'Élisa, qui a occupé toutes ses pensées, chassant jusqu'au souvenir qu'il avait eu une fille un jour. Et il n'attend le retour des princes que pour sonner le début, enfin, de la guerre. Il refuse de voir que la paix entre royaumes assure la prospérité de Margelonne.

Quant à moi, ma solitude s'est encore accrue. Même si je me tenais à distance de mes beaux-enfants, les observer occupait mes journées et me procurait même de la joie. Ils étaient si spontanés ! Je n'ai plus que mon vieux mari à regarder, et il me dégoûte, me révolte, me révulse. J'ai sans cesse envie de le tuer, ou de lui jeter un sort, mais je n'y arrive toujours pas. Ce que je parviens à faire désormais avec d'autres êtres humains, les transformer en animaux, par exemple, je ne parviens toujours pas à le faire avec lui. C'est une malédiction… Ma seule consolation : la lassitude qu'éprouve mon mari vis-à-vis de moi. Il me convoque un peu moins souvent dans ses appartements, m'accordant ainsi du répit.

Je rends fréquemment souvent visite à Gausselmus, en cachette, ou bien lui vient me voir. Il est persuadé de m'enseigner beaucoup, alors que j'apprends seule à mieux maîtriser mes pouvoirs, et à les faire grandir, j'en suis convaincue. Mais je le laisse croire, car parler avec lui me fait du bien : il est le seul avec qui je puisse me montrer telle que je suis.

– Il m'arrive quelque chose de nouveau, ces derniers temps, dis-je.

Nous sommes dans les jardins du château, à l'abri des regards, derrière de hauts bosquets. Le guérisseur m'adresse un regard passionnément interrogateur. Je me détourne. Son intérêt clinique envers moi me rappelle l'anomalie humaine que je suis.

– Je crois que je visite… le futur. Par moments. Enfin je crois que c'est le futur. Ou alors c'est un autre monde. Une autre dimension. C'est si bref et si plein d'inconnu que je ne comprends pas grand-chose à ce que je vois. Tous ces objets sophistiqués !

– Est-ce toujours au même endroit que vous vous rendez en pensée ?

– Depuis peu, oui. Il s'agit d'une chambre, ou d'une pièce à vivre, je ne sais. L'endroit est calme. Un feu réchauffe la pièce. Au-delà d'une fenêtre, je vois qu'il neige. Au-dehors, il semble faire un temps glacial.

– Y a-t-il quelqu'un à l'intérieur ?

– J'ai l'impression que oui, je sens une présence, mais je ne suis jamais restée assez longtemps pour m'en assurer.

– Il n'y a pas de hasard. Si vous revenez toujours au même endroit, c'est que vous y êtes appelée, ou que vous avez un rôle à y jouer.

– Comment le savez-vous ?

– Il se chuchote d'oreille en oreille depuis des siècles qu'aucune manifestation surnaturelle ne se produit sans raison. Pas de hasard, pas de coïncidence. En revanche, il existe des attirances, des accointances, des désirs, des flux, des volontés puissantes dont on n'a soi-même pas conscience.

– La personne qui vit dans cet endroit écrit, je crois, assez souvent. Je vois une plume et des manuscrits.

– Et ?…

– Et je meurs d'envie de savoir ce qui est écrit sur ces drôles de parchemins.

– Vous devez y retourner, vous y attarder, et tenter d'en savoir davantage.

Je me laisse tomber sur un banc.

– Cela me demande tellement d'énergie ! Jamais je n'y arriverai…

– Ma reine… Quel âge avez-vous déjà ?

–Vingt et un ans. Pourquoi ?

– C'est si jeune. Votre vie ne peut pas se cantonner à… ce que vous vivez. Toute votre jeunesse réclame de vivre autre chose. Si vous visitez si souvent le futur, c'est que vous aspirez à y être, et à y vivre ou y faire quelque chose de particulier. Je suis sûr que vous arriverez à…

J'ai envie de hurler à Gausselmus que c'est sur ses conseils que je n'ai pas fui, lorsque j'étais près de le faire, il y a trois ans de cela. Peut-être aurais-je péri, comme il me l'avait prédit, mais si j'avais survécu ma jeunesse aurait été et serait tout autre. Depuis, j'ai tenté de fuir à nouveau des centaines de fois, mais il est, chaque fois, arrivé un obstacle qui m'en a empêchée. Une faiblesse dans la puissance de mon pouvoir à éteindre la vigilance des gardes, l'arrivée inopinée de l'intendant, d'un aide-cuisinier ou d'une lingère, un enfant qui crie « prosternez-vous devant la reine », un cheval qui hennit sur mon passage dans la cour, la présence trop proche et tétanisante du roi, une porte close et impossible à ouvrir ou détruire, ou tout simplement la peur de la mort et de la solitude, loin d'ici. Il a beau jeu de me rappeler aujourd'hui combien ma vie est misérable, lui qui m'a si peu aidée à y échapper. Mais, subitement, je ne l'entends plus.

Je suis partie.

Mon corps est toujours sur ce banc, alors que mon

esprit voyage. Me voici de retour dans cette pièce, dans ce qui a tout l'air d'être un futur éloigné. Même si elle est pleine d'étrangeté, j'y suis venue si souvent qu'elle m'est désormais familière. Et, pour la première fois, j'y vois son occupant. Il me tourne le dos, assis à sa table, penché sur ce qu'il écrit. Ses cheveux noirs et fournis sont ceux d'un homme encore jeune. Son corps semble élancé mais est voûté par la concentration. Par moments, il marmonne, puis redresse la tête et parle tout haut. Dans une langue étrange. J'arrive pourtant à en comprendre chaque mot.

– Leur père, qui était roi de tout le pays, épousa en secondes noces une… Comment pourrais-je dire cela ? Une méchante reine, oui. C'est cela. Une méchante reine qui n'avait guère à cœur le bonheur des enfants. Oui, parfait. Parfait.

Et il se remet à écrire, avec fièvre. Pourquoi suis-je si certaine qu'il parle de moi ? Il y a tant de reines. Et je ne corresponds pas à cette description. Mais là, il s'agit de moi, oui, j'en suis sûre sans savoir pourquoi. J'ai tellement envie de découvrir quel est son projet. Pourquoi m'évoque-t-il en ces termes ?

– Qu'écrivez-vous ?

Il ne bouge pas d'un pouce.

– S'il vous plaît, monseigneur ?…

J'ai haussé la voix, mais toujours rien. Il ne m'entend pas. Continue à faire courir la plume sur la feuille. Je ne suis sans doute pas vraiment là. Peut-être même que je suis invisible.

– Ma reine?… Ma reine! Allez-vous bien?

– Oh, Gausselmus, c'est vous.

Je suis de retour sur le banc.

– Pardon, je… J'y suis retournée. Dans… le futur. Je crois.

– Magnifique!

– Il était là, cette fois. L'homme qui écrit. Et je crois qu'il écrit… à propos de moi. Mais sans parler vraiment de moi. C'est si étrange. Pourquoi me présenter comme une méchante reine qui voudrait du mal aux princes et à la princesse?

– C'est intéressant. Intéressant. Une distorsion entre le présent et ce qu'on en dit dans le futur. Très intéressant!

– Mais pourquoi mon énergie se dépense-t-elle dans ces voyages dans le temps? Ce n'est pas cela qui me libérera du joug de mon mari! Je VEUX que mes pouvoirs me permettent d'échapper à…

– Majesté, mesurez-vous la chance que vous avez? Visiter le futur! Rien n'est plus…

Je me lève, agacée par cette admiration béate qui ne me donne aucune réponse.

– Pardon, mon ami, je dois réfléchir à tout cela. Si vous le permettez…

Le guérisseur se lève à son tour, se courbe en une profonde révérence et s'en va.

— Partie 2 —

Par le monde

L'homme d'un autre temps

– Hilde, dites-vous ? Votre grand-mère s'appelait comme vous* ?

– Oui. Les filles aînées de ma famille reçoivent toutes ce prénom à la naissance, et ça, depuis des siècles.

L'homme d'une trentaine d'années a mis longtemps à retrouver cette paysanne dont il a entendu parler à plusieurs reprises. Elle s'est forgé une réputation de conteuse de haut vol, dotée d'une mémoire hors norme, issue d'une longue lignée et racontant des récits ancestraux que l'on croyait perdus, ou qui ont été maintes fois déformés. Assise sur un fragile tabouret en bois, devant sa demeure, plus proche de la cabane que de la maisonnette, appuyée sur sa canne, dans le village reculé de Ærøskøbing, elle le toise d'un regard méfiant.

* Tous les dialogues retranscrits dans cet autre temps sont traduits du danois de cette époque. Cette traduction ainsi que le récit au style indirect ont aussi été modernisés au goût de notre époque actuelle.

– La mémoire, monsieur, c'est la mémoire qui fait la différence. Et la répétition. À combien de veillées ai-je assisté, quand j'étais enfant ? À combien d'entre elles ai-je raconté à mon tour ce que j'y avais entendu ? Ah çà, mon bon monsieur…

– Merveilleux, merveilleux…

– Mais je ne veux rien vous raconter à vous.

L'homme reste interdit. Il ne s'attendait pas à cela.

– Mais pourquoi ? Je vous paierai s'il le faut !

– Il n'est pas question d'argent. C'est à cause de ce que les beaux messieurs comme vous font de ces histoires. Savez-vous que ce sont souvent des histoires vraies ? Foi de Hilde !

Elle crache par terre, et se frotte la bouche avec sa manche, affichant une mine de dégoût.

– Elles méritent du respect, ces histoires, ajoute-t-elle, voilà ce que je dis, mon bon monsieur.

– Mais elles seront respectées, je vous assure. Et une fois qu'elles seront écrites, elles seront immortelles !

– Vous allez tout bien retranscrire comme il faut ? Vraiment ? Vous allez parler de sexe et de cannibalisme ?

– De… de quoi ?

– Des viols et des massacres ?

– Mais…

– Faut parler de la réalité, mon bon monsieur. Même aux enfants faut leur dire, tout ça que j'ai dans la tête.

– Mais tout ce merveilleux… Je sais que les histoires

que vous contez sont remplies de merveilleux. C'est cela qui fait rêver.

– Mes histoires racontent le réel, voilà ce que je dis. Et le merveilleux, il existait, voilà tout ce que je dis d'autre. Que seuls les enfants y croient aujourd'hui, c'est une autre histoire, qui est bien triste, ma foi. Tenez, l'histoire des cygnes sauvages, par exemple. Vous le savez que c'est une histoire vraie, cette histoire ? Mon aïeule l'a vraiment vécue, au temps du Moyen Âge. Au XIe siècle, je crois, quelque chose comme ça. Il y a huit cents ans, elle était dame de compagnie de la reine, si, si, je vous jure…

Une conteuse-née ne peut s'empêcher de conter, dès qu'une oreille attentive traîne dans les parages. Malgré toute sa défiance, et avec un délice évident, elle se met à raconter toute l'histoire des cygnes sauvages à l'homme ravi. La version qu'elle en raconte, c'est exactement celle qui correspond à la réalité vraie, elle l'assure maintes fois, à peine déformée au fil des récits qui en ont été faits. L'homme fait la grimace à plusieurs reprises tout en écoutant, mais il note les motifs les plus frappants. Il perçoit le haut potentiel de ce récit haut en couleur.

– Merci, dit-il quand elle a fini, au bout de plusieurs heures.

Il fait nuit noire. Ils se sont retranchés à l'intérieur car la température a chuté au point de piquer les joues et d'engourdir les orteils. Elle a allumé un feu et lui s'est laissé emporter par le formidable talent de la vieille femme.

– Ces histoires n'appartiennent à personne, monsieur. Ni à vous ni à moi. Je ne peux pas vous empêcher de les transmettre à votre tour. Ça non, je ne peux pas, et je ne le dois pas. Les mots, ça doit circuler, pas vrai ? Les histoires, ça doit voyager. Mais je vous interdis d'en modifier la substantifique moelle, comme dirait l'autre, je ne sais pas qui, j'ai entendu ça un jour d'un type qui lisait des livres, et ça m'a plu.

Il remercie chaleureusement la vieille dame. Laisse quelques couronnes sur la table et s'en va.

*
* *

À peine de retour chez lui, à Copenhague, l'écrivain se met à sa table. Il est tout disposé à retranscrire les grandes lignes du récit le plus fidèlement possible, tout en inventant de nombreux éléments, avec les pointes de fantaisie, de poésie, d'humour et de cruauté qui lui sont propres. C'est un homme d'une grande probité.

Mais quelque chose le gêne… Il réfléchit avant de faire courir sa plume sur le papier. À quoi pense-t-il ?

– Ce personnage de roi est quand même trop cruel… réfléchit-il à voix haute.

Il songe à Frédéric VI, l'actuel roi du Danemark. Mettre en scène des rois veules et immoraux ? Le roi risquerait de croire que l'écrivain parle de lui… Il a beau se dire despote éclairé, cela reste un despote. Et il est toujours dangereux de froisser un despote. Cela serait d'autant plus déplacé de la part de l'auteur qu'il a bénéficié d'une bourse pour ses études, accordée par ce même Frédéric VI ! De façon encore plus pragmatique, aucun éditeur ne prendrait le risque de publier un texte qui critiquerait un roi, symbole de tous les rois.

– Je vais commencer par modifier la figure du roi, déclare l'écrivain pour lui-même.

Mais il ne s'autorise toujours pas à laisser courir sa plume sur le papier. Il s'avise que, si le roi est bon, alors la reine n'aura plus du tout de raison d'éloigner les princes et la princesse. Il faut trouver une autre raison. Mais laquelle ?

– Je sais ! Je vais modeler la personnalité de la reine, pour compenser. Ce sera à cause de sa méchanceté à elle que…

Tout en prononçant ces mots, il sursaute.

– Qui est là ? demande-t-il en se retournant.

Il n'y a personne, bien sûr. Il secoue la tête. Puis reprend le fil de ses pensées.

– Oui, la reine doit être méchante à la place du roi ! Sa jalousie et sa soif de pouvoir la conduiront à détester les princes et la princesse. Je ne connais aucune reine qui pourrait s'en offusquer en imaginant que je parle d'elle.

Il y a bien la reine Marie-Sophie, la femme du roi, mais elle n'a que peu de pouvoir en comparaison de son mari. Et puis elle n'a pas le statut de belle-mère, donc rien à voir. Et puis les femmes ne sont-elles pas, par essence, beaucoup moins susceptibles que les hommes ?

– C'est bien, c'est bien, comme cela raconter des histoires reste possible.

Enfin, la plume s'active. Par moments, l'écrivain se retourne brutalement, comme s'il ressentait une présence derrière lui. Mais, après tout, n'est-il pas constamment entouré par ces personnages qu'il met en scène ?

– Les images viennent enfin, les idées tournoient, marmonne-t-il.

Et la feuille se remplit du début du récit.

Brunehaut

– Parlez, jeune homme.

– Elle va bien. Elle est heureuse. Et… elle est de plus en plus belle…

Le charpentier rougit. Les dernières paroles lui ont échappé. Je l'ai chargé d'espionner la princesse Élisa. Il s'y rend deux ou trois fois dans l'année, et me fait son compte rendu. Je ne me suis pas trompée : le couple de paysans est aimant et bon. Élisa y est sans aucun doute beaucoup mieux qu'ici, au château.

– Tout le monde l'aime. Au village d'à côté où elle se rend souvent, on loue sa bonté et sa gentillesse. Même son bavardage incessant est jugé agréable et joyeux. Sa réputation est arrivée jusqu'ici.

– Que dites-vous ?

– On parle d'une jeune fille qui vit sur le continent, sans savoir de qui il s'agit en réalité. J'ai entendu des pêcheurs et des lingères évoquer une beauté sans commune mesure. Une jeune fille éclatante comme le jour, pieuse et pourvue d'une grande âme, vivrait dans la forêt.

– Cela risque-t-il d'arriver aux oreilles du roi ?

– Je ne saurais dire, ma reine. Mais quand un sujet intéresse le peuple, il en est très vite question dans toutes les conversations. De la cuisine aux appartements royaux…

Je blêmis. Je connais mon époux. S'il entend parler d'une fille belle comme le jour, il voudra faire sa connaissance, sous un prétexte ou un autre. Il lui est même arrivé de s'arranger pour faire porter de fausses accusations sur l'une ou l'autre des jeunes femmes qui lui plaisaient, juste pour pouvoir leur promettre de les gracier si elles venaient à lui…

– Cela ne se peut. Il faut absolument enrayer cette rumeur.

– Ce n'est pas une rumeur, ma reine, c'est la véri…

– Tais-toi !

Le sol vibre. Le garçon pose ses mains sur ses oreilles. Et tremble des pieds à la tête. Il me fait subitement de la peine.

– Pardon, dis-je, je ne voulais pas crier.

Une reine qui s'excuse ? Il en est plus éberlué que de m'avoir entendue crier tout en ayant l'air de parler le plus posément du monde. Je poursuis, pour le faire sortir de sa stupeur.

– Voici ce que vous allez faire, jeune homme…

Élisa

Elle tourne son regard vers le ciel d'un noir déjà profond, au-delà de la fenêtre. Quand il fait jour, elle s'amuse à regarder passer les nuages au travers d'une feuille d'érable percée d'un trou. C'est un jeu qu'elle a trouvé dès qu'elle est arrivée ici. Elle aime rêver que la feuille a un pouvoir magique capable de montrer ce qui se passe à des lieues et des lieues d'ici. Elle lui permettrait de discerner onze jeunes princes perdus ou errants, pour des raisons encore inconnues d'elle.

– À quoi penses-tu, mon ange ? Il est rare que tu restes plus de deux minutes sans rien dire. N'as-tu même rien à chantonner ?

Lison lance un regard malicieux à Élisa, qui se met à rire. Elles sont installées à la table de la cuisine, à écosser des haricots et peler des pommes de terre à la lueur de l'âtre. Lison préfère cuisiner le soir pour le lendemain, ce qui lui permet de passer la matinée au-dehors. Elle est de ces personnes qui aiment profiter des lueurs de l'aube.

– Ne t'inquiète pas, ma bonne Lison, je vais rapidement me remettre à te noyer sous mes questions et mes réflexions ! J'ai juste un petit coup de fatigue.

– Va donc te coucher, alors, mon enfant. À ton âge, tu as besoin de sommeil !

– Vous êtes tellement gentils avec moi, Willibert et toi. Si je n'insistais pas pour vous aider un peu, vous me laisseriez ne rien faire de toute la journée.

Lison émet un petit rire flûté.

– Oh, ne crois pas ça, ma fille. Si je te dis d'aller au lit, c'est pour que tu sois en grande forme demain, afin que tu puisses m'accompagner au village. On a des emplettes à faire, et j'ai besoin de tes jeunes bras robustes pour les porter.

Élisa se lève, embrasse la femme sur ses joues rebondies, puis Willibert qui somnole sur sa chaise à bascule, avant de rejoindre sa chambre.

L'été est bien installé et les nuits sont presque aussi chaudes que les journées.

Élisa lit, installée dans son fauteuil. C'est un livre de prières, parce que Willibert ne possède quasiment que cela. Elle sait qu'il existe des livres qui racontent des histoires incroyables, émouvantes et passionnées. Elle brûle de les découvrir ! Au lieu de cela, elle passe pour la fille la plus pieuse de toute la contrée, à force de lire et de relire versets, litanies, gloires, mystères, promesses et oraisons. Il y a des prières et des passages bibliques aussi exaltants que des fresques épiques et poétiques, certes, mais quand elle lit « Mon Dieu, je crois, j'adore, j'espère et je Vous aime », son cœur bondit en imaginant bien d'autres figures que celles de la Sainte Trinité.

Elle finit par s'allonger sur son lit en soupirant. Elle laisse la fenêtre ouverte pour profiter de la fraîcheur nocturne bienvenue. La nuit bruisse et lui souffle des récits d'aventures, flous et sans détails. Les étoiles luisent comme autant de lampes d'embarcations perdues sur une mer sans fin. Elle soupire encore, rêve d'amour et d'épopées, puis repense à ses frères. Où sont-ils donc ? Comment ont-ils pu l'abandonner ?…

– Qui va là ? crie-t-elle au beau milieu de la nuit.

Cette fois, ce ne sont pas ses chers frères embusqués comme lorsqu'elle courait dans la lande au temps de l'innocence, mais une espèce de menace noire et diffuse. Une présence plane. Effrayée, elle se redresse, et sa vue s'adapte peu à peu à l'obscurité. Par chance, la lune est presque pleine et éclaire comme une torche.

– Qu'est-ce que…

Trois fleurs de lys, une rose, une blanche et une rouge, gisent sur ses jambes. Comment ont-elles atterri là ? Il n'y en a même pas au jardin. Un grognement l'alerte. Elle enfile un gilet et s'approche de la fenêtre grande ouverte. Une odeur venue de l'enfance lui serre la gorge. De quels souvenirs est-elle issue ?

Une ombre bouge, grogne à nouveau, souffle, se déplace, approche… et lui saute dessus ! Une bête velue, prête à la dévorer et à planter griffes et crocs dans sa chair… lui lèche le visage entre deux jappements de joie.

– Fidèle ! Mais que fais-tu là, mon bon chien ? Oh, comme tu m'as manqué ! Mais comment…

– Il est venu avec moi.

Après un sursaut, le cœur d'Élisa s'emplit de chaleur lorsqu'elle reconnaît cette voix.

– Éric ? C'est bien toi ?

L'individu approche de la fenêtre, et son visage est désormais baigné de lumière nocturne. Le petit garçon qu'était Éric il y a trois ans de cela est désormais un jeune homme aux traits plus affirmés quoique toujours très doux. Son regard, surtout, est d'un velouté qui donne envie de s'y lover.

– Je n'ai pas réussi à empêcher Fidèle de nager après ma barque, et une fois qu'il en était proche, je n'ai pu que l'aider à monter, sinon il se serait noyé. Vous lui manquez tellement, princesse…

Le chien inonde de salive le visage d'Élisa, et grogne du plaisir de la revoir enfin. Elle fronce les sourcils.

– Pourquoi as-tu attendu tout ce temps pour venir me voir ? M'avais-tu oubliée ?

– Oublier ? Vous oublier, princesse ? Mais comment croyez-vous que…

– Tu me vouvoies à nouveau ? Mais cesse ça tout de

suite. Et raconte-moi ! Raconte-moi tout ! Mes frères sont-ils rentrés chez nous ?

– Non, princesse, hélas.

– Mais tu connais le chemin pour retourner à la maison, alors emmène-moi !

– Ce serait dangereux. La reine... Elle a voulu...

– Quoi ? Pourquoi fixes-tu ces fleurs de lys à terre ? C'est toi qui les as déposées sur moi dans mon sommeil ?

– Je ne m'explique pas ce qui vient d'arriver. Mais je suis si soulagé que ça se soit produit !

– Mais de quoi parles-tu ? Attends...

Élisa prend une couverture sur une étagère et passe par la fenêtre.

– On va s'éloigner un peu pour ne pas réveiller Lison et Willibert, et tu vas me raconter.

Elle entraîne Éric au milieu de la clairière, étend la couverture sur l'herbe et s'y installe. Elle lève le visage vers le clair de lune comme si elle se dorait délicieusement au soleil. Fidèle se couche contre elle et pose son museau sur ses cuisses. Éric s'assied à ses côtés, timidement, la regarde un instant avant de détourner les yeux. Élisa lui jette aussi des regards furtifs. Elle est bouleversée par des détails : la naissance de ses cheveux au-dessus de l'oreille, le dessin de ses lèvres pleines vues de profil, le relief d'une clavicule, et plus encore par ce qu'elle ne peut voir et brûle de découvrir derrière les boutons fermés de sa vareuse. Cette peau cachée, l'idée de ce qui fait saillie ou creux, de ce qui est ferme ou moelleux, tout cela allume un feu dans son ventre et gonfle sa gorge. Éric enserre ses jambes avec ses bras et commence son récit.

– J'ai tellement honte… Je n'ai pas pu refuser. Enfin si, j'aurais pu, on peut toujours ! Elle m'aurait fait tuer, cependant, et j'ai eu peur. Je suis si faible… Pardon, pardon…

Élisa pose sa main sur l'épaule d'Éric pour lui signifier qu'elle ne lui en veut pas le moins du monde. Ce faisant, elle ressent une décharge qui la touche jusqu'au cœur. Elle retire vivement ses doigts, effrayée par cette vive impression, et écoute la suite.

– La reine Brunehaut m'a fait venir dans un coin reculé des jardins du château, poursuit le jeune garçon. Elle portait un sac de jute noir, percé de petits trous, qui contenait des choses mouvantes et croassantes. « Ce sont des crapauds », m'a-t-elle appris. Quiconque entrerait en contact avec l'un d'eux verrait sa peau immédiatement couverte de pustules affreuses. Ou de plaques vert et rouge. Et serait pris de démangeaisons terribles, l'obligeant à se gratter jusqu'au sang. « Tu vas les jeter sur Élisa. Le sortilège durera jusqu'à ce que j'en décide autrement. » J'étais horrifié par ces mots, mais… Elle avait l'air triste en les prononçant. Comme si on la forçait à me demander une telle chose. C'est ce qui m'a donné le courage de lui demander ses raisons.

« La beauté d'une femme est un atout formidable, m'a-t-elle répondu. On peut obtenir plus de choses que quand on n'en est pas pourvue. Mais à cause de cet infime pouvoir qu'elle nous donne, beaucoup de gens ont envie de nous l'ôter, cette beauté, par tous les moyens.

– Comment ça se vole, la beauté ?

– En l'écrasant, mon garçon. En la souillant. En l'humiliant. En la rabaissant. En en profitant…

– Vous, vous la volez avec des crapauds…

– Exécute mes ordres, sinon c'est toi que je transforme en crapaud ! »

Éric ferme les yeux, ému par le souvenir de ces paroles.

– Elle avait usé de sa voix qui fait tout vibrer autour. Cette femme, princesse, ta belle-mère, a des pouvoirs de sorcière. J'ai saisi le sac qu'elle me tendait, et je me suis enfui. J'ai pris ma barque, j'ai hissé Fidèle qui m'avait suivi, et je suis venu jusqu'ici. Tu dormais à poings fermés sous le clair de lune. Je suis désolé, Élisa, mais j'ai fait ce que m'a demandé cette femme terrifiante et changeante, impossible à comprendre. J'ai pleuré en imaginant ce que ces trois crapauds allaient te faire, mais je les ai délicatement déposés sur toi.

– Comment se fait-il que je ne les ai pas sentis ? Cela aurait dû me réveiller !

– Il s'est passé un miracle. À peine ont-ils effleuré ta peau qu'ils se sont transformés en superbes fleurs si légères que tu ne t'es pas aperçue de leur présence.

– Mais… comment cela est-il possible ? Si je possédais des pouvoirs magiques, je le saurais !

– Quoi qu'il en soit, le sortilège a été déjoué. Ta peau

n'a rien du tout. Tu es toujours aussi bel… Je veux dire, tu es toujours comme avant.

Élisa rougit. Éric la trouve belle !

– Il faut que je retourne au château, Éric. Je dois revoir mon père. Peut-être qu'il a appris quelque chose sur mes frères. Je dois les retrouver !

Le jeune garçon frémit.

– Tu voudrais que je… que je te ramène avec moi ?

– Oui ! Toi, tu connais le chemin. Moi, je me suis perdue des dizaines de fois.

– Je suis surveillé de près par la reine, Élisa. Elle m'attendra peut-être même sur la rive pour obtenir mon compte rendu au plus tôt. Elle l'a déjà fait, quand je venais voir si tu allais bien. Si elle t'aperçoit dans ma barque, tu seras perdue. Elle serait capable de te noyer sur place.

– Et surtout, elle te noierait aussi… Je ne peux pas te faire courir un tel risque. Pardon ! Je n'ai pensé qu'à moi.

Éric a un petit sursaut, comme piqué par une bonne idée. Son regard est brillant d'espoir.

– En revanche, tu peux garder Fidèle avec toi…

– Et il connaît bien le chemin, tu crois ?

– J'en suis sûr ! C'est un mastiff, un chien de chasse, il a un flair extraordinaire, il saura suivre mon odeur.

– Alors je vais attendre un peu, pour que la reine ne puisse pas faire le lien entre toi et mon retour.

– J'ai peur de ce qu'elle est capable de te faire, si tu reviens. Sauras-tu te cacher d'elle ?

Éric a un air si sincèrement inquiet qu'Élisa ne peut s'empêcher de poser sa main sur la sienne. Elle l'y laisse longtemps.

La lune, en face d'eux, éclaire une bulle d'émotions.

Brunehaut

Pourquoi suis-je à nouveau là, dans cette pièce étrange ? J'y perds mon temps, au lieu de m'entraîner à accroître mes pouvoirs pour enfin mettre mon mari hors d'état de nuire. Ce petit homme au visage long et au front haut ne peut rien m'apporter : il ne fait qu'écrire et écrire encore et rien d'autre.

Je me penche pour lire. Le miracle se produit, comme quand je l'ai entendu parler : il s'agit d'une langue que je ne connais pas, et pourtant je la comprends.

« La reine, voyant sa beauté, se mit fort en colère et conçut pour Élisa une haine terrible… »

– Il parle encore de moi ! Mais pourquoi ? Pourquoi raconte-t-il l'histoire ainsi ? Et par quel biais en a-t-il eu connaissance ? Non seulement je n'ai rien à faire ici, mais en plus je dois endurer ces honteuses calomnies…

– Qui est là ? Quel est ce murmure ?

Mon cœur bondit dans ma poitrine. L'homme qui écrit, dans le futur que je visite, est donc capable de m'entendre ? Je m'approche le plus près possible de l'oreille de cet homme prénommé Hans – j'ai entendu sa logeuse l'appeler ainsi, un jour qu'elle lui réclamait quelque argent.

– Vous m'entendez ? Monseigneur… C'est moi, la reine… du récit que vous écrivez. Je ne suis pas comme vous l'écrivez !

– Mais que diable est-ce donc là ?

Hans agite la main dans tous les sens autour de lui, comme pour chasser un insecte.

– Ce bourdonnement m'empêche de me concentrer.

– Si seulement cela pouvait vous empêcher d'écrire ces mensonges ! Je me demande bien pour quelle raison…

Je me retrouve subitement dans ma chambre, expulsée de celle de l'écrivain, et de son époque. Mon pouvoir ne me permet jamais de rester longtemps… D'autant moins que je n'en ai aucune envie. Pourtant, cette fois, il s'est passé quelque chose d'inhabituel. L'homme du futur a ressenti ma présence ! Arriverai-je, au fur et à mesure de mes voyages dans le temps, à y acquérir toujours davantage de consistance ? C'est possible. Oui, c'est bien possible, et peut-être y a-t-il là une possibilité d'évasion…

– Allez-vous dîner avec le roi ? me demande Hilde en tentant de cacher son inquiétude.

La question est légitime. Ainsi que l'inquiétude. Je prétexte souvent une indisposition ou un mal de tête pour rester dans mes appartements, et éviter le calvaire d'un dîner seule avec lui. Mais je l'ai trop souvent fait ces derniers temps pour ne pas risquer gros si je ne descendais pas ce soir – la mauvaise humeur du roi génère cris, violence, insultes… viols. Il est arrivé plusieurs fois que Hilde me retrouve en triste état, prostrée dans un coin de ma chambre, les yeux secs mais ouverts sur des abîmes de terreur. Elle m'a même sauvé la vie quand ma tête a heurté l'arête d'une table en pierre. Le roi avait quitté la pièce en me laissant avec le crâne ouvert, comme il aurait abandonné derrière lui un vêtement sale ou usagé, par simple négligence.

Chaque fois, je me concentre pour que mes pouvoirs mettent le roi hors d'état de nuire. Mais je suis, encore et toujours, plus faible qu'une souris, en sa présence. La terreur et la haine paralysent toutes mes facultés, et le temps n'y fait rien, au contraire. Cette malédiction me fait trembler d'impuissance. Il faut que je fomente un nouveau plan de fuite. Je crois en être à plus de deux cent cinquante tentatives, toutes empêchées, toutes s'étant soldées par un échec… Un jour j'y parviendrai enfin ! J'ai joué de tant de malchance jusqu'ici…

– Oui, Hilde, ce soir je vais descendre dîner.

La vieille femme revêche, mais désormais pleine de pitié, esquisse un sourire de soulagement.

– Je vais vous coiffer un peu, alors.

Cela fait vingt bonnes minutes que je me force à grignoter un peu du repas somptueux qui se trouve devant moi. Le roi mange avec appétit, bruits de succion et de craquements d'os. J'évite de le regarder. Lui aime que je sois là, même s'il ne m'adresse pas la parole. Lorsqu'il a bu beaucoup de vin, il m'a ainsi à portée de main sans avoir à se déplacer jusque chez moi ou chez lui. Il aime beaucoup, par ailleurs, mélanger les chairs, celle de la viande qu'il n'a pas fini de manger, et la mienne.

Teuthardus, son valet, entre dans la pièce et se penche à l'oreille du roi.

– Sire, une jeune fille demande à vous voir. Je lui ai dit que vous étiez en train de dîner, mais elle insiste beaucoup.

– Mmmm… Une jeune fille, dites-vous ? Est-elle jolie ?

– Je ne saurais dire, votre altesse, vraiment, c'est que…

– Ah, tu m'ennuies ! On s'ennuie ! Ma reine, vous n'êtes tellement pas drôle. Je manque d'amusement. Faites venir cette jeune fille, que je me divertisse enfin un peu.

– Que… Ici, mon mari ? En plein repas ? Je…

– Je reçois qui je veux quand je veux, ma mie. Avez-vous quelque chose à y redire ?

– Non, mon roi. Rien.

– Allons, qu'elle entre !

Teuthardus se penche en une profonde révérence, disparaît, puis revient avec une souillon comme on en voit rarement. Le roi en a un hoquet de dégoût. Elle a le visage noir de suie, les cheveux emmêlés et remplis de brindilles et autres saletés. Elle est vêtue d'une robe simple et déchirée. Ses bras et ses jambes sont pleins d'égratignures. Ses pieds sont encore plus noirs que son visage et elle se gratte compulsivement les cuisses et les avant-bras.

Je blêmis. Que fait-elle là? Pourquoi et comment estelle là ?

– Comment oses-tu te présenter devant moi dans un tel état, sauvageonne ?

– Mais… Ne me…

La dernière phrase a bien été prononcée en entier, mais elle ne parvient pas aux oreilles du roi, car j'ai fermé les yeux et fait vibrer l'air tout autour de lui.

– Encore cette vibration ! Espérons qu'un séisme ne se prépare pas… Tu es toujours là, espèce de laideronne ? Tu me donnes envie de vomir. Moi qui espérais une belle peau laiteuse pour mon dessert, me voilà servi ! Qu'on me présente de la jeunesse appétissante, par pitié. Pour qui me prenez-vous ? Celle-là ne mérite que d'être prise par les cochons.

Je serre les poings.

Il est si aveuglé par ses désirs dégoûtants qu'il n'a même pas reconnu sa propre fille. Elle a voulu lui dire : « Ne me reconnaissez-vous pas, père ? », ignorante du danger qu'elle aurait couru si ces mots lui étaient parvenus. Des larmes coulent sur les joues de la princesse et je prends peur. Et si elles faisaient partir la suie de son visage ? Le sort aux crapauds, je le sais, n'a pas fonctionné, par un mystère que je ne m'explique pas, et rien n'a altéré son teint lumineux, entre abricot et porcelaine. Heureusement que le couple de villageois a écouté mes consignes de la laisser sans hygiène. J'espère seulement qu'elle n'en aura pas attrapé de maladie grave. Je me lève précipitamment, et prends la visiteuse par le bras, pour la tirer vers la sortie.

– N'avez-vous pas entendu le roi, jeune insolente ? Quittez ce château, et qu'on ne vous y revoie plus ! Est-ce clair ?

Je confie la princesse à deux gardes, qui saisissent chacun l'un de ses bras et la traînent malgré ses cris jusqu'à la sortie du château. Mon cœur se serre… Ils la jettent sur le parvis sans ménagement. Lorsque Élisa se met à hurler le prénom de Gerda, j'use du même stratagème que quelques minutes plus tôt. Je fais vibrer l'air partout dans le château, si bien que personne n'entend les cris de la jeune fille.

De retour dans la salle du repas, je constate avec soulagement que mon mari s'est endormi, visage dans son assiette, au côté d'une pièce de sanglier rouge et brillante.

Élisa

Fidèle court vers Élisa, prostrée devant le pont-levis, pour se coller contre elle et lui lécher le visage. Il est son seul allié, le seul à savoir qui elle est vraiment. Les hirondelles qui tournent et virent autour des pinacles et des tourelles semblent aussi se souvenir d'elle. « C'est l'enfant riante et pleine de vie d'autrefois ! » signifient-elles par de brefs cris stridents. Mais qui écoute les hirondelles ? Élisa pleure, assise sur le parvis du château. Son propre père ne l'a pas reconnue. Gerda n'a pas accouru quand elle l'a appelée. Personne n'est venu à elle pour lui exprimer sa joie qu'elle soit de retour. Tout le monde l'a oubliée !

Elle était pourtant si heureuse de retourner chez elle, au moins pour une petite période, comme une étape réconfortante après tout ce qu'elle a enduré.

Après le départ d'Éric, elle était tiraillée entre la joie

de pouvoir enfin retrouver le chemin de l'île grâce à son chien Fidèle, et la tristesse infinie de devoir dire adieu au couple de paysans qui a été si bon avec elle et qu'elle aime tendrement.

Elle ne parvenait pas à s'y résoudre, mais il lui fallait partir à la recherche de ses frères.

Un jour, un événement a précipité sa décision.

Elle était en train de rejoindre ses parents adoptifs à l'arrière de la maison, pour les aider à s'occuper des poules. Une voix grave et inhabituelle a stoppé ses pas.

Dissimulée derrière le poulailler, elle a surpris Lison et Willibert en conversation avec le sombre chasseur qui l'avait amenée jusqu'ici, au tout premier jour de sa nouvelle vie. Elle avait eu si peur de cet homme sévère... Que faisait-il là ?

– Si vous ne faites pas ce que la reine ordonne, a-t-il déclaré d'un ton placide, alors vous pourrez dire adieu à votre ferme. Elle sera réquisitionnée. Inutile de vous dire que la vie de votre fille adoptive en sera menacée. Si je vois que vous n'avez rien écouté, je la tuerai sur-le-champ.

Lison se tordait les mains.

– Mais pourquoi ? Pourquoi veut-elle qu'on fasse une chose pareille ?

– Les ordres de la reine n'ont pas à être compris. Ils doivent être exécutés.

Sur ce, il s'en est allé. Qu'a-t-il pu leur demander ? Élisa a posé la question au couple de paysans, et n'a eu comme réponse que des yeux fuyants et «ce sont des histoires d'adultes, ma chérie». Elle a compris rapidement de quoi il s'agissait vraiment les jours suivants. Lison et Willibert ne cessaient pas de s'excuser en pleurant, et embrassaient leur chère fille à tout bout de champ, mais ils avaient dissimulé sa brosse à cheveux, sa bassine, son broc à eau, et l'avaient empêchée de se rendre à la rivière. Ils refusaient de laver ses draps et ses vêtements, et s'opposaient à ce qu'elle le fasse elle-même.

– Ma pauvre petite Élisa, disait Willibert, on est tellement, tellement désolés. On n'a pas le choix. On ne peut pas t'expliquer pourquoi, mais on ne peut pas faire autrement. Je t'en prie, ne pleure pas…

La reine avait ordonné qu'elle ne puisse plus prendre soin d'elle.

Jour après jour, les effets en étaient plus visibles. Partout dans la contrée, on ne parlait plus que de la jeune fille la plus sale et la plus répugnante qui puisse exister. Et c'était sans doute cela, la volonté de sa belle-mère : que la réputation de sa beauté soit ternie, jusqu'à s'évaporer. Elle en était jalouse ! Comment expliquer la situation autrement ? Quelle mauvaise femme, horrible, égoïste et vaniteuse !

Élisa souffrait doublement : de la négligence qu'on lui imposait, et de la douleur qu'elle voyait sur les visages de ces deux êtres de toute bonté, contraints à de si mauvaises actions.

Ils souffriraient moins si je partais, a-t-elle fini par conclure.

Un matin, elle s'est levée aux aurores. Elle a laissé un petit mot sur la table de sa chambre. Willibert le donnerait à déchiffrer à l'homme qui lui vendait des livres, au village.

« Mes très chers Lison et Willibert, si je pars, ce n'est pas à cause des mauvais traitements que vous m'imposez. Je sais que vous y avez été forcés, et que vous vous y pliez la mort dans l'âme. Ne croyez surtout pas que je vous fuie, car je vous aime comme j'ai toujours eu envie d'aimer mon propre père sans qu'il m'y encourage, et comme j'aurais pu aimer ma mère si elle avait survécu. Vous m'avez rendue tellement heureuse ! Je reviendrai vous voir, je vous le promets. Mais, pour l'heure, je dois partir, et essayer de retrouver tout ce que j'ai perdu de cher, pour découvrir qui je suis vraiment. Je sais, ce n'est pas très clair, mais parce que je vous mettrais en péril si je vous révélais tout. Bien entendu, je vous rendrai au centuple les quelques pièces que je vous ai prises. Je suis désolée de ne pas avoir pu vous les demander. Je vous aime. Élisa »

Puis elle a murmuré à l'oreille de Fidèle, son bon chien, de la conduire jusqu'à la rive où se trouve toujours quelqu'un prêt à vous faire passer le gué en échange de quelque argent. C'est ce que lui avait expliqué Éric. Faire renifler au mastiff un mouchoir que lui avait donné le jeune garçon a achevé de lui faire comprendre la consigne.

En songeant à Éric, son cœur a fait un bond involontaire.

Elle était heureuse à l'idée de le revoir. Cette perspective l'a fait passer avec davantage de légèreté par la fenêtre de sa chambre, à la suite de Fidèle. Avant de quitter la clairière où elle avait été si heureuse, elle s'est retournée vers la maisonnette, a fermé les yeux, et a essayé d'envoyer ses plus belles et plus tendres pensées vers les deux êtres qui y dormaient.

Cette nuit-là, leurs rêves furent peuplés de la plus grande douceur et du plus grand apaisement imaginables.

Traverser la forêt a pris plus d'une heure, et une fois sur la rive elle a trouvé un tout jeune garçon, d'une douzaine d'années à peine, endormi dans une barque. Elle lui a délicatement touché l'épaule. Il a sursauté, écarquillé les yeux et s'est exclamé : « La souillonne ! » Voilà comment on la désignait désormais.

– Accepterais-tu de faire traverser la souillonne jusqu'à l'île de Margelonne, avec son chien, si elle te payait pour cela ?

– Ma foi, l'argent n'a pas d'odeur ! C'est pas comme toi, berk. Allez, monte, mais reste le plus loin possible de moi, sinon je vais vomir.

La traversée s'est faite dans un calme plat, étrange et serein. Le cœur d'Élisa se serrait à mesure qu'elle s'éloignait du continent et qu'elle s'approchait de l'île. Elle lui paraissait si petite, désormais, même si elle grossissait de minute en minute ! Qu'allait-elle y retrouver ?

Sur le quai, Élisa n'a pas vu Éric. Elle a esquissé un mouvement vers l'eau pour au moins se débarbouiller enfin, ce qu'elle n'avait pas eu la présence d'esprit de faire jusqu'ici, toute à ses émotions, mais un homme en vareuse est sorti d'une cahute comme un diable de sa boîte, pour la houspiller en agitant son suroît devant lui.

– Va-t'en, souillonne ! Tu vas polluer la mer entière si tu y plonges un seul orteil. Et les poissons risquent tous de mourir. File loin d'ici, tu m'entends !

D'autres l'ont rejoint pour la chasser et lui jeter des pierres.

Elle devait s'habituer à être rejetée désormais, mais elle avait de l'espoir, néanmoins, tout en s'approchant du château. Là-bas on prendrait soin d'elle et elle pourrait enfin se laver. On sait à quel point cet espoir fut déçu…

Brunehaut

– Un seigneur est mort, quelle tristesse, oh oui, quelle tristesse qu'un nouveau plus jeune, plus vif et encore moins compréhensif lui ait succédé. Nous vous regretterons peut-être, seigneur, après vous avoir maudit si longtemps.

Le troubadour de la troupe arrivée en ville il y a deux jours chante pendant le dîner. Je lui demande d'approcher, une fois sa prestation finie.

– De quel seigneur parlais-tu dans ce chant, ménestrel ?

– Du grandissime et puissantissime seigneur de Pontieu, majesté, répond-il avec une lueur de malice ironique dans le regard. Nous y étions il y a quelques semaines de cela.

– Mon père ? Mon père est mort ?

– Personne ne vous a prévenue, mon immense seigneurie ?

– Qui donc lui a succédé ?

– Le seigneur Foulques de Borsa, ma sérénissime gente dame.

– Foulques…

L'un de mes cousins éloignés. Je donne une pièce au chanteur avant de regagner ma place sous l'air indifférent du roi. Émotions et pensées s'entrechoquent dans mon esprit. Personne n'a daigné m'avertir du décès de mon père, en effet, et encore moins m'appeler pour régner, évidemment. Je ne suis qu'une femme.

Je vois de la compassion dans le regard de Hilde. Elle a entendu mon échange avec le troubadour. Elle me plaint désormais, elle qui a pourtant tellement insisté pour que je plie. Elle n'imaginait pas que le roi essaierait de me briser à ce point. Je vois dans les gestes de Gerda, des valets, des domestiques et des cuisinières que l'on me craint, tout en étant désolé pour moi.

Je n'ai plus de larmes, et n'ai donc aucun mal à dissimuler la peine d'avoir perdu mon père, tout pitoyable qu'il fût.

Cette fois, j'ai choisi de donner rendez-vous au guérisseur sur une crique isolée. On me laisse me promener où je le désire sur l'île, si c'est avec Hilde. Je suis majeure et reine, mais on m'impose un chaperon. J'ai prétexté le besoin de voir l'horizon au-delà de la mer démontée, sous un ciel gris et argent, et demandé à la vieille femme de m'attendre sur la falaise. Gausselmus patientait dans une grotte creusée en pleine roche, en contrebas.

– Le croirez-vous, mon ami ? J'ai encore tenté de fuir, hier…

Il ne répond rien. Me voyant là, il connaît déjà l'issue de cette tentative.

– Cette fois, figurez-vous que c'est une souris qui m'a trahie. Elle a couiné en filant entre mes jambes au moment précis où je traversais le pont abaissé pour laisser passer des marchands. Je croyais passer inaperçue à la faveur de l'agitation, mais la bestiole a attiré l'attention sur moi. Pensant que j'étais devenue blême à cause d'une peur idiote de l'animal, des fermiers se sont gaussés de moi avec force rires et blagues grivoises. Forcément, l'un d'eux a fini par me reconnaître avant de se vautrer en plates excuses. J'étais repérée. J'ai dû rebrousser chemin, comme tant de fois avant cela…

– Je suis réellement navré pour vous, ma reine.

– Et, bien sûr, j'ai dû m'expliquer devant le chef de la garde, comme si j'étais une enfant prise avec les doigts dans la confiture. Sauf que le châtiment encouru pouvait être la mort. J'ai inventé avoir été attirée par la magnificence des tissus que transportait une charrette. Je n'ai pas pu m'empêcher d'approcher pour les toucher. Une femme est si frivole, n'est-ce pas ? Cela m'a sauvée.

– Je… je ne sais pas quoi vous dire, ma reine… Si ce n'est que cette malchance incessante ne peut être le fruit du hasard. Une force étrange et supérieure vous retient ici. Vous… vous devez avoir un rôle à jouer en ces lieux. Un rôle important. Cela ne peut pas être autre chose, sinon vous auriez réussi à fuir depuis longtemps.

– De quoi suis-je donc l'instrument ? Au nom de quel but supérieur ma vie est-elle ainsi sacrifiée ? Je n'en puis plus d'être ainsi maudite. Et de supporter les regards, en plus de cela. Tout le monde est conscient de ma condition misérable, n'est-ce pas ? Et personne ne comprend pourquoi je la subis encore. Personne ne sait combien de fois j'ai tenté de m'en extirper…

Gausselmus baisse la tête et semble se concentrer sur un petit crabe sur un galet rond. Bien que je lui sois reconnaissante pour son écoute et son amitié, je ne peux m'empêcher de lui en vouloir, parfois. Ses promesses de puissance à venir, qui m'auraient permis de tenir le roi à distance, se sont révélées fausses…

Si fausses que le soir même, désespérée, je fais une nouvelle tentative de fuite. Cette fois, je parviens sans encombre à détourner la vigilance des gardes. Je réussis même à faire s'abaisser le pont-levis rien qu'en y pensant. Je cours jusqu'au port, dissimulée sous une large capuche. Mais, avant même que je puisse demander à un pêcheur de m'emmener sur le continent, je suis encerclée. Des dizaines de villageois m'ont suivie sans que je m'en aperçoive. Ils sont tous là, à moitié pleins d'espoir, à moitié pleins de haine.

– Vous sortez rarement de votre tour d'ivoire, ma reine, prononce une voix.

– Pourtant nous avons besoin de vous, implore une autre.

– Il paraît que vous savez guérir tous les maux.

– Où comptez-vous partir ?

– Ma fille est infirme, pourriez-vous l'aider ?…

– Vous n'alliez pas nous abandonner ?

– Je vous en prie, j'ai si mal.

– À quoi sert de vous cacher, ma reine ? Votre présence est si forte que nous la ressentons à trente mètres à la ronde.

– Majesté, par pitié…

– Vous sauviez-vous ?…

– Personne n'acceptera de vous faire traverser, vous savez, on a trop peur du roi !

– Vous croyiez rester incognito ?

– Faites quelque chose pour mes enfants !

Le cercle de tous ces gens se resserre, au point que j'ai peur qu'ils ne m'étouffent. C'est alors qu'une lueur, émanant de mon corps entier, éblouissante et parfaitement circulaire, les fait tous reculer d'un coup. Ils se taisent, impressionnés par la puissance de mes fameux pouvoirs, dont plus personne désormais ne peut douter à Margelonne.

– Sorcière ! entends-je murmurer, avec haine et crainte.

Vaincue, triste, insultée, je retourne lentement au château.

Je ne peux aller nulle part.

Je dois cesser de croire que fuir est possible.

Je finirais poignardée, ou lynchée, ou empoisonnée, ou vilipendée, ou enfermée, ou lapidée, ou écartelée, ou écorchée vive, ou torturée, tôt ou tard. Seule, toute-puissante que je sois, je ne pourrais survivre sans la protection de mon statut royal. À moins, peut-être, de tuer tous ceux qui me menaceraient. De faire régner la terreur autour de moi.

Je ne souhaite ni être crainte ni être détestée.

*

* *

–Vos pouvoirs grandissent, ma reine, me dit Gausselmus, que je vais voir le lendemain, et il n'est plus grand monde pour l'ignorer. Mais personne ne sait qu'ils sont sans efficacité envers votre époux.

– Je pourrais dominer le monde, n'est-ce pas ?

– Aucune sorcière ne fait cela.

– Comment m'avez-vous appelée ?

– Magicienne. Je voulais dire : magicienne.

Il baisse les yeux. J'en ai assez qu'on me traite de sorcière, qui signifie « femme puissamment maléfique ». Que même Gausselmus emploie ce terme est perturbant, car je sais qu'il ne me croit pas mauvaise.

– Pourquoi aucune ne le fait-elle ?

– Je l'ignore.

Peut-être toutes, comme moi, ont-elles et avaient-elles pour désir plus grand que tout d'être aimées, puisque nous le sommes si peu.

– Montrez-moi cela, dis-je en lui arrachant le livre des magiciennes qu'il tient entre ses mains.

Il me le montre toujours ouvert devant moi, si bien que je n'en ai jamais vu la couverture. Je n'ai jamais non plus pris le temps de le lire moi-même. J'en ai juste contemplé les illustrations, et me suis toujours fiée aveuglément à la lecture du médecin. Surpris, il a lâché l'ouvrage sans opposer de résistance.

Le titre du livre, inscrit sur la couverture, n'est pas *Livre des magiciennes*. Mais *Grand Livre des sorcières*.

– Sorcières ?

– Je n'ai pas voulu vous heurter avec ce terme si mal compris par nos contemporains, ma reine.

– Que cela signifie-t-il ? Répondez !

– Eh bien, altesse, je... Vous... vous êtes une sorcière.

– Comment osez-vous m'insulter de la sorte ?

– Là est le malentendu, altesse. Cela ne devrait en aucun cas être une insulte. Les sorcières ne sont ni maléfiques ni mauvaises. Si le terme a pris un sens péjoratif, c'est parce que beaucoup souhaitent leur disparition. Elles sont trop puissantes... En faisant croire que ce sont les pires créatures qui puissent exister, on les conduit à être traquées, persécutées, tuées. Les sorcières doivent se cacher si elles veulent vivre. Elles se disent guérisseuses, fées ou en dernier recours magiciennes, si leurs pouvoirs sont mis au jour, pour atténuer l'opprobre, et c'est bien dommage que le mot sorcière perde ainsi de sa noblesse. Car il n'y a pas plus beau, plus vertueux, plus courageux, plus solidaire qu'une sorcière.

– Les sorcières sont des êtres bénéfiques ? Qui ne cherchent à dominer personne ?

Le guérisseur opine du chef.

– La sorcière dont j'entends le plus parler, Morgane, si elle existe, est d'une immense discrétion, malgré sa puissance… Aucune sorcière, depuis des siècles, n'a jamais tenté de dominer quoi que ce soit. Si bien que personne n'a retenu leur nom.

Je ne réponds rien.

Sorcière…

Je me contente de saisir les herbes que me tend Gausselmus. Ce sont celles qui me permettent de ne pas tomber enceinte.

Élisa

– Adieu, Éric… Je dois partir. Je dois retrouver mes frères. Je vais les chercher. Je vais les trouver. Et tout rentrera enfin dans l'ordre. Dès lors, tu pourras revenir au château. Tu y seras le bienvenu à n'importe quelle heure du jour et de la nuit. Tu pourrais même y vivre. Nous pourrons discuter pendant des heures si nous le souhaitons. Nous reprendrons nos courses dans la lande. Nous plaisanterons, rirons, rêverons, voyagerons si le cœur nous en dit. La vie sera douce. Je reviens bientôt… Je l'espère, en tout cas.

Éric n'a jamais entendu ces paroles, car Élisa les a prononcées tout en haut d'une colline où elle se trouve seule, bien loin du port où le jeune homme est en train d'aider les pêcheurs à trier les poissons emprisonnés dans leurs filets. Il l'aurait peut-être empêchée de partir, et alors comment aurait-elle retrouvé ses frères ? Ou bien il aurait tenu à venir avec elle. Mais elle ne veut pas être responsable d'un tel bouleversement dans la vie du garçon. Quitter sa famille, ses amis et ses bateaux rien que pour elle ? Le laisser abandonner sa mère qui a tant besoin de son aide ? C'est une responsabilité trop effrayante. Un seul déracinement, le sien, c'est suffisant. Elle n'aura pas d'autre compagnon de voyage que son chien Fidèle, et ça lui va très bien.

Après bien des hésitations, pétrie de culpabilité, elle vole des vêtements qui séchaient sur le fil d'une lavandière.

– Je les rendrai dès que je le pourrai, promis ! murmure-t-elle au vent.

L'eau d'une petite crique lui permet de se laver, à l'abri des regards.

Elle se sent mieux, enfin débarrassée des poux et autres parasites qui la démangeaient au point de l'empêcher de penser.

Elle lave les habits qu'elle portait et enfile les propres. Étend les vêtements mouillés sur un long bâton posé ensuite sur son épaule, puis entame son voyage, en direction de sa seule intuition.

Elle s'enfonce dans la forêt profonde qui mène au cœur de son île.

Hans

*« La nuit arriva bientôt. La jeune fille avait perdu son chemin ; épuisée de fatigue, elle se coucha sur le gazon moelleux, fit sa prière du soir et appuya sa tête sur un tronc d'arbre. Partout régnait un profond silence ; l'air était doux, et plus de cent vers luisants brillaient dans l'herbe et sur la mousse, comme de petits feux verdâtres. Elle toucha de sa main une branche, et ces insectes brillants tombèrent sur elle comme des étoiles filantes. Toute la nuit, Élisa rêva de ses frères, qu'elle voyait jouer comme des enfants**… »*

Hans est très inspiré ce soir-là, et plutôt content de ce qu'il vient d'écrire, ce qui est assez rare. Cette fois, les mots lui viennent aisément. Il réinvente toute l'histoire. Il n'est plus très sûr de savoir si les phrases couchées sur le papier

* Tous les extraits en italique, écrits par Hans, sont issus de l'ouvrage *Contes d'Andersen*, librairie Hachette et Cie, traduit par David Soldi, et paru en 1876. Le conte *Les cygnes sauvages* s'y trouve en pages 302 à 329.

sont les siennes, ou bien celles de la vieille conteuse, qui lui a rapporté avec force détails, pendant toute une nuit, le récit d'Élisa, ou bien celles des fileuses de l'hospice où travaillait sa mère, fournisseuses passionnées de récits traditionnels, et qui aimaient effrayer l'enfant en les lui contant. Le titre qu'affectionnait la vieille conteuse, et que de son propre aveu elle-même avait trouvé, était celui-ci : *Élisa, le courage d'une princesse.*

– Quel titre vais-je donner, moi, à ce conte ? se demande-t-il tout haut.

Il réfléchit quelques secondes. Il aimerait quelque chose de très fort. Or, qu'y a-t-il de plus marquant dans toute cette histoire que le terrible destin de ces princes réduits à l'état d'oiseaux ?

– *Les cygnes sauvages*... Oui, voilà un bon titre ! Cela rend justice au destin de ces pauvres garçons. Certes, Élisa aussi a un drôle de destin, mais son prénom ne donnerait aucune indication sur son apparence, pas comme *Blanche-Neige*, ou *La Belle et la Bête*... Élisa, c'est peu attrayant. Alors que ces princes... Ces princes sont si beaux !

En tout cas, il les imagine d'une beauté à tomber par terre. Le plus charmant d'entre eux, dans son esprit, ressemble à Edvard, le fils de son bienfaiteur Jonas Collin, membre du comité directeur du Théâtre royal. Hans avait envoyé à M. Collin père un petit poème, en 1821, alors qu'il n'avait que seize ans, et qu'il vivait encore de manière misérable. L'année suivante, ce furent des pièces de théâtre, dont il inonda le membre du Théâtre royal, avec l'espoir fou qu'il lui propose de les monter. Jonas Collin refusa tout, mais il accepta de rencontrer ce jeune homme si persévérant et déterminé. Il fut touché par ses manières infiniment douces, sa jolie voix et son ambition. Il l'aida à poursuivre ses études, lui obtint une bourse royale d'études, et l'invita régulièrement à lire ses poèmes et ses tragédies dans son salon, devant amis et membres de sa famille.

Ainsi Hans fit-il la connaissance d'Edvard, le bel Edvard.

Pour lui, chaque frère d'Élisa a en commun la prestance d'Edvard Collin.

Hans rougit en repensant à ce qu'il a osé écrire à Edvard, trois ans plus tôt, alors qu'il ne l'avait pas vu depuis trop longtemps. Tous deux avaient été pris par leurs occupations respectives, sans réussir à se croiser de nouveau dans le salon des Collin. Ils s'étaient écrit, certes, et c'était comme si leurs conversations passionnées avaient repris, puis plus rien. Edvard n'avait plus répondu pendant de longues semaines, et ce sans explication. Alors Hans avait tenté le tout pour le tout, à la fois pour se déclarer, et pour rassurer Edvard : jamais personne ne saurait.

« Mon cher Edvard,

Je me languis de toi comme d'une belle fille de Calabre. Mes sentiments pour toi sont ceux d'une femme. Mais la féminité de ma nature et notre amour doivent demeurer un secret*.»

Il n'arrivait toujours pas à croire qu'il avait écrit de tels mots. Il avait tellement cru à cet amour. Il n'avait quand même pas pu se tromper à ce point ! Comment interpréter autrement leurs longues promenades le long des canaux, leurs discussions à bâtons rompus sur un banc, leurs corps l'un contre l'autre allongés dans l'herbe ? Hans avait été jusqu'à poser sa tête sur les cuisses d'Edvard, sans que celui-ci ne le repousse. Et tous deux avaient livré à l'autre le plus profond de leur être, leurs préoccupations les plus intimes, et leurs aspirations les plus folles. Ils avaient conclu à une proximité d'âmes tout à fait rare et extraordinaire. Certes, rien d'autre, et aucun mot plus clair que cela. Mais Hans était tombé profondément amoureux. Hélas, à la réception de cette lettre, Edvard avait répondu quelques phrases embarrassées et, de l'avis de Hans, bien peu sincères. La peur que leur amour ne soit découvert supplantait tout, voilà le plus probable, d'après lui. Sincères ou pas, l'écrivain avait reçu ces mots comme un uppercut. Il avait imaginé son amour pour Edvard sous la forme d'oiseaux qui s'envolaient au loin.

* http://gayscelebres. hautetfort.com/archive/2011/02/12/andersen-oublie-par-les-fees.html. Ce n'est qu'en 1998 qu'on commence à parler de l'homosexualité de Hans Christian Andersen, mais cette révélation reste longtemps cantonnée au milieu universitaire anglo-saxon d'études sur l'histoire queer : https://rictornorton.co.uk/andersen.htm

– Oui. *Les cygnes sauvages*… C'est le titre parfait, plein d'élégance et de mélancolie. Ce sont eux les véritables héros du conte. C'est bien meilleur qu'*Élisa, le courage d'une princesse*. Un éditeur n'aimera pas qu'on mette en avant le courage plutôt que la beauté d'une princesse. Le public préférera imaginer sa grâce et sa bonté plutôt que sa témérité… Ouch ! Mais qu'est-ce donc là ?

C'est comme si quelqu'un venait de lui donner un coup de poing dans l'épaule. Comment est-ce possible ? Il est bel et bien seul dans son bureau. Deviendrait-il fou ?

Il se lève, inspecte chaque recoin de la pièce, ne voit rien… Mais il sent une présence étrange, et si dérangeante qu'il lui est impossible de poursuivre son travail d'écriture. Alors il prend son manteau, l'enfile, et sort.

Dehors, le soleil couchant illumine les maisons colorées qui longent le canal. Le jaune des façades se découpe en rectangles éclatants. Hans aime sa ville et sa lumière franche. Il vit à Copenhague depuis qu'il a treize ans, enchaînant les petits boulots, dans une fabrique de draps ou une manufacture de tabac. Alors que seuls le théâtre, la poésie et les voyages l'intéressent, depuis l'enfance. Il en a écrit, des textes, jusqu'à son premier poème publié dans un journal allemand, puis jusqu'au succès, enfin, avec *Un voyage à pied*, récit qu'il a auto-édité. Un autre succès est arrivé avec un roman, *L'improvisateur*. Et peu à peu, enfin, l'aisance financière est advenue.

Pour s'amuser, il écrit désormais des contes de fées, même si son premier recueil a reçu un accueil mitigé. Mais il aime puiser dans ses peurs et ses émerveillements d'enfance, il aime le fantastique et le merveilleux, il aime la cruauté et les récits fantasques. Il a lu avec passion les contes des *Mille et Une Nuits* ainsi que les contes de Perrault ou de Grimm, en plus de ceux du folklore danois. C'est la mode, une marotte de l'Europe romantique du XIXe siècle. Les contes ? « Une âme des peuples », dit-on, une vision rassurante et rassembleuse. Lui s'y prend de manière tout à fait différente, et qui ne plaît guère. Sa grammaire est parfois fantaisiste, son humour absurde, sa sensibilité étrange, sa morale très personnelle, les chutes de ses récits parfois morbides.

Il souhaite laisser libre cours à son imagination, sur fond de souvenirs collectifs. S'il écoute les récits des vieilles conteuses, c'est pour mieux s'en détacher. Il veut raconter la férocité du monde, tout en se consolant de ne jamais avoir connu d'amour heureux.

Voilà ce qui le prend aux tripes.

Hélas, on lui conseille d'arrêter ce genre-là, sous prétexte qu'il ne serait pas fait pour lui. « On ne se souviendra pas de toi pour cela, je te l'assure », l'a prévenu son éditeur, qui pense que les contes ont du succès grâce au style fluide, simple et universel dans lequel ils sont racontés d'habitude. Il est persuadé que Hans les écrit de manière trop sombre et alambiquée pour que cela puisse plaire. Et surtout il est gêné par l'absence de morale à la fin. Selon l'éditeur, comme selon beaucoup de gens, une fin moralisatrice fait partie de l'essence même des contes, puisqu'ils sont destinés aux enfants, qu'il faut bien éduquer.

Voilà Hans pris dans un dilemme : écrire ce qu'il veut comme il le veut, ou bien respecter les codes de ce qui se vend déjà ? Combien d'écrivaines ou d'écrivains se sont posé la même question avant lui, et se la poseront encore longtemps après ? Écrire ce qui plaît au moment où on l'écrit peut produire un succès littéraire, certes, mais pour qu'une œuvre passe à la postérité, il n'y a plus aucune règle fixe à quoi se raccrocher. À part une seule, pense Hans : la sincérité. D'après lui, les chefs-d'œuvre qui ont traversé les siècles ont tous ce parfum d'authenticité tirée du plus profond de l'âme de leur créateur. Hans aimerait que ses œuvres passent à la postérité, il l'aimerait plus que tout, mais il a trop connu la misère pour accepter d'y vivre encore… Ce qui implique qu'il doit plaire à son époque, quoi qu'il en coûte.

Alors il tente un moyen terme : conter tout ce qu'il a envie de conter, de la manière qui lui plaît. Avec quelques compromis pour espérer être tout de même apprécié de ses contemporains.

*

* *

Les jours passent, entre doutes et intense créativité.

Lorsqu'il a besoin de se ressourcer, il emprunte des petits ponts, et s'enfonce dans les quartiers dont il aime l'animation. Il y sent toujours le poids de cette présence étrange. Il a l'impression qu'on le suit.

Il entre dans une taverne, rue Kannikestræde, qu'il fréquente quand il a besoin de réconfort. Il en aime la chaleur et la présence d'autres âmes. Cette fois, c'est pour ne pas se sentir seul avec cette drôle d'ombre invisible derrière lui.

– Hans, mon chéri ! Mon amour ! Ça fait si longtemps qu'on ne t'avait vu ! Viens, et raconte-moi un peu ta vie, et tout ce que tu as vécu d'exaltant dans le monde que tu côtoies, parce que moi, vois-tu, je ne voyage pas comme toi, je reste là dans ce cloaque, et ainsi est ma vie, mais je ne souhaite pas me plaindre, je suis jeune et en bonne santé, et...

La femme exubérante et souriante est un soleil qui aurait reçu des coups. Hans aime sa compagnie, car elle le distrait et illumine une vie parfois trop sérieuse. Pouvoir simplement se coller contre elle lorsqu'il sirote son verre lui suffit, et il la paie presque autant que s'il la rejoignait dans son lit. La conversation de la serveuse roule comme un ruisseau, mais cette fois il ne parvient pas à la suivre. Il lève la main d'un air navré, pour la couper.

– Radégonde, je t'en prie, la tête me tourne, et j'ai l'esprit plein des mots d'un conte qui me hante.

Elle stoppe net ses paroles, se rembrunit puis retourne à son service.

– Ah, les hommes aimeraient nous ôter tout, grommelle-t-elle, tout jusqu'à la parole.

Hans ne peut pas faire autrement que de l'entendre. Il rougit.

– Pardon, Radégonde, pardon, cela n'a rien à voir avec toi. Quelque chose me murmure à l'oreille, vois-tu, et je ne sais d'où ça vient, ni ce que cela veut vraiment dire, alors…

Un sourire mi-triste, mi-narquois naît sur le visage de la jeune femme.

– Je comprends, Hans. Les voix de ton esprit comptent tellement plus que la mienne.

Hans ne relève pas le sarcasme. Il finit son verre, le paie et sort de la taverne.

La nuit est tombée.

Les étoiles scintillent, mais pas assez pour éclairer les rues sombres. Les rues de Copenhague ne semblent pas sûres lorsqu'elles sont obscures. Hans a connu des agressions par le passé, lorsqu'il était jeune apprenti, et il en a gardé une peur et un sentiment d'insécurité bien ancrés. Il accélère le pas. Lorsqu'une silhouette apparaît au bout de la rue qui mène au canal…

Il s'arrête, saisi par l'étrangeté de l'apparition. Ses contours sont incertains, flous et mouvants. C'est une femme, qui porte une robe d'un autre temps, au large décolleté, aux étoffes apparemment précieuses, aux bords de fourrure. Ses cheveux sont divisés en deux tresses cordées avec des rubans, comme ce que l'on voyait au Moyen Âge. Et son visage est d'une beauté sans pareille.

– Hans… souffle-t-elle.

– Qui… qui êtes-vous ?

– Vous m'entendez ?

– Je vous vois, aussi.

– Doux Jésus…

La silhouette disparaît subitement. Qu'était-ce donc que cela ? Quelle sorcellerie ? Hans court, désormais, pour atteindre son logis. Une fois chez lui, il s'appuie contre la porte bien fermée pour prendre le temps de respirer.

Cette apparition paraissait directement issue de l'un de ses contes de fées.

Élisa

D'accord, il fait aussi noir que dans la gueule d'un ours, mais Élisa n'a jamais craint les éléments naturels. Pour commencer, il fait aussi chaud que sur le continent, elle ne souffrira donc pas du froid. Ensuite, elle pourrait craindre d'être dévorée par un loup ou piétinée par des sangliers, mais Fidèle la préviendrait d'un tel danger bien avant qu'il n'arrive, et elle aurait le temps de s'abriter. Et, pour finir, les fantômes, ou esprits, ou âmes errantes de la nuit ne lui font pas peur. Elle ne s'en sent pas si éloignée, à cela près qu'elle est vivante et habite un corps fait de chair et d'os.

En revanche, elle n'y voit rien, n'a aucun moyen de s'éclairer et risque fort de se fouler une cheville ou de se heurter contre une branche ; alors mieux vaut trouver un endroit pour dormir.

Elle trouve une anfractuosité dans le tronc d'un très grand arbre, dans laquelle elle parvient à se glisser, après en avoir tapissé le fond de feuilles. Fidèle se couche à l'entrée de l'abri de fortune. Elle se pelotonne contre lui, et le sommeil ne tarde pas à la happer.

Ses rêves sont étranges et agités, remplis de créatures qui n'ont ni nom ni logis. Le sol est mouvant, le ciel plein de corbeaux. Le sol grouille de vers de terre et ceux-ci luisent par intermittence. Elle imagine sa peau de nouveau recouverte d'une couche de crasse si épaisse qu'elle n'a qu'une envie : se gratter jusqu'au sang.

Réveil en sursaut. Son corps est recouvert de fourmis ! Elle s'extirpe du tronc en un bond et saute, et tourne, et frappe ses vêtements et sa peau pour que les insectes en tombent. Fidèle croit qu'elle veut jouer et jappe de joie tout en tournant autour d'elle.

Elle tend l'oreille et capte un très léger bruit d'eau qui s'écoule. Elle court à toute vitesse jusqu'à trouver un ruisseau dans lequel elle se plonge illico, pour déloger les dernières fourmis glissées dans ses vêtements.

L'eau fraîche et pure lui fait un bien fou. Elle éclate de rire. Elle qui ne craignait rien, voilà qu'elle a été attaquée par des insectes minuscules ! Comme quoi, on ne se méfie jamais assez, et jamais des réels dangers. Elle se déshabille totalement, jette ses nippes sur le rivage, et profite d'un bon bain. Elle reste longtemps à faire la planche, visage tourné vers le soleil levant. Tout scintille autour d'elle. Les branches des arbres dansent doucement, les oiseaux entonnent un chant mélodieux, et tout cela fait qu'elle se demande si elle ne vient pas d'être acceptée par la forêt.

Élisa reprend sa route, le cœur léger. Elle tombe soudain sur un pommier chargé de fruits appétissants. Elle s'en régale, avant de trouver, un peu plus loin, une cabane abandonnée. *Je vais arranger cet abri, et m'y installer quelques jours, le temps de m'habituer à cette nouvelle vie. Puis je repartirai à la recherche de mes frères.*

Lison et Willibert lui ont appris beaucoup de choses sur la forêt, ce qu'on peut y trouver comme ressources, et les dangers auxquels on risque d'être confronté. Elle se souvient de tous leurs précieux enseignements. Elle sait quelles baies cueillir, et comment élaborer des pièges pour les petits animaux. Après plusieurs essais infructueux, elle parvient à allumer un feu, grâce à du bois d'amadou. Elle y fait cuire des oiseaux ou des petits lapins. Parfois, elle arrive même à préparer de véritables festins ! En tout cas, elle s'en persuade, car elle est de nature optimiste.

Survivre semble facile, jusqu'à ce qu'elle soit réveillée une nuit par un fracas tonitruant. La petite cabane est comme prise de convulsions, et les quelques planches du toit ne tardent pas à s'envoler. Élisa reste quelques instants pelotonnée dans son lit, dans son abri décapsulé, à observer le ciel furieux traversé de zébrures aussi brèves qu'éclatantes. Le velours de la nuit se déchire, puis le tonnerre fait trembler la terre entière. Elle est vite trempée jusqu'aux os, et le risque est grand que les murs de bois la giflent, la blessent ou l'emportent en s'envolant.

Fidèle ne cesse de japper en tournant autour d'elle et en tirant sur sa manche pour qu'elle se lève. Elle quitte son abri devenu menace et court pieds nus dans la tempête, terrifiée à l'idée qu'un éclair ne la choisisse comme cible. La boue recouvre ses pieds et ses jambes jusqu'aux genoux, sa chemise lui colle à la peau, ses cheveux ruissellent, et Fidèle semble affolé, mais Élisa cesse subitement sa course au milieu d'une clairière, saisie par la majesté du spectacle qui s'offre à elle.

Jamais elle n'a rien vu d'aussi beau et vivant que ce ciel noir et crépitant au-dessus de la ligne irrégulière des cimes ballottées par le vent. Leur danse furieuse l'hypnotise. Les gouttes s'écrasent lourdes sur son visage, à la vitesse d'une mélodie inédite, au terme de la course la plus droite qui soit, sans obstacle aucun. Une chute de plusieurs kilomètres, issue de nuages d'ébène et d'argent.

À ce moment précis, Élisa se sent happée par quelque chose d'évident, de simple et d'immense, de plus grand que tous les humains réunis, plus grand que toutes les histoires du monde, plus grand que tous les destins.

Elle se sent vivante en se sentant si petite.

Un coup de tonnerre plus fort que les autres, donc plus proche, la raccorde subitement à la réalité du danger qu'elle court. Fidèle est soulagé de la voir repartir. Ils finissent par trouver refuge dans une petite grotte près de la rivière. Cette dernière ne tarde pas à sortir de son lit, et Élisa craint de mourir noyée dans son abri de fortune, alors que l'eau commence à monter dangereusement au niveau de ses mollets. Elle vit des minutes d'angoisse pure, mais l'orage s'arrête aussi rapidement qu'il avait commencé, et la forêt retrouve son calme.

Il lui faut plusieurs jours pour réparer les dégâts, et surtout s'assurer un nouveau toit. Mais elle procède à ces réparations dans une grande sérénité. Un bonheur qu'elle n'a encore jamais connu. Le bonheur, peut-être, de savoir qui on est, et quelle est sa place en ce monde.

S'il n'y avait le souvenir de ses frères et le chagrin qu'il charrie, elle serait pleinement heureuse dans cette nouvelle existence.

Brunehaut

Une nuit, pendant son sommeil, Hans relate à voix haute un souvenir, en plein cauchemar. Un rappel, niché au fin fond de son âme, ressurgi dans l'obscurité, concernant un de ses amis frappé à mort par des camarades haineux, puis jeté comme un déchet dans le canal de Frederiksholm.

Puis il crie.

– Non, non, laissez-moi !

Comme si c'était lui qui était agressé. L'a-t-il été aussi ?

Je pose ma main sur son front pour l'apaiser. Je ne sais s'il la sent. Il semble bien m'avoir vue et entendue, l'autre fois, au fin fond de la nuit, au fin fond de sa nuit. Il se calme, et son sommeil redevient serein.

On la dit fille d'Ygraine et du duc de Cornouailles

Depuis des jours et des jours, dans les villages alentour on parle d'une voix magique dans la forêt. Une fée, disent certains, une sorcière, disent d'autres, en tout cas elle chante, et elle chante diablement bien, beaucoup trop bien pour que ce soit humain, et pour que ça ne vous envoûte afin de vous tordre les viscères.

Cette rumeur, portée par les insectes, les oiseaux et les vents, est arrivée aux oreilles de l'une des trois filles d'Ygraine d'Avalon. Toute manifestation magique l'intéresse, ne serait-ce que pour déceler s'il s'agit de magie noire ou blanche, et si cela se révèle dangereux, ou pas.

Elle aussi, on la dit fée, ou sorcière, suivant qu'on l'apprécie ou pas.

Et il se trouve que le pays de Margelonne est l'un de ses royaumes, même si le roi croit qu'il n'appartient qu'à lui.

C'est parce qu'elle s'intéresse aux habitants de Margelonne qu'elle est au courant de tout. Par exemple que le roi a depuis peu une nouvelle femme, la jeune Brunehaut de Pontieu. Et que celle-ci aurait réussi à transformer les onze princes en onze magnifiques cygnes sauvages. Voilà qui témoigne d'un grand pouvoir… La fille d'Ygraine ignore pourquoi Brunehaut de Pontieu a jeté ce sort, mais elle sait reconnaître les sorts purs des sorts maléfiques, et n'a donc pas jugé bon d'intervenir.

Cependant, elle ne peut s'empêcher de penser à la mère des princes, qui aurait été bien triste d'apprendre que ses onze fils sont empêchés de vivre leur vie humaine. Lisbeth, la forte, la courageuse…

La reine Lisbeth manque au monde entier. Mais elle manque particulièrement à la fille d'Ygraine et du duc de Cornouailles, car toutes deux étaient liées par une profonde amitié.

Sa fille Élisa, au moins elle, de toute la sorofratrie, doit connaître une vie meilleure et plus longue.

*

* *

La magicienne vient à peine de localiser Élisa qu'elle perçoit un mouvement qui se dirige vers elle. Un mouvement plein de « ouille » et de « aïe » et de « pourvu que j'arrive à temps ». Une vieille villageoise court aussi vite que ses antiques jambes le lui permettent vers l'endroit en question.

La vieille, comme tant d'autres, a entendu le chant

merveilleux, à plusieurs reprises. L'envie de découvrir qui le produit a monté en elle. Elle s'est juré de courir vers le chant dès qu'elle l'entendrait à nouveau. Elle a en tête d'être la première à en donner la description. Elle serait alors le centre de l'attention pendant des journées entières. Ce qui serait pure délectation.

Seule une méchante âme curieuse et avide de potins est capable de risquer de se briser une cheville dans ce seul but, juge la fille d'Ygraine.

La vieille femme est stoppée net par une main levée sur son passage. Elle a à peine le temps de voir à qui elle appartient. Dès que ses yeux se posent sur le visage d'une beauté surnaturelle, son cœur s'arrête. Oh, pas longtemps, nulle fille d'Ygraine ne tue si facilement. Juste pendant une seconde ou deux, assez pour faire croire à la vieille femme qu'elle subit une crise cardiaque, histoire qu'elle retourne illico au village pour s'affaler dans sa chaise longue en gémissant. Ce n'est pas cette fois qu'elle pourra régaler le village de ragots.

Puis, par jeu et par goût de la transformation, même s'il s'agit de se glisser dans des peaux aigres ou distendues, la magicienne prend l'apparence de la vieille.

– Mortecouille, v'là que j'me sens bien moins alerte !

Elle s'esclaffe. Comme chaque fois qu'elle copie une enveloppe existante, elle se sent envahie par la manière de parler de son propriétaire. C'est un drôle de flux qui s'opère, mais qui l'amuse toujours autant. Elle décide de ne point lutter face à cette drôle de logorrhée. Ainsi se fondra-t-elle encore mieux dans le paysage, et ne surprendra-t-elle point trop la jeune Élisa.

Élisa

Peu à peu, malgré le bonheur, malgré la sérénité, même sa propre voix n'arrive plus à repousser la solitude.

Je devrais songer à quitter ce lieu, si paradisiaque soit-il, se dit-elle alors qu'elle cueille des framboises. *Je dois repartir en quête de mes frères, même si je ne sais absolument pas où aller et à qui demander de l'aide !*

Une branche craque. Instinctivement, elle se dissimule derrière un buisson d'aubépines, et enjoint Fidèle à faire de même. Quelqu'un approche. Et si c'était la reine, sa belle-mère ? Elle ne serait pas étonnée d'apprendre qu'elle est partie à sa recherche, pour continuer à la tourmenter, par pure méchanceté. De cette femme, oui, elle a peur, bien davantage que des dangers de la forêt. La reine a peut-être envoyé le sinistre chasseur pour la traquer, ou un homme encore plus agressif et violent. Élisa se met à trembler involontairement alors que les pas se rapprochent.

Très délicatement, elle prend une grosse pierre entre ses mains et s'apprête à la jeter de toutes ses forces sur quiconque apparaîtrait pour la ramener au château.

Elle se concentre, inspire, expire, et l'individu se montre enfin…

– Éric !

La joie inonde son corps tout entier, dedans et dehors. Elle se retient pour ne pas se jeter dans ses bras. Mais, après une seconde de stupeur ravie, c'est lui qui se jette contre elle et l'enlace. Leurs lèvres ne tardent pas à se trouver, et le monde s'ouvre, l'air se déchire, ombre et lumière s'entrechoquent, les particules s'envolent.

Ils se détachent l'un de l'autre après une bribe d'éternité et se regardent tout étonnés. Même Fidèle reste immobile et silencieux.

– Je suis parti à ta recherche dès que j'ai su que tu étais passée au château.

– Comment l'as-tu su ?

– La reine… Elle m'a convoqué auprès d'elle, comme du temps où je devais lui faire mes comptes rendus après t'avoir rendu visite. Elle voulait savoir si je t'avais vue. Si tu étais passée me voir. Elle paraissait décontenancée de ne pas savoir où tu étais. J'ignore pourquoi tu l'obsèdes tant. Il n'empêche que j'ai ainsi compris que tu étais revenue sur l'île. Je me suis demandé ce que je ferais si je me sentais traqué. Je m'enfoncerais au plus profond et au plus dense de la forêt. C'est là que je te cherche depuis des jours et des jours. Et… te voilà !

Une seconde de silence s'écoule, avant qu'ils ne retombent dans les bras l'un de l'autre.

Ils passent dans leur cabane les plus beaux instants de leur jeune vie. Élisa ne cesse de chanter, pour le plus grand plaisir d'Éric, qui l'aide dans les travaux de réfection du toit et l'extension des lieux. Elle commence à lui apprendre à lire, en traçant des lettres sur le sol. Elle lui répète les cours qu'elle a entendu donner à ses frères. Ils discutent de sciences et d'histoire. Il se verrait bien vivre là pour toujours avec elle, mais il perçoit le voile qui tombe sur ses yeux lorsqu'elle pense à ses frères. Lui-même se demande si sa mère aura de quoi manger en suffisance dans les jours qui viennent…

Dès le deuxième jour, le contact de leurs lèvres en a appelé un plus grand. Le désir d'être peau contre peau les a rapidement trouvés nus. Et très vite ils ont deviné les gestes qu'on ne leur a jamais appris, et qu'ils n'ont jamais vus. Ce miracle, d'un naturel saisissant, les cueille dans un ravissement total.

–Viens goûter ces framboises, dit Élisa dans le pré où ils s'étaient trouvés deux semaines auparavant.

Allongée dans l'herbe, elle en pose une sur son corsage, une autre sur son cou, et une autre encore sur ses lèvres. Il sourit et s'approche pour la rejoindre. Il gobe l'une, puis l'autre, puis encore l'autre.

– Je crois qu'il en est tombé une dans mes vêtements, ajoute-t-elle. Il faut la trouver, sinon elle va tout tacher.

Éric entreprend de défaire le corsage, le plus lentement possible, puis se perd dans les étoffes, imprimant des baisers sur la chaleur de la peau qui se découvre, et sur celle qui reste cachée. Une fois de plus, ils ne comprennent pas la force du désir qui les meut, mais il est d'une puissance phénoménale. Par moments, Éric se demande s'ils ne décollent pas du sol de quelques millimètres, par pure magie.

– Nom d'un bouquetin puant !

Tous leurs sens retombent sur le sol herbeux. Une voix chevrotante les a fait sursauter, et ils se réajustent le plus vite possible.

– Ces rhumatismes me tueront, ça fait un mal de chien…

– Vite, vite, Éric, retourne à la cabane, chuchote Élisa. Je m'occupe de cette passante. Mieux vaut que l'on me croie seule. Un couple qui aurait choisi de vivre à l'écart de tout et de tout le monde susciterait trop de questions.

Élisa se rhabille complètement, se lève et avise à quelques mètres de là une vieille femme, petite, voûtée, au visage ridé comme un parchemin, et à l'air bien inoffensif malgré les jurons qu'elle profère sans s'arrêter. Et même, il se dégage d'elle une aura bienfaisante, comme des ondes invisibles allant tout droit au cœur d'Élisa. Cela lui fait autant de bien que si elle retrouvait les bras protecteurs de sa chère maman. La vieille dame porte un panier, rempli des baies qu'elle a trouvées sur son chemin. Élisa régule sa respiration. Elle sort de sa cachette le plus doucement possible pour ne pas surprendre ni effrayer la vieille femme.

– Bonjour, madame, dit-elle le plus doucement possible.

La vieille a un petit sursaut, puis elle sourit en voyant Élisa.

– Fichtre, tu m'as fait peur, gourgandine !

– Pardon, je ne…

– Mais qu'est-ce donc que tu fabriques ici, jeune fille ? Je croyais être la seule à connaître ce coin à baies. Tu ne prends pas tout, hein ! Sinon qu'est-ce que j'aurais à revendre au marché, moi ?

– Non non, je ne récolte que ce dont j'ai besoin, je vous le promets. Vous aussi, vous vivez dans la forêt ?

– Vivre dans la forêt ? Quelle drôle d'idée ! Non, non, je vis à plus d'une heure d'ici, à l'orée du petit village côtier de Meerck. Et toi, tu vis seule ici, la donzelle ?

– Oui. Je me suis réfugiée là pour qu'on m'oublie un peu, là où je vis. Mon père voulait me marier à un homme que je n'aime pas, alors je suis partie.

Élisa n'a pas l'habitude de mentir, mais ce mensonge-là est si plausible qu'elle le croit assez crédible. La vieille hoche d'ailleurs la tête d'un air entendu.

– Ça fait sens, ma belle, ça fait sens. On a si peu de pouvoir sur nos propres vies… Mais comment comptes-tu rejoindre la société des humains sans que ton père remette la main sur toi ?

– Je ne sais pas encore. En attendant, ici je reprends des forces. De la confiance peut-être aussi… Et lorsque je m'en sentirai capable je partirai à la recherche des personnes qui sont parmi les plus chères à mon cœur.

– Ah tiens, qui est-ce donc ?

– Mes chers frères.

– Voilà autre chose ! Et tu crois que, si toi tu disparaissais, ils remueraient ciel et terre pour te retrouver ?

– Oui, je le crois !

– Alors dis-moi, ma belle, pourquoi est-ce qu'ils sont partis en te laissant toute seule ? Et pourquoi ne reviennent-ils pas vers toi, hein ? Ton sort leur importe-t-il ?

– Je ne sais pas, mais ce n'est pas leur faute. On les a forcés, puis empêchés ; en tout cas il leur est arrivé quelque chose, c'est certain ! Je dois découvrir quoi.

– Mouais. Tu as un cœur de mélasse, mais bon, certains trouveraient ça remarquable.

– À tout hasard, auriez-vous vu passer, il y a trois ans de cela, onze jeunes garçons à cheval ? Ou, qui sait, plus récemment ?

– Onze jeunes garçons ? Tu as onze frères ? Ils sont comment, ces gars-là ? Sont-ce de beaux garçons ?

– Euh, oui, je dirais qu'ils sont beaux.

– Alors je m'en serais souvenue. Tu penses ! Déjà un seul beau gars, ça ne court pas les rues, alors onze ! Mais non, désolée, autant pour toi que pour moi, mais je n'ai jamais rien vu de tel. En revanche… Laisse-moi réfléchir. Oui, je crois bien qu'ils étaient onze.

– Qui ça ? Où ça ?

– T'emballe pas, ma belle, je vais te décevoir. Il ne s'agissait que de cygnes, que j'ai vus se poser, au large de la crique d'Eala, à une lieue d'ici. C'était assez plaisant à l'œil, au soleil couchant, je dois dire. Pourquoi je fais le lien avec tes onze beaux gars de frangins ? Ah oui, je m'en souviens. Tu vas rire des élucubrations d'une vieille peau comme moi, mais… à cause du soleil j'imagine, durant un instant j'ai cru que chacun d'eux portait une couronne sur la tête. Oui, oui, une couronne, et comme s'ils étaient humains, et en plus princes. Ha, ha, comment peut-on avoir autant d'imagination, je te le demande ?

– Onze cygnes couronnés ?… Où est-ce donc, la crique d'Eala ?

La vieille explique avec force détails, assez précis. Elle n'est pas aussi perchée qu'elle essaie de le faire croire, de toute évidence.

– Hé, mais, où tu cours comme ça, s'exclame la vieille femme quand elle a fini ses explications, tu pourrais dire au revoir, au moins, sale ribaude !

– Pardon, pardon, au revoir, madame, au revoir et merci !

La vieille arbore alors un sourire dont la lumière rivalise avec l'éclat du soleil.

*
* *

Élisa court retrouver Éric à la cabane pour lui raconter ce que la vieille dame lui a appris.

– Allons-y, lui dit-il. N'attendons pas une seconde de plus. La coïncidence est trop grande pour qu'il n'y ait pas de lien avec tes frères.

– Je dois m'y rendre seule. Et je souhaite m'y rendre seule. Le comprends-tu ?

– Non ! Tous les deux, on est plus forts que seuls. On s'entraide, et... Je m'en voudrais trop s'il t'arrivait quelque chose. Je veux t'accompagner.

Élisa se revoit subitement dans la clairière en pleine tempête, seule au beau milieu des éléments déchaînés. Seule avec la nature. Seule dans l'immensité. Elle a besoin de la même sérénité, pour cette quête qui est la sienne. Elle souhaite être seule avec ses frères lorsqu'elle les retrouvera, pour qu'ils puissent laisser libre cours à leurs émotions, sans témoin extérieur à leur sorofratrie. C'est ainsi que cela doit être. Et c'est ainsi qu'il en sera.

Élisa pose ses mains sur les bras de son compagnon et plante ses yeux dans les siens.

– Ne m'en veux pas, mais je sais, je sens que je dois faire ce petit voyage seule. Attends-moi ici. Je n'en ai sans doute pas pour longtemps. C'est probablement une hallucination de vieille femme, rien de plus. Je serai accompagnée de Fidèle, de toute façon, cela te rassure-t-il ?

– Je ne comprends pas... Tu... tu ne veux pas de ma compagnie ? Il est hors de question que je reste ici sans rien faire d'autre que t'attendre !

– Et pourtant c'est bien ce que je t'ordonne, moi, la fille du roi. Oh, pardonne-moi de te parler en princesse, mais tu ne mourras pas d'inactivité, tu sais, il y a beaucoup à faire pour survivre en forêt. Et cela sera beau de se retrouver après s'être languis l'un de l'autre !

Le visage d'Éric est un masque d'incompréhension pure. L'âme d'Élisa se remplit de peine, mais elle sait qu'elle prend la bonne décision. Elle enlace le garçon de toutes ses forces.

– Je t'en prie, lui souffle-t-elle dans l'oreille, attends-moi ici. Je pressens qu'il t'arrivera malheur si tu quittes cet endroit, ou que nous ne pourrons plus jamais nous retrouver. Attends ici jusqu'à ce que je revienne. Même si cela prend plus longtemps que prévu. Tu me le promets ?

Éric promet, la mort dans l'âme.

Élisa l'embrasse encore, puis part en courant à toutes jambes. Fidèle la suit en jappant.

*
* *

La jeune fille hésite par moments, sans savoir quel chemin emprunter, mais elle retrouve vite les repères que lui a indiqués l'étrange vieillarde, aux aimables atours contredits par un langage de charretier. Ici un arbre tombé, là un buisson de baies d'un bleu éclatant. Ici la tanière d'un renard, là une branche branlante. Et, ensuite, longer le ruisseau jusqu'à l'endroit où il se déverse.

Le soleil est haut dans le ciel lorsque Élisa atteint une étendue d'eau scintillante dans une crique bordée de roseaux, avec l'immensité de la mer au loin. La surface en est plane et calme. Elle se laisse envahir par la quiétude de l'endroit. Fidèle se couche sur l'herbe humide, gueule posée sur ses pattes avant. Nul bruit ne vient troubler ce moment, en dehors du grésillement continu des insectes. Peut-être que s'ils se fondent dans le paysage, sans bouger un seul orteil, les onze cygnes oseront se montrer à nouveau ?

Mais Élisa attend longtemps sans que rien n'advienne. Un profond soupir lui échappe. Pourquoi a-t-elle été saisie d'un tel espoir ? En quoi des cygnes pourraient-ils la mettre sur la piste de ses frères ? Elle s'est laissé abuser par le nombre onze, et par la vision des couronnes qu'a eue la vieille dame. Mais il n'y a sans doute aucun lien avec les onze princes du royaume de Margelonne.

Elle décide de longer la crique pour trouver ce qui pourrait servir d'appât afin de pêcher un poisson. Qu'au moins elle rapporte de quoi manger ce soir ! Elle s'attarde sur les galets polis par la mer. Comment une eau si calme a-t-elle pu façonner une matière si dure ?

– Ces petits objets roulent continuellement, dit Élisa tout haut, pour elle-même, c'est ainsi que tout ce qui est dur devient poli. Moi aussi, je serai infatigable. Merci de votre leçon, flots limpides et mobiles. Mon cœur me prédit qu'un jour vous me porterez auprès de mes frères chéris…

Au moment de dire ces mots, elle a l'impression que quelqu'un les entend, alors qu'elle est seule. L'impression que quelqu'un l'écoute et note ce qu'elle dit, fait, ressent. Elle éprouve une espèce de certitude, les paroles qu'elle vient de prononcer seront un jour répétées, encore et encore, puis écrites et fixées, puis lues et relues, et ce pendant des siècles et des siècles. Les insectes ou les oiseaux qui l'entourent sauraient-ils striduler et chanter le récit de sa vie à des oreilles attentives et avides de contes ? Comment une telle chose serait-elle possible, et comment peut-elle y croire à ce point ?

Puis l'impression cesse. D'un coup, la certitude s'évanouit. La crainte de devenir folle l'effraie. Et, surtout, le découragement la saisit.

– Cette vieille dame m'a tourné la tête, mon bon Fidèle. Je ne sais pas pourquoi j'ai couru jusqu'ici comme ça. Je m'attendais à quoi ? À un mirac…

Alors qu'elle vient de franchir un mur de roseaux, devant elle, neuf plumes du blanc le plus pur tranchent avec le vert chatoyant de l'herbe.

– Cela ne peut qu'être les plumes des cygnes ! Cela veut dire qu'ils étaient là il y a peu. Cela veut dire aussi qu'ils viennent souvent.

Elle reste immobile un instant, comme frappée par le sens de son propre destin. Ces plumes de cygne sont des signes tels que ceux qu'on trace sur les parchemins. Son histoire est-elle donc déjà écrite, puisque ces virgules blanches l'attendaient sagement dans ce pré ?

– Maintenant qu'on est là, mon bon chien, dit Élisa en flattant la croupe de Fidèle, autant les attendre. Quoi qu'il arrive, quoi que soient ces oiseaux, si le spectacle est aussi beau que l'a dit la vieille dame, cela vaudra le coup.

Elle ramasse les plumes et les observe, elles sont couvertes d'eau. C'est peut-être de la rosée, mais elle pense à des larmes. Des larmes de garçons, des larmes d'hommes, des larmes de frères.

Elle s'amuse à fixer les plumes sur une tige, et en fait une collerette pour Fidèle. Assise dans l'herbe, l'animal lové contre elle, elle attend le coucher du soleil en chantant, en rêvant, et en se contant des récits d'un autre temps.

Elle est finalement happée par les couleurs et les formes changeantes du ciel. La mer répond aux nuages comme par une sorte de défi, et bouge et change pour y ressembler. C'est un spectacle splendide, qui dure des heures.

Lorsque la moitié du disque du soleil a disparu derrière l'horizon, Fidèle lèche la main d'Élisa qui somnolait. Elle se redresse, se frotte les yeux et discerne de fines silhouettes mouvantes dans le feu du ciel. Au fil des secondes, les contours se précisent, les formes deviennent plus blanches et les mouvements plus gracieux. Mer et ciel semblent pousser un soupir. Pour finir, onze oiseaux majestueux s'approchent comme s'ils glissaient dans les airs, et se posent délicatement sur l'eau.

Chacun porte une couronne étincelante sur la tête.

Ces cygnes sauvages sont si beaux qu'il ne peut s'agir d'oiseaux ordinaires. Élisa ne bouge pas, de peur de les effrayer et qu'ils ne s'enfuient.

Le soleil a bientôt totalement disparu de l'autre côté de l'horizon. Lorsque le dernier point de lumière s'éteint, pour laisser toute sa gloire à celle des étoiles, les cygnes s'approchent du rivage.

Hans

C'est le timbre d'un oiseau !

Mlle Jenny Lind a une voix si claire et chaude et limpide qu'on pense aussitôt à une fée, ou à une sirène.

Hans est au bord des larmes. De passage à Stockholm, on lui a conseillé de ne pas rater cette jeune prodige qui se produit à l'Opéra royal. Effectivement, le talent de la cantatrice suédoise de dix-huit ans à peine explose dans le rôle d'Agathe, dans *Der Freischütz*, de Carl Maria von Weber. Elle a en quelques soirées acquis le surnom de « rossignol du Nord ».

Hans s'imagine à sa place. Avoir un tel talent, le montrer sur scène et en être ovationnée ! Ce doit être un tel bonheur… Lui-même possédait une voix de soprano lorsqu'il était adolescent. Il aimait tellement chanter qu'il ne ratait aucune occasion de se produire devant qui voulait bien l'écouter.

À quatorze ans, alors qu'il travaillait comme apprenti à la manufacture de tabac d'Odense, on le poussa au centre du groupe de novices. D'abord timide, il se laissa gagner par la vive émotion d'être écouté. Le plaisir d'extirper de soi ce qui y restait trop souvent tapi éleva son âme aussi bien que si Dieu avait pris son cœur entre Ses mains. Mais, au milieu de la chanson, un garçon de son âge s'écria : « Ce n'est sûrement pas un garçon, c'est une petite demoiselle ! » Éclat de rire général. Hans n'avait pas conscience de l'aigu de sa voix, et voilà qu'il prenait la réalité en pleine face. Il s'enfuit pour cacher ses larmes et courut jusque chez sa mère.

Il a toujours eu conscience de la partie féminine de son caractère, et il l'a toujours acceptée, voire chérie, mais être comparé à une fille ! Une fille à cent pour cent !

Afin qu'on ne se moque plus de sa voix, en toute innocence, encore tout jeune, il avait tenté la danse. Audacieux comme à son habitude, il s'était présenté directement devant le directeur d'une salle pour passer une audition.

– Que voulez-vous danser ? avait demandé ce dernier.

– Le rôle de Cendrillon, je l'aime tant !

Il avait répondu cela sans aucune hésitation, simplement heureux de partager ses goûts avec quelqu'un qui s'y connaissait. Mais le directeur l'avait regardé comme s'il était fou et avait coupé court à l'entretien.

Comprenant enfin que ce ne serait pas en se produisant lui-même sur scène qu'il parviendrait à quoi que ce soit, il s'était mis à écrire, d'abord des pièces de théâtre, puis de la poésie, pour la déclamer dans les salons.

Mais il garderait toujours en lui ce rêve d'être applaudi par des gens éblouis de l'avoir vu ou écouté… comme ce que vivait Mlle Lind en ce moment même. Il se lève pour l'applaudir.

– Je vous ai rarement vu aussi enthousiaste, mon ami ! s'exclame Gottlieb, l'ami qui l'a accompagné à l'Opéra.

– Vous ne trouvez pas que cette cantatrice a un talent fou ?

– Si, bien sûr. Et elle est jolie, n'est-ce pas ?

Gottlieb adresse un clin d'œil à Hans, très déçu par ce geste qu'il juge vulgaire. Que s'imagine-t-il donc ?

– Désirez-vous que je vous la présente ? poursuit Gottlieb. J'ai mes entrées dans les coulisses.

L'idée de côtoyer les odeurs, les couleurs et l'ambiance des loges après un tel spectacle enthousiasme Hans. Il pourra encore mieux s'imaginer que c'était bien lui, là, sur scène, sur le point de connaître un triomphe. Il accepte avec une joie non feinte.

– Je savais bien qu'un jour vous seriez chaviré par une femme, mon ami. Je suis heureux d'avoir été témoin de ce qui sera peut-être le début d'une belle histoire ! Allons, suivez-moi.

Élisa

L'un des cygnes déploie ses ailes comme s'il voulait reprendre son envol. Mais les plumes de l'une d'elles commencent à rentrer sous la peau de l'oiseau, comme si elles y étaient aspirées. Une à une, elles disparaissent. Le même phénomène se produit à l'autre aile, puis c'est la forme même de ces membres qui se modifie lentement. Leur extrémité se divise en cinq parties fines et courtes, et le reste s'affine et devient plus mobile. Le cygne se trouve avec deux bras d'humain, pendant que son bec se rétracte et que sa tête s'arrondit. Des poils lui poussent sur le crâne quand toutes les plumes y ont à leur tour été escamotées. À ce stade, les autres cygnes ont commencé leur transformation, plus ou moins avancée. Un torse puis un ventre d'homme se dessinent. Un sexe et des jambes. Des pieds, des orteils, des ongles…

Élisa ne détourne pas les yeux alors qu'elle voit ses onze frères nus sortir de l'eau. La pudeur ne peut prendre place dans un esprit qui assiste à une scène aussi extraordinaire.

Aloys se dirige vers un rideau de lierre accroché à une paroi de pierre. Une grotte s'y dévoile. Il y entre, puis en ressort l'instant d'après avec un sac en toile. Il y pose sa couronne et en sort des vêtements qu'il enfile. Chacun de ses frères fait de même. Le sort a permis que les vêtements des princes grandissent avec eux. Élisa se lève de sa cachette, et Fidèle jappe. Les frères sursautent, prêts à s'enfuir, puis restent interdits en voyant leur sœur devenue si grande. Leur joie ne tarde pas à éclater.

Pendant toute la nuit, Élisa et ses frères s'enlacent et s'extasient de se voir si beaux et si grands. À leur âge, on change tant en quelques mois…

Entre deux embrassades, les princes expliquent à leur sœur les subtilités du charme dont ils sont victimes : leur apparence animale ne résiste pas au coucher du soleil. Chaque nuit, les cygnes redeviennent humains, et à chaque aube ils redeviennent oiseaux. Ils sont forcés de vivre dans une grotte au bord d'un continent lointain, pour ne pas être découverts. Une fois l'an, cependant, quand les journées sont plus longues, ils ont le temps de traverser l'océan pour revenir sur l'île de Margelonne. Pendant onze jours, ils connaissent la consolation de survoler leur île natale et de revoir les lieux où ils furent heureux.

Les frères et la sœur n'avaient pas été aussi heureux depuis très longtemps, et pourtant une profonde tristesse affleure dans leurs regards et leurs gestes. Chez Élisa, c'est plus palpable encore.

– Mes frères… Pourquoi n'êtes-vous pas venus me voir, pendant ces onze jours de l'année où vous le pouviez ? Pourquoi n'avez-vous pas essayé de me faire comprendre ce que vous viviez ?

Urbain et Gontran lui saisissent chacun une main.

– Ne nous en veux pas, petite sœur ! s'exclame le premier.

– Le temps nous a manqué, plaide le second.

– Et onze jours, intervient Lothaire, c'est court.

– On a été très tristes de ne jamais t'apercevoir au château pendant que nous le survolions, continue Bernard, mais nous pensions que tu étais tranquillement à l'intérieur.

– Et la nuit, sous forme humaine, renchérit Gontran, nous n'osions pas nous éloigner de ce havre de paix qu'est cette crique. Et si quelqu'un nous voyait nous transformer en cygnes ? On nous aurait tués illico. Tu sais comment sont les gens d'ici face à ce qu'ils ne comprennent pas…

– Je le sais, répond Élisa.

– Le temps est notre ennemi, souffle Aloys. Aussi, pardonne-nous de ne pas l'avoir davantage employé à te revoir. D'ailleurs, après-demain, nous devrons quitter Margelonne, et nous ne pourrons y revenir que dans un an.

Élisa sent son cœur se serrer à l'idée de ne plus les revoir pendant si longtemps. Elle vient à peine de les retrouver !

– Je ne veux pas vous quitter ! s'écrie-t-elle.

– Nous non plus, on ne veut pas te laisser, répond Norbert. Mais il faut que tu saches qu'en dehors de ces onze jours nous vivons dans une grotte, qui nous permet tout juste de nous abriter et d'y dormir, la nuit, lorsque nous reprenons forme humaine. Quand la mer est démontée, elle nous lèche les pieds et nous tremblons de froid. Serais-tu vraiment prête à nous accompagner là-bas, et à mener cette vie ?

– Oui ! N'importe quoi plutôt que vous perdre encore. Ensemble, on trouvera le moyen de vous redonner forme humaine. Il doit bien en exister un. Il est parfaitement impossible que vous restiez ainsi pendant toute votre vie. C'est inconcevable ! Je trouverai comment faire cesser ce mauvais sort, mes frères, je vous le promets.

L'idée de quitter Éric pendant un temps indéfini la déchire de part en part, mais elle n'a pas le choix.

– Comment te faire venir avec nous ? demande Gontran. Nous n'avons ni barque ni bateau. Et nous n'avons pas le temps d'aller en chercher au port le plus proche.

Aucun des jeunes gens ne répond. La nuit ne durera plus qu'une ou deux heures, et ils n'ont déjà plus le temps de réfléchir. Élisa s'endort, épuisée par sa journée, sa nuit, et par le manque de solutions. Elle est réveillée par le bruit d'ailes des cygnes qui s'éloignent en larges cercles dans l'aube qui vient de poindre. Ses frères vont survoler une dernière fois leur île natale. Seul Tristan, le plus jeune, a choisi de rester avec sa sœur et son chien Fidèle.

Tristan semble le plus touché par les retrouvailles avec leur sœur. Elle lui a manqué peut-être plus qu'aux autres.

Élisa et Tristan ont si peu dormi durant les dernières vingt-quatre heures qu'ils se calent à l'ombre d'un grand pin pour somnoler en attendant le retour des autres cygnes. Elle s'adosse au tronc et enlace son petit frère-oiseau, qui pose son bec dans son giron. Pense-t-il à sa mère, qu'il a perdue si jeune ? De son côté, elle tremble en repensant à la dernière fois qu'elle a vu son père, et à la manière dont il a dégringolé du piédestal où elle l'avait placé.

Elle lisse les plumes si blanches et si douces de Tristan, et y verse quelques larmes. Puisse-t-il rester gentil et innocent ! Puisse-t-il ne jamais mépriser personne ! Fidèle émet de légers soupirs de sa truffe humide et chaude.

Le soir venu, les dix autres cygnes apparaissent à nouveau, et tous redeviennent humain, sous l'œil émerveillé d'Élisa. C'est une transformation si extraordinaire ! Ils perdent toujours quelques plumes au passage, qui se déposent au sol.

– J'ai eu une idée ! s'écrie Théobald. Elle m'est venue lorsque nous avons survolé le port de Margelonne. J'y ai vu les pêcheurs tisser leurs filets. Nous allons faire de même ! On les a assez observés, quand on était petits, pour savoir comment nous y prendre. On en fera une nasse qui servira à te porter, Élisa !

– Mais nous n'avons ni ficelle ni corde, fait remarquer Lothaire.

– Nous sommes entourés de saules et de roseaux. Il nous suffit d'en extraire l'écorce et les joncs. Cela servira de corde.

Chacun réfléchit, saisi par l'idée, n'osant y croire.

– Pourquoi pas? finit par déclarer Aloys. Cela se tente, en tout cas. Mais ce sera long. Nous ne devons pas perdre une minute. Au travail.

Pour se donner du courage, ils se mettent à chanter, siffler, et esquisser de petits pas de danse tout en avançant dans leur ouvrage. Décidément, se dit Élisa, ses frères ne sont encore que des enfants, bien que la plupart soient plus âgés qu'elle. Leur vie sous forme d'oiseaux les a peut-être empêchés de mûrir en tant qu'hommes.

Leur travail dure toute la nuit, à la lueur des étoiles et sous la rondeur de la lune.

Au petit matin, les princes se placent devant le soleil levant, et peu à peu redeviennent cygnes. Une jambe devient patte, le corps se recouvre de plumes, et le visage se déforme pour créer un bec. C'est une magie à la fois effrayante et fascinante qui se joue une fois de plus devant Élisa.

Par chance, ils ont eu le temps de finir le filet avant la première lueur de l'aube. Élisa se place au centre, suivie par le chien Fidèle.

– Mon bon Fidèle, tu ne peux pas venir avec moi. J'ai une autre mission à te confier. Cours auprès d'Éric. Il verra le collier de plumes de cygne que tu as autour du cou. Ainsi comprendra-t-il que j'ai retrouvé mes frères, et que je vais bientôt revenir après les avoir délivrés. Cours, mon chien, cours !

Quatre cygnes saisissent les coins du filet entre leurs becs, et tentent de le soulever. Mais ils n'y parviennent que difficilement. Chaque fois qu'ils y arrivent de quelques centimètres, il retombe lourdement à terre.

Ils crient afin que les sept autres leur viennent en renfort.

Le filet se soulève enfin sans aucun problème. Fidèle jappe mais il rapetisse déjà, au fur et à mesure qu'Élisa se rapproche des nuages. Elle le voit s'enfoncer dans la forêt.

Brunehaut

Une petite fille que je ne connais pas est installée devant moi dans son lit. Elle est éclairée par des lampes sans flamme. Des objets insolites l'entourent, aux couleurs fortes, aux textures étranges. Elle tient un livre entre ses mains. Avec pour titre *Contes de fées*, de Hans Christian Andersen. Je la regarde lire un moment, puis quelqu'un entre dans la pièce. Je sursaute, avant de me souvenir qu'on ne me voit pas. C'est une femme, en chemise, la mère, sans doute, puisqu'elle s'approche pour caresser les cheveux de la fillette.

– Il est temps de dormir. Allez, fini de lire !

– Mais maman !

– Tu poursuivras demain.

Elle lui embrasse le front.

– Maman… Je serai une princesse, un jour ?

– Tu es ma princesse, et tu le resteras, ça, c'est sûr. Pourquoi veux-tu être une princesse ?

– Pour ne pas ressembler à une vilaine sorcière ! Je veux être aussi douce et jolie que les princesses des contes, pour qu'on m'aime autant.

La vision s'évanouit.

– Gausselmus, aidez-moi.

J'ai couru jusque chez lui. Par moments, je crains de devenir folle en restant au château. L'antre du médecin, tout encombré qu'il soit, me permet de mieux respirer. Il pose une fiole et s'assied en face de moi qui vais et viens dans le petit espace.

– Je ne veux plus faire ces voyages dans le temps. Pourquoi les fais-je sans le vouloir ? Ne pourrais-je pas utiliser plutôt ce don afin de me déplacer pour de bon où je le souhaite vraiment ?

– Quels sont l'ère et l'endroit où vous aimeriez le plus être, ma reine ?

– J'aimerais…

Je me laisse tomber sur un tabouret.

– Je ne souhaite rien d'autre que rester dans ce présent, mais être ailleurs, ça oui, je le souhaite de toutes mes forces. J'aimerais retourner chez moi, dans le royaume de feu mon père. J'y ai des amis qui ne sont peut-être pas morts. J'y ai des souvenirs lumineux. Et on m'y connaît comme l'éclatante fille du roi, comme la princesse aimée du peuple, et non comme une épouse malheureuse, contrainte et maltraitée. Ni comme une sorcière… Ma vie pourrait reprendre. Je pourrais y trouver amour, tendresse et amitié. De l'amour, oui, je suis tellement en manque d'amour.

En voyant le rouge monter au visage du médecin, je réalise que j'étais en train de me caresser la joue. Je me reprends et l'écoute.

– Si vos aspirations sont aussi claires, dit-il, je ne comprends pas que votre esprit les trahisse. Il doit y avoir autre chose, qui se trouve hors de votre compréhension immédiate. Comme je vous le disais, quelque chose vous lie très certainement à ce lieu. Je ne sais que vous dire d'autre, ma reine, sinon que ce type de pouvoir a ses raisons que parfois la raison ne connaît pas. S'il résiste, s'il refuse de vous transporter où vous le souhaitez vraiment, c'est parce que des enjeux supérieurs en seraient remis en question.

– Mais pourquoi moi ? Pourquoi tant de souffrance ?

Pourquoi suis-je une sorcière ? Pourquoi cette malédiction ?

– Cela nous dépasse, excellence. Nous ne pouvons pas tout comprendre.

Je me détourne pour cacher mes larmes. À ma grande surprise, je ne les ai pas toutes épuisées.

Élisa

Elle vole ! Les cygnes et leur fardeau fendent les nuages, et la mer défile sous leurs yeux. L'île de Margelonne est déjà minuscule. Le bruit des ailes des frères d'Élisa est ferme et doux à ses oreilles. Il ressemble aux pages d'un livre que l'on ne cesserait d'ouvrir et de fermer. Qui contiendrait le récit de leur voyage.

Parfois, un navire se profile en bas, et il n'est pas plus grand qu'une fourmi. D'autres oiseaux se joignent à eux, au début, mais ils rebroussent vite chemin vers l'île ou le continent. Les voilà seuls, et bien seuls désormais, toute possibilité de se poser s'éloigne. Élisa sent la fatigue saisir les cygnes qui la portent. Ils se relaient pour ne pas flancher, mais c'est difficile. Les heures s'écoulent jusqu'à ce que le soleil s'approche à nouveau de l'horizon.

L'inquiétude serre la gorge d'Élisa, soudain. Et s'ils n'arrivaient pas à atteindre leur île avant la nuit ? Redevenus garçons, ses frères ne pourraient plus voler, et ils tomberaient tous les douze dans l'immensité de la mer. Ils n'auraient pas une seule chance de s'en sortir sans se noyer.

Elle ne peut s'empêcher de s'imaginer, elle et eux, dégringoler dans la mer. Ils seraient saisis par le froid, ils surnageraient quelque temps, une heure, peut-être deux, voire trois, puis, peu à peu gagnés par l'épuisement, un à un ils disparaîtraient dans les tréfonds. Se laisseraient couler. Leurs poumons se rempliraient d'eau. Élisa cheveux flottant autour d'elle, vêtements engagés dans une danse gracieuse... Elle trouverait peut-être beau qu'un ou deux poissons s'approchent d'elle. Elle deviendrait créature de la mer, comme elle est devenue créature des airs. Mais on ne peut rester longtemps dans un élément qui ne nous est pas naturel, sans risquer de mourir.

C'est sa faute. Sans avoir rien à porter, jusqu'ici ses frères-cygnes avaient toujours réussi à faire le trajet. Mais elle les a ralentis, et maintenant leur vie est en sursis.

– Qu'ai-je fait ? J'ai signé notre fin, par égoïsme et inconscience ! Ah, c'est sûr, je ne les quitterai plus, mes frères, nous resterons ensemble pour l'éternité. Mais au prix de nos vies !

Le soleil s'enfonce dans la mer. Plus la sphère lumineuse disparaît derrière la ligne parfaitement droite de l'horizon, plus les pulsations du cœur d'Élisa s'accélèrent. Un cri de cygne l'alerte. C'est un cri d'espoir. Au loin, enfin, apparaît une langue de terre. Le continent !

La pénombre s'agrandit alors qu'ils s'en approchent. Ils descendent en piqué, si bien qu'Élisa craint de tomber de sa nasse.

On l'appelle aussi Nimué, ou parfois Famurgan

C'est décidément un spectacle étonnant.

Dès que le soleil a disparu, les ailes des cygnes aussi. Ceux-ci se retransforment en garçons et chutent tous dans l'eau, à quelques mètres du rivage. Par chance. En quelques brassées ils sont sur le sable, grelottant en attendant que leurs vêtements sèchent. Ils se serrent les uns contre les autres devant l'entrée de la grotte, sur le sable de la petite crique, et leur sorofraternité s'en trouve renforcée. En contemplant le ciel étoilé, si pur et si lumineux, ils se racontent des histoires et des souvenirs d'enfance.

Puis s'endorment.

*

* *

Elle est bien jolie, cette Élisa, mais ce n'est pas ce qui

frappe le plus la magicienne. Plus elle l'observe, plus elle est fascinée par la singularité de cette beauté. Elle n'a pas la joliesse fragile. Sa silhouette certes mince paraît néanmoins solide, avec des hanches rondes, prêtes à occuper l'espace qui leur est dû. Les contours de son visage ne sont pas de la finesse attendue chez une princesse de conte. On pourrait même dire que ses mâchoires sont légèrement anguleuses, et son menton pointu paraît provoquer le monde : *hé toi, que me veux-tu ?* Son front haut est d'une noblesse peu commune, qui lui donne un air de confiance et d'affirmation qu'elle n'a certainement pas encore. La clarté de son teint est ponctuée de taches de rousseur intrigantes comme des larmes de sang dans la neige. Ses longs cheveux auburn lancent des reflets de feu, et pour finir ses yeux, lorsqu'elle ne dort pas comme maintenant, semblent parsemés d'éclats de métal prêts à vous transpercer.

– Qui êtes-vous ?

Ses yeux se sont ouverts.

Une des mèches de cheveux de la magicienne penchée sur elle pour l'observer a effleuré la joue de la jeune fille et l'a réveillée. Le soleil s'est levé depuis une bonne heure, et les garçons, qui se sont de nouveau mués en cygnes, sont allés voler au loin. Voilà Élisa seule devant une grotte au bord d'une terre dont elle ne sait rien, avec une parfaite inconnue venue on ne sait comment, d'on ne sait où – l'un des pouvoirs les plus puissants de la magicienne consiste à se transporter où elle le souhaite, quand elle le désire.

– J'ai… j'ai rêvé de vous, dit Élisa, pelotonnée contre la paroi de la grotte.

– Bien entendu, puisque je l'ai voulu.

– J'ai l'impression de vous avoir déjà rencontrée.

– Ce n'est pas qu'une impression. Nous nous sommes parlé il y a peu.

– Cela ne peut pas être…

– Eh si. Je suis bien plus jolie en jeune femme, n'est-ce pas ? Mais c'est si amusant de jouer d'autres rôles ! Et autant que ces rôles soient hauts en couleur, sinon quel intérêt ?

– Vous êtes merveilleusement belle. Jamais je n'ai vu de…

– Allons, allons, on ne va pas perdre un temps précieux à se complimenter. Parlons peu, parlons bien. Tu as un problème, ma chère Élisa.

– Oui ! J'aimerais que le sort qui empêche mes frères de vivre une vie normale soit délié.

– Ah non, cela, c'est le problème de tes frères.

– Je ne parviendrai jamais à être heureuse si eux ne le sont pas.

– Hélas, je crois bien qu'en effet c'est le cas. Je suis là pour t'aider, mais… je crains que ce ne soit pas facile. Le sort est puissant, lancé par une magicienne intelligente et sûre de son bon droit.

– Que voulez-vous dire ?

– Un sort pareil, aussi puissant, ne peut être que le produit d'une volonté farouche et pure.

– Pure ? Quelle pureté y a-t-il à faire tant de mal ? Ma belle-mère n'est qu'une sorcière malveillante qui a voulu éloigner mes frères, de peur qu'ils ne montent sur le trône et qu'ils ne l'exilent !

– Les apparences sont parfois trompeuses, tu en feras l'amère expérience au cours de ton existence. Quoi qu'il en soit, le résultat est là : je ne peux défaire ce sort de façon simple.

Élisa avise ce que la magicienne a en main.

– Lâchez cela, c'est une ortie ! Cela brûle la peau.

– Hélas, je le sais. Elle est pour toi.

– Quoi ?

– Cette plante te servira à sauver tes frères.

Hans

« Vois-tu l'ortie que je tiens à la main ? Il en pousse beaucoup de pareilles autour de la caverne où tu dors, mais celles qui viennent sur les tombes du cimetière sont les seules bonnes. N'oublie rien de ce que je te dis : tu les cueilleras, quoique ta peau, en les touchant, se couvre d'ampoules ; tu les écraseras ensuite sous tes pieds pour en faire de la filasse avec laquelle tu tisseras onze tuniques à manches longues. Jette ces tuniques sur les onze cygnes sauvages, et le charme sera rompu. Mais rappelle-toi bien que, depuis le moment où tu auras commencé ce travail jusqu'à celui où il sera terminé, dût-il durer plusieurs années, il te faudra garder un silence absolu. Le premier mot sorti de ta bouche atteindrait le cœur de tes frères comme un poignard mortel. Ainsi, leur vie dépend de ta langue ; n'oublie rien de mes avertissements. »

– Leur vie dépend de sa langue ? Pauvre enfant !

Hans fait un bond sur sa chaise et porte la main à son cœur.

– Qui êtes-vous ? bredouille-t-il.

– Vous me voyez et m'entendez donc…

C'est la même femme que celle qui lui est apparue la nuit précédente, dans la ruelle. Elle est vêtue et coiffée de la même manière. Sa beauté rayonne et éclabousse la petite pièce en désordre.

Elle était penchée au-dessus de son épaule.

Elle s'installe sur un fauteuil, près de la fenêtre, et lui lance un regard sévère.

– Rêvez-vous à ce point de silence que vous y réduisez l'héroïne de votre récit ?

– Comment êtes-vous entrée ? J'exige que…

L'apparition lève une main pour le faire taire. Elle secoue la tête.

– Ne m'envoyez pas trop d'ondes négatives. Je pourrais ne pas les supporter, et je disparaîtrais sur-le-champ. Mon pouvoir a ses limites, vous savez.

– Votre pouvoir ? Mais… Que voulez-vous ?

– Rien que vous ne puissiez. Je ne sais même pas ce que je fais là et pourquoi. Mais, maintenant que j'y suis, autant vous dire ce que je pense de l'histoire que vous écrivez.

Hans se frotte les yeux, se lève, s'approche de l'apparition, lui tourne le dos, puis fait volte-face pour voir si elle est encore là… Il n'en croit ni ses yeux ni ses oreilles.

– Seriez-vous ?…

– Peu importe qui je suis. Qu'on voie en moi une méchante femme, j'en ai l'habitude. C'est ma force et mon fardeau… En revanche, ce que vous dites sur Élisa… Est-ce ce qui va vraiment arriver ? Je veux dire, dans mon présent ? Ou bien est-ce l'un de vos fantasmes ? Rêvez-vous que les femmes se taisent ?

– Que dites-vous ? Pourquoi est-ce que je voudrais que…

– Qu'est-ce qui vous influence le plus lorsque vous écrivez : vos désirs ou la réalité de ce qui fut ? Qu'est-ce qui vous importe le plus ?… Ah, tout cela est insensé ! Pourquoi suis-je ici ?

Hans met un moment à accepter qu'il est réellement en train de discuter avec l'un des personnages de son conte. Il se frotte les yeux plusieurs fois, et comme la vision ne disparaît pas il choisit de la considérer comme réelle, et d'en profiter pleinement. C'est une chose peu commune que de converser avec une véritable reine du Moyen Âge.

–Vous ne comprenez pas, dit-il. En vérité, je… je suis Élisa.

– Comment cela ? Je connais Élisa et je vous assure qu'elle existe suffisamment pour que personne d'autre ne s'en prévale à sa place. Vous, vous êtes Hans Christian Andersen, et vos contes sont promis à une belle célébrité, pour des siècles. Des générations d'enfants vont vous lire. Des petites filles rêveront d'être Élisa.

Hans en a le souffle coupé. La postérité à laquelle il rêvait… Il va y accéder ?

– Pour des siècles ? Je ne peux pas y croire !

Il ferme les yeux pour se remettre de ses émotions. Puis il secoue la tête. Cette apparition lui raconte peut-être n'importe quoi.

– Sachez que vous vous trompez, se défend-il après quelques instants, je ne désire pas que les femmes se taisent, aucune d'entre elles... Même si je juge ce qu'elles disent parfois fort inintéressant, je le concède.

– Je préfère cela.

– Et, par ailleurs, vous vous méprenez sur ce que signifie écrire. Quand j'écris, sachez-le, je suis tous mes personnages. Qu'ils existent ou aient existé, ou pas, peu importe. Et je suis encore davantage le personnage principal. Je... je projette en lui... En elle, toutes mes joies mais, surtout, toutes mes souffrances. Si j'impose le silence à Élisa, dans ce conte, c'est parce que... JE dois me taire. Oui, on m'impose de me taire, et c'est une grande douleur.

Il fait une grimace, comme si on venait de lui en infliger une, physiquement.

– Vous taire ? Vous parlez librement, ce me semble, et en plus vos écrits sont publiés et lus par des milliers de gens. Ce n'est pas ce que j'appelle « se taire ».

– Vous ne comprenez pas. Je dois me taire sur un sujet bien précis. Je dois me taire sur... quelque chose d'important pour moi et que peu de gens comprennent. Que trop de gens méprisent, voire haïssent. Je ne peux pas vous en dire davantage...

– Mmmm... Dans ce cas, pourquoi ne pas avoir créé

un personnage principal qui vous ressemble ? Pourquoi une jeune fille ? Vous m'en paraissez assez éloigné.

– Ah ! Vous auriez aimé quoi ? Onze sœurs transformées en oiseaux splendides et un frère prince, exilé, qui ferait tout pour les libérer de leur funeste sort ? Un prince qui serait réduit au mutisme, autant dire à la passivité ?

– Ma foi oui, pourquoi pas ?

– Vous ne croyez pas qu'un prince essaierait en premier lieu de reprendre sa place sur le trône ? Une fois au pouvoir, il pourrait alors libérer ses sœurs. Peut-être même assez facilement grâce à son pouvoir de monarque. Or il me faut un héros qui n'ait aucun pouvoir en ce monde… puisque moi-même je n'ai aucun moyen d'atténuer mes souffrances, ni de vivre ce que j'aimerais vivre. Une héroïne, donc. C'est le plus plausible dans le monde des récits, j'en suis le premier désolé, et raconter les faits ainsi est la seule manière pour moi d'être compris et apprécié des lecteurs d'aujourd'hui. Mon éditeur n'accepterait pas de publier autre chose !

Brunehaut se lève brusquement, mue par la colère.

– Où se trouve votre courage, dans tout cela ? Si vous montriez que certains hommes peuvent aussi être réduits au silence ou à l'impuissance, ne pensez-vous pas que cela toucherait au cœur les hommes concernés ? Comment leurs souffrances peuvent-elles cesser si vous n'en parlez pas ? Et si vous persistez à ne présenter les hommes que comme des êtres libres et puissants sans aucun problème ?

Comment vos souffrances pourraient-elles avoir une seule chance de cesser, si même vos écrits les travestissent ?

– C'est vous qui ne comprenez rien. Dans quel monde vivez-vous ? Où avez-vous vu qu'on était libre de faire et d'écrire ce que l'on voulait dans celui-ci ? Vous rêvez ! Je ne peux pas parler des hommes comme… comme moi. Je ne peux pas parler de moi. C'est impossible !

– Que voulez-vous dire ? On est homme ou on ne l'est pas, ce me semble.

Hans se tait. Les sourcils de Brunehaut restent froncés.

– Vous allez donc infliger à Élisa autant de souffrances que vous en vivez, pour espérer vous en soulager un peu.

– Voire davantage. Et qu'importe, c'est un personnage de conte qui n'existe pas. Et si elle a existé, c'est ainsi que son récit nous est parvenu de bouche à oreille depuis des décennies. Ce n'est pas moi qui forge son destin, je ne fais que le retranscrire, en y ajoutant toute ma fantaisie, ma vision du monde, ma propre expérience, et le plus de poésie possible.

– Elle existe ! Enfin, elle a existé ! J'ignore si elle va devoir se taire, ou si elle a dû se taire, dans la réalité comme dans votre conte, mais pour le reste elle ne ressemble pas à la fille pieuse, douce, mutique, en un mot terne, que vous en avez fait. Et vous êtes responsable de la mémoire que l'on gardera d'elle !

– Que me chantez-vous là ?

Brunehaut

– Il va falloir vous calmer, mon amie. Vous savez que je déteste lorsque vous haussez le ton.

– Que… Où…

Me revoilà à mon époque, et dans mon palais. Enfin, celui de mon époux le roi. Et, hélas, c'est le soir, moment de la journée où je me sens traquée. Je suis revenue à mon époque pile au moment où le roi m'a fait venir dans ses appartements. La malchance me colle à la peau.

Tout cela, c'est à cause de la colère. Une trop forte émotion me fait généralement perdre la connexion avec cet homme au pouvoir encore plus grand que le mien et qui ne le sait pas. Hans Christian Andersen, voilà son nom.

– Qui donc ? Qui est cet homme ?

Tous mes sens sont brouillés au point que j'ai parlé tout haut sans m'en rendre compte.

– Teuthardus, laissez-nous donc, ordonne le roi.

Je jette un regard de détresse au valet, mais il s'en

retourne, et ferme la porte derrière lui, sans montrer aucune émotion. Il est parti. J'ai repris mes esprits trop tard. Je ne peux plus rien.

– Allons, déshabillez-vous.

Comme chaque fois, j'essaie de rassembler mon âme pour exercer mon pouvoir, mais, comme chaque fois, la terreur me tétanise. Je n'arrive même pas à faire trembler les rideaux. Ne suis-je pourtant pas une sorcière ? Cette impuissance me met en rage.

– Qu'attendez-vous donc ? insiste-t-il. Faut-il que je vous batte pour que vous m'écoutiez ? C'est à croire que vous aimez cela.

– Comment peut-on être aussi cruel ?

Ce n'est pas moi qui ai parlé.

– Hans ?

Comment est-ce possible ? Pourquoi est-il là ?

– Encore ce nom ? tonne le roi. C'est de la provocation !

Hans s'élance et essaie de s'interposer entre le poing du roi et moi. Mais il n'est pas vraiment là. Il n'est même pas visible par mon mari. Il n'est qu'une image à laquelle je me raccroche. Mais bien sûr Hans n'a aucun pouvoir sur le passé, quel que soit son présent. Le faire venir était si stupide… L'écrivain me lance un dernier regard de pure pitié avant de disparaître.

Personne ne peut me protéger.

Élisa

– Leur vie dépend de ta langue. N'oublie rien de mes avertissements… Je suis vraiment désolée, mon enfant, mais c'est le seul moyen pour toi de délivrer tes frères, dit la jeune femme qui, sur ces paroles, disparaît.

Élisa a-t-elle rêvé ? La magicienne qui lui est apparue a déjà disparu.

L'horizon rougeoie. Au loin, onze silhouettes gracieuses s'approchent, comme suspendues dans les airs. Les couronnes sur leurs têtes captent les rayons du soleil. Dès que l'astre n'est plus qu'un tout petit point lumineux par-delà les mers, les cygnes se posent auprès d'Élisa. Puis, un à un, se retransforment en garçons et courent chercher leurs habits.

– Comme il est bon de pouvoir à nouveau parler, s'écrie Clovis. Ne faire que pousser des cris d'oiseaux durant toute la journée est si frustrant !

– Moi, ça me va, répond Lothaire, puisqu'on arrive à se faire comprendre entre nous, et avec les autres animaux. C'est comme parler autrement. Ce qui serait vraiment dur, ce serait de ne pas pouvoir du tout communiquer.

– Alors Élisa, tu ne t'es pas trop ennuyée, aujourd'hui ? demande Aloys.

– …

– Mais qu'as-tu ? Tu as perdu ta langue ?

Les onze frères rient de bon cœur, mais s'arrêtent net lorsqu'ils voient une larme couler sur l'une des joues de leur sœur. Théobald l'enlace.

– Qu'y a-t-il ? Pourquoi ne nous parles-tu pas ?

Elle ne peut que tourner la tête de droite à gauche.

– Elle n'est pas en train de jouer, affirme Gontran.

– Prends ce bâton, dit Clothaire en lui tendant celui qu'il vient de ramasser, et écris dans le sable ce qui t'arrive.

Élisa frémit. En a-t-elle le droit ? « Un silence absolu », cela comprend-il aussi les mots que l'on écrit et qui sont lus dans la tête des autres ? Elle décide de ne pas courir le risque d'une mauvaise interprétation. Elle n'ose pas même faire un dessin.

– Quelque chose ou quelqu'un l'oblige à se murer totalement en elle-même, en conclut Aloys. Pour quelle raison ? Élisa, peut-être peux-tu juste nous faire comprendre cela ?

Mais elle ne fait que pleurer silencieusement de plus belle. Elle n'ose absolument rien exprimer.

– Cela doit être un nouveau sort, suggère Tristan. Une nouvelle malédiction. La nôtre est de nous transformer en cygnes tous les jours, la sienne est de ne plus pouvoir communiquer avec personne. En tout cas pas avec nous.

– Notre sort ne suffisait-il donc pas ? gémit Gontran. Que nous vaut d'être ainsi persécutés !

– Mais que fais-tu avec cette ortie ? demande Fulbert. Tu as les mains toutes brûlées !

Il essaie de lui retirer la plante, mais Élisa recule brusquement et adopte un air buté.

– Elle a forcément ses raisons, conclut Urbain. Ne la tourmentons pas davantage.

D'un air à la fois triste et déterminé, sous la lumière de la lune et des étoiles, Élisa se rend à l'orée du village le plus proche, dont lui ont parlé ses frères. Un petit cimetière joliment fleuri s'étend au centre de saules et de cyprès. Elle y pénètre en se signant, et ramasse toutes les orties qu'elle trouve aux abords des tombes. Ses frères ne comprennent pas pourquoi elle fait cela, mais ils essaient néanmoins de l'aider. Elle les repousse avec force. Elle sait que cet ouvrage doit être accompli par elle seule. Si ses frères l'aident, elle prend le risque que le sort ne se défasse pas.

Ils s'endorment en l'observant poursuivre son étrange mission, perplexes et le cœur douloureux. Ils la voient écraser avec ses pieds les orties, pour les assouplir et ensuite en faire de la ficelle, comme ils l'ont fait avec les joncs de la nasse qui a permis de transporter Élisa jusqu'ici. Elle travaille le plus possible, ne voulant pas perdre une seule seconde, pressée de délivrer ses frères. Mais, épuisée, elle finit par s'endormir à son tour.

*

* *

À son réveil, ses frères se sont envolés. Elle reprend aussitôt son travail.

Jamais elle n'aurait cru bénir les leçons de couture et de tricot que lui imposait Gerda. Car, sans elles, comment aurait-elle su confectionner des tuniques ? Ses mains sont rouges et pleines d'ampoules à force de manipuler les plantes urticantes, et la brûlure est vive, mais elle tient bon en se disant que, à ce rythme-là, dans une quinzaine de jours tout sera fini.

Subitement, une nuée d'oiseaux s'envole de la montagne la plus proche, et le hurlement strident d'un cor la fait sursauter. Des aboiements de chiens se rapprochent, si bien qu'elle se réfugie dans la grotte, de peur qu'ils ne viennent la déchiqueter. Elle se terre dans la pénombre, contre le gros sac plein d'orties qu'elle a ramassées. Elle serre contre elle la première tunique presque terminée.

Trois chiens de chasse, à l'air beaucoup moins sympathique que Fidèle, déboulent jusque devant l'entrée de son abri, et se mettent à japper furieusement. Elle a envie de leur crier « Ouste ! Allez-vous-en ! Fichez-moi la paix ! », mais bien sûr, elle ne l'ose pas : communiquer avec les animaux lui est peut-être aussi interdit.

Les chiens, heureusement, n'entrent pas dans la caverne et ne se jettent pas sur elle, mais leurs aboiements résonnent dans toute la vallée, sur les ondes de la mer et jusqu'au-delà des montagnes.

Ce qu'elle craignait arrive : un homme apparaît, fusil de chasse pointé devant lui, et scrute ce qui attire autant l'attention des limiers. Il prend le temps de s'habituer à l'obscurité. Il croyait trouver là un beau gibier qu'il aurait pu abattre facilement s'il n'avait pas eu le moindre doute. Mais l'endroit n'a pas l'odeur d'une tanière, ce qui, par chance, l'a fait hésiter.

– Mais que fais-tu donc là, paysanne ?... Vas-tu répondre ?

Sans réponse de la part d'Élisa, il se précipite vers elle, agacé d'avoir perdu un précieux temps de chasse par sa faute, et la tire hors de la caverne.

– Mon roi, regardez quelle jolie proie j'ai dénichée là !

— Partie 3 —

De grands oiseaux sans voix

Hans

C'est la première fois qu'Edvard Collin ne capte pas toute son attention. Et pourtant, il est plus beau que jamais. Hans ne connaît aucun homme qui ait autant de prestance. Et ce petit sourire discret et craquant…

Dans le salon des parents d'Edvard, où sont régulièrement invités notables et musiciens, poètes et dramaturges, Hans est assis en retrait. Une jeune femme joue une sonate de Liszt sur le piano vers lequel tout le monde est tourné. Mais Hans n'écoute pas.

Il revoit ce poing levé vers cette femme étrange. Il le reverra longtemps dans ses cauchemars. Il ne cesse d'imaginer ce qui a suivi son retour dans son époque, et cela le terrifie. Il aurait tant aimé pouvoir arrêter ce déchaînement de violence ! Sauver Brunehaut !

Mais, d'abord, comment a-t-il pu se retrouver en ce lieu, subitement ?

Que lui arrive-t-il ces derniers temps ?

– Hans, que vous arrive-t-il ces derniers temps ?

Edvard s'est assis à ses côtés.

– Edvard ! Que veux-tu dire ?

– S'il te plaît, vouvoyons-nous en public.

Les deux hommes chuchotent pour ne pas déranger la prestation… Prestation peu habile par ailleurs, et un tantinet pénible, mais la politesse et la délicatesse sont des valeurs cardinales chez les Collin.

– Tu… Vous paraissez ailleurs, mon cher Hans. Vous… Je ne sais pas… Vous ne m'écrivez plus.

Le cœur de Hans rate une pulsation. Qu'essaie de lui dire Edvard ?

– Ce n'est pas que j'attende particulièrement vos lettres, n'est-ce pas, se reprend-il rapidement (hélas, juge Hans). C'est juste que… vous m'écrivez moins, et cela m'inquiète… Pour vous, je veux dire. J'espère que vous allez bien.

– Merci pour votre sollicitude, mon cher Edvard.

Plus bas, il ajoute :

– J'imagine que tu sais à quel point elle me touche.

– S'il te plaît, ne surinterprète pas mes paroles. Et ne complique pas les choses, murmure Edvard si bas que Hans peine à l'entendre.

– Vous vous inquiétez pour rien, mon cher. C'est juste que je suis absorbé par mon travail d'écriture du moment. Il est très prenant.

La jeune femme a fini de jouer son morceau et tout le monde applaudit.

– Ah, Hans ! s'écrie Jonas Collin, le père d'Edvard.

Il avance en écartant les bras, puis serre chaleureusement la main de Hans.

– Comme cela fait plaisir de vous revoir. Vous deviez être bien occupé pour bouder nos après-midi ?

– En effet, je suis en train d'écrire de nouveaux contes.

– Et pourquoi pas un nouveau roman ? Les contes, ce sont de petites choses pour les enfants. Vous avez prouvé à quel point vous pouviez écrire de la véritable littérature. Enchantez-nous à nouveau !

– Écrire des contes, c'est faire œuvre littéraire, je vous assure. Et je ne considère pas qu'écrire des textes pour les enfants en amoindrit la valeur. Au contraire, même, dirais-je, car les enfants méritent le meilleur de tout ce qui existe au monde.

– Oh, il ne faut pas que j'oublie de vous présenter Anne ! s'exclame Jonas Collin.

La jeune femme quitte le piano et avance vers eux avec un air modeste.

– Mlle Anne Charlotten est remarquable en bien des points. Talent et modeste ambition la motivent. Elle me fait parfois penser à vous, mon cher Hans.

Hans Christian réprime une moue : le jeu médiocre de Mlle Charlotten peut-il être comparé à son don pour l'écriture ?

– Enchanté, monsieur Andersen. J'ai beaucoup d'admiration pour ce que vous écrivez, sachez-le.

– Merci, mademoiselle. Comptez-vous, de votre côté, exercer le piano en professionnelle ?

– Oh, non ! Lorsque M. Collin parlait d'ambition, il ne voyait rien de masculin là-dedans. La plus belle et grande ambition que peut avoir une femme, c'est d'être utile à sa famille. Je joue ici en public pour m'amuser un peu avant de trouver le mari à qui je réserverai mon talent. Voilà mon ambition.

– Elle est belle et noble, répond Edvard.

– Je… je trouve aussi, bredouille Hans.

– Eh bien, poursuit le père d'Edvard, sachez que M. Andersen mène une vie solitaire qui s'accommoderait fort bien d'un peu de musique.

Hans lui jette un regard scandalisé. Comment peut-on manquer de tact à ce point ? Et comment croire que cette dinde à l'ambition de mollusque pourrait l'intéresser ? Le visage d'Anne Charlotten a gagné trois teintes de rouge. Edvard réalise un peu tard la gêne qu'il a suscitée.

– Mais peut-être avez-vous davantage d'inclination pour l'opéra ? lance-t-il avec un sourire complice. On m'a rapporté votre très grande admiration pour la jeune cantatrice Jenny Lind.

– Je… Elle a beaucoup de talent, en effet, cependant…

Mlle Charlotten ne sait définitivement plus où se mettre. Elle se tord les doigts en ignorant comment prendre congé de façon polie. Edvard ne vaut pas mieux. Ils sont trois à être rouge tomate.

Assise en retrait, Louise, la jeune sœur d'Edvard, observe la scène avec amusement. Elle envoie à Hans un sourire de soutien, qu'il accepte avec reconnaissance. Il est très attaché à elle. Louise a autant de cœur et d'intelligence que son frère, ainsi que des charmes singuliers. Hans a déjà beaucoup écrit à Louise, et cette correspondance s'est renforcée depuis qu'il a été rejeté par Edvard… et que ce dernier s'est marié. Il a espoir que cet attachement trouve une meilleure issue qu'avec le fils Collin… Même s'il est toujours amoureux de lui.

– Père, finit par lâcher Edvard, je crois que Hans a beaucoup à faire. Il doit hélas nous quitter. Mes hommages, mademoiselle.

Près de la porte, Hans se rapproche d'Edvard autant que possible. Ne serait-ce que pour réussir à humer les effluves de son parfum. Il en chavirerait de plaisir.

– Merci, mon ami, de m'avoir extirpé de ce guet-apens.

– J'étais aussi mal à l'aise que toi. Mon père est si… direct, parfois !

– Écoute, Edvard, il faut que je te dise…

Ce dernier attend et ne recule pas. Hans se demande sincèrement s'il ne pourrait pas tenter quelque chose, mais il a une peur panique d'être encore repoussé. *Pourquoi suis-je un inverti ? Pourquoi cette malédiction ?*

– Une femme me hante, lâche-t-il.

Edvard met une bonne seconde à accuser le choc. Mais il se reprend rapidement, et lui attrape les épaules.

– Je suis si content pour toi ! Je savais que tu trouverais celle qui toucherait ton cœur.

– Non, non, tu te méprends. Il ne s'agit pas de… ça.

À ce moment précis, il se sent appelé au-dehors. « Hans, Hans… » *C'est elle*, pense-t-il. *Au moins a-t-elle survécu à cette brute qui l'a attaquée.*

– Je dois me sauver. À bientôt. Je…

« Hans, dit la voix au loin, aidez-moi. Aidez-nous toutes. »

– Tu es aussi blanc que le col de ta chemise, s'inquiète Edvard.

– Je… je… Adieu, mon ami.

Il met son chapeau sur sa tête et s'en va.

Élisa

– Cette paysanne est d'une beauté sans pareille ! murmure le jeune roi dès qu'on extirpe Élisa de sa grotte.

Elle ouvre la bouche pour hurler qu'on la lâche. Pour exiger qu'on la laisse tranquille. Mais elle reste muette.

La frustration et la colère font gicler des larmes de ses yeux.

Elle a tout de même eu la présence d'esprit de cacher ses mains rougies derrière son tablier.

Elle parvient à se libérer de l'emprise du garde, sidéré d'un tel comportement face au roi, puis elle repart dans sa grotte d'un air affairé, pour faire comprendre qu'elle y a de l'ouvrage. Elle saisit le ballot contenant la première tunique presque terminée, et quelques orties.

– Revenez, jeune damoiselle ! s'écrie le roi de l'extérieur. Vous êtes trop jolie pour vivre de manière aussi misérable.

L'acolyte royal la tire une nouvelle fois hors de la grotte, résistant à ses coups de poing et de pied.

– Pauvre abrutie, siffle-t-il assez bas pour que le roi n'entende pas, ne vois-tu pas ce que tu pourras tirer de l'intérêt que te porte le roi ? Ne vois-tu pas quel bel homme il est ? J'ai rarement vu souillon aussi fière et stupide !

Il parvient à la sortir de la grotte. Le soleil passe alors au-dessus d'une colline et illumine la chevelure auburn d'Élisa, auréolée d'une couronne de feu. L'éclat de son visage s'en trouve décuplé. Le métal de ses yeux prend des allures de diamant.

– Vous êtes la fille la plus splendide que j'aie jamais vue, souffle le roi, juché sur un cheval blanc. Certes, lui-même n'est pas mal de sa personne, Élisa le reconnaît volontiers. Il a une belle prestance, le cheveu noir et fourni, l'œil pétillant, le nez droit et le sourire facile. Mais, dès qu'il met pied à terre et qu'il se trouve à hauteur d'Élisa, une aura d'arrogance se dégage de toute sa personne, qui n'inspire que méfiance et désir de lui rabattre le caquet.

– Comment vous appelez-vous, belle enfant ?

Elle reste coite pendant que son corps n'exprime que détresse.

– La pauvre a dû subir un traumatisme, suggère le chevalier à la droite du roi. Il paraît que cela peut rendre muet.

– Comment ? Quel traumatisme ? Mais non, enfin, regardez-la, elle ne semble abîmée par rien ni personne. Enfin, j'espère qu'elle ne l'est pas…

Un doute passe sur le beau visage du roi, qui grimace légèrement.

–Vous n'êtes pas… abîmée, n'est-ce pas, chère damoiselle ? veut-il s'assurer.

Élisa ne sait pas quoi faire pour avoir la paix. Elle choisit de secouer la tête de droite à gauche pour signifier que non, tout va bien, elle n'a été abîmée qu'aux mains et aux pieds par les orties, mais ils n'ont pas besoin de le savoir et elle n'a besoin de personne, au revoir. Le soulagement détend le visage et la silhouette du roi tout entiers.

– Ah, vous voyez, elle est parfaitement intacte. Charmante enfant, on ne peut pas vous laisser vivre dans cette misère. Une beauté telle que vous mérite beaucoup mieux que cela. Vous allez venir avec moi dans mon palais. Et…

Il hésite un peu, la scrute encore plus intensément.

– Par Dieu, vous êtes décidément magnifique.

– Mon seigneur, lui dit le chevalier, ne vous emballez pas. Ce n'est qu'une pauvre fille.

– J'ai reçu bien des prétendantes descendant de grandes lignées qui n'avaient pas une once de sa prestance.

– Mais mon roi… Il n'est point de comparaison possible…

– Ne croyez-vous pas qu'avoir une telle beauté près de soi puisse être une joie sans nom ? Peu me chaut qu'elle soit princesse ou comtesse ou fille de rien. Je crois que je ne pourrais pas rêver mieux à mes côtés.

– Mais l'étiquette ? Et les alliances à sauver ou à faire… Et… Et… Un roi ne peut pas se lier à une… une… une fille qui n'apporterait rien au royaume !

– Ma foi, et pourquoi non ? Ne suis-je pas celui qui décide en ce lieu ? Je peux tout aussi bien décider qui épouser. Et je suis fatigué des contraintes qu'on m'impose pour de basses raisons politiques. Les princesses qu'on voudrait pour moi sont soit laides, soit vieilles. Le royaume se porterait-il mieux avec un roi malheureux ? Je ne crois pas, mon ami. Et j'en ai plus qu'assez de cette pression. Il est temps d'en finir.

– Mais vous venez à peine de… Enfin, je ne veux pas… Comment savoir si elle… si vous vous entendrez avec elle ? Si elle vous rendra heureux ? D'autant que c'est une sou… Une inconnue.

– Une telle beauté ne peut que renfermer une âme à son image, ne croyez-vous pas ?

Le roi semble réfléchir, sans détacher ses yeux d'Élisa.

– Mais j'entends vos doutes, mon cher, reprend-il, et vous êtes là pour me conseiller. Eh bien, je le décrète, si cette jeune fille se révèle aussi bonne et pure d'esprit qu'elle est belle, je jure de l'épouser ! Cela vous va-t-il, ainsi formulé ?

L'épouser ? Élisa reste interloquée pendant une seconde. « Mais je n'en ai aucune envie ! a-t-elle envie de hurler la seconde suivante. Et en plus, je n'ai que seize ans ! » Le roi paraît en avoir au moins vingt-cinq. Un vieux, quoi ! Élisa se débat, donne des coups de pied, des coups de poing, des coups de dent, mais rien n'y fait. On la hisse de force sur le cheval du roi, devant lui. Les chiens aboient autour d'elle, prêts à lui mordre les mollets si elle tentait de s'enfuir. Le jeune roi enserre avec fermeté sa taille et elle l'entend inspirer profondément pour humer sa chevelure. Sentir les muscles de cet homme jouer dans son dos la terrifie. Il est de toute évidence deux fois plus fort qu'elle. Elle serre son ballot contre son ventre, et laisse couler des larmes de rage.

– Elle pleure de joie, messire Grégoire, clame un chevalier.

– On la comprend, répond un autre. Son destin est digne d'un conte de fées !

– Elle saura remercier le roi comme il se doit, conclut encore un autre, avec un air grivois.

Brunehaut

« Le roi la plaça sur son cheval. Elle pleurait et se tordait les mains, mais le roi dit : "Je ne veux que ton bonheur ; un jour tu m'en sauras gré." »

– Pauvre Élisa…

– Grands dieux, encore vous ! s'exclame Hans en sursautant, la main sur le cœur. Par pitié, prévenez-moi avec douceur lorsque vous apparaissez. Je ne sais pas, en susurrant quelque avertissement par exemple. Mais… pardon, comment vous portez-vous ? Je suis tellement heureux de vous voir saine et sauve.

– Je vais très bien, merci, dis-je froidement.

– Comment… comment se fait-il que vous ne portiez aucune trace visible des… des coups que… que vous avez certainement reçus après que… que je suis parti ?

Je n'ai aucune envie de lui répondre. Mais cette question, je me la suis moi-même posée bien des fois. Ma peau cicatrise très rapidement. Mes blessures se referment en un temps record. Une drôle de magie… Qui devient malédiction quand le roi s'imagine qu'il ne m'a pas blessée, et qu'il peut y aller plus fort la fois suivante. Mais je choisis de mentir. Pour atténuer. Pour minimiser. Comme si c'était moi qui devais avoir honte de la situation… De fait, j'ai tellement honte que l'écrivain ait assisté à cette scène ! Qu'il sache…

– Je sais très bien me maquiller quand cela arrive.

– Parce que… cela arrive donc souvent ?

– Ah, vous m'agacez ! Je vous en prie, changeons de sujet. Ce que vous venez d'écrire… Cela s'est-il vraiment passé ainsi ?

– Comment le saurais-je ? Avant de vous connaître, j'étais persuadé qu'Élisa n'était qu'un personnage de conte et n'avait jamais existé. Je ne fais qu'inventer en m'inspirant de ce qu'une vieille femme m'a raconté, et qu'elle-même a appris de bien d'autres conteurs et conteuses avant elle. J'ignore combien de transformations a subies ce récit.

– Pauvre Élisa…

– Pourquoi répétez-vous cela ? Certes, au début elle ne veut pas suivre ce jeune roi car elle a mieux à faire, mais il est si beau, si attentionné et si… royal qu'elle ne pourra que succomber à son charme. Elle a tellement de chance qu'un tel homme s'intéresse à elle…

– Mais enfin, vous décrivez un enlèvement !

Hans reste bouche bée. Il semble sincèrement surpris qu'on puisse interpréter cela de cette manière.

– Mais je… je voyais cela davantage comme un sauvetage… Ne croyez-vous pas que le roi la sauve ainsi d'une existence misérable ?

– Elle est fille de roi. Si cet homme ne l'avait pas divertie de la confection des tuniques, elle aurait terminé bien plus tôt, aurait sauvé ses frères sans embûches, et ils auraient pu tous rentrer chez eux pour reprendre leur vie d'avant.

– Mais… mais… être l'élue du cœur d'un si bel homme, n'est-ce pas une chance ?

– Beau ou pas, un homme qui force une femme à faire ce qu'elle n'a pas envie de faire n'est jamais un cadeau, voyez-vous. Généralement, un tel homme ne s'améliore pas avec le temps.

– Je ne voyais pas les choses ainsi… J'admets que le sort d'Élisa, être l'élue du cœur d'un si bel homme, me paraissait tellement enviable… Votre point de vue s'entend. Mais il faut bien des embûches et des obstacles pour qu'il y ait un récit à raconter. Et Élisa finira par aimer le roi, vous verrez !

– La femme qui vous a conté ce passage a-t-elle transformé cet enlèvement en belle histoire d'amour, comme vous comptez le faire ?

– Je ne me rappelle pas, très honnêtement. Les conteuses aiment choquer leur auditoire, pour mieux les captiver. Je ne serais pas étonné qu'elles aient inventé bien des horreurs pour avoir du succès. D'ailleurs, j'apprécie ce côté cruel des contes. Cela reflète bien certains aspects de la vie. Mais la beauté et l'amour existent aussi. J'aime à montrer toute cette palette dans mes contes. La cruauté du sort qui empêche Élisa de continuer tranquillement son ouvrage peut côtoyer l'issue heureuse d'une relation qui commence mal. Je le crois.

Je soupire.

– Un enlèvement aussi violent ne saurait se transformer en ce que vous appelez « amour » ou « conte de fées », croyez-moi… Mais je ne saurais guider votre main pour vous faire écrire la probable vérité.

– En effet, c'est moi l'auteur, répond Hans, piqué au vif.

Élisa

Ils chevauchent durant trois heures avant d'arriver devant une ville aux toitures et aux façades modestes et rafistolées, aux rues dont les pavés ont sauté et n'ont pas été remplacés, aux places fleuries pour en masquer l'indigence, aux habitants affairés, vêtements rapiécés, le tout allongé sur le flanc d'une colline. Au centre siège fièrement une église riche en sculptures, vitraux et coupoles. En surplomb domine le château le plus grand et le plus somptueux qu'Élisa ait jamais vu, même dans ses livres d'enluminures et d'images merveilleuses. Les parties hautes des multiples tours sont riches de décors rares pour l'austérité de l'époque, dominant une grande cour avec jardins et chapelle intégrée en son centre. La clarté de la pierre illumine la ville entière.

Ils la traversent sous les regards étonnés des habitants qui se prosternent devant le passage du jeune roi Grégoire.

– Quand va-t-il enfin épouser la princesse d'un royaume stable et prospère ? entend-on murmurer sur son passage.

– Une alliance bien choisie renforcerait le pouvoir politique et améliorerait la situation économique de Castelcroix…

– Quel dommage que sa promise depuis ses cinq ans soit morte de rougeole avant d'avoir atteint la dizaine !

– Quel dommage qu'elle n'ait point eu de sœur ! Elle était princesse d'un riche pays à la frontière du comté de Bourgogne.

– Depuis, aucune prétendante n'a fait le poids…

– Mais qui est cette souillon sur le cheval du monarque ?

Élisa et le jeune roi passent le pont sous les regards insistants des villageois et disparaissent derrière les murs d'enceinte.

À l'intérieur du château, les jets d'eau et les tableaux des plus grands maîtres, dans de hautes salles au sol de marbre, auraient subjugué n'importe qui, mais Élisa reste abîmée dans son désespoir. Elle n'a même pas eu le temps de laisser à ses frères le moindre indice pour expliquer ce qui lui est arrivé.

– Occupez-vous de cette damoiselle, ordonne Grégoire à une dame tout de noir vêtue, tête courbée devant lui. Elle est une invitée de marque. La plus importante qu'on ait jamais reçue, peut-être bien.

– Bien, monseigneur. Suivez-moi, mademoiselle.

La sous-intendante la mène vers une immense volée de marches.

– On m'appelle Dame Blanche, précise-t-elle en les montant.

Sans réaction de la part d'Élisa, elle hausse les épaules.

– Voici vos appartements.

La chambre ressemble à celle de la reine Brunehaut, à Margelonne, en plus raffinée encore, avec son lit à dais de velours et sa tapisserie narrant la rencontre d'amoureux suivie de concerts champêtres... Une nuée de jeunes filles entoure bientôt Élisa. Elles la déshabillent sans un mot, puis la plongent dans un bain chaud et parfumé, au cœur d'une pièce attenante. Elles massent délicatement ses mains blessées et ses pieds meurtris, sans poser une seule question sur les raisons de cet état, puis y font pénétrer une crème apaisante, en chantant doucement. Avant de l'aider à enfiler une robe faite de velours, de dentelles et de diamants, puis de tresser ses cheveux en y mêlant des perles. Et pour finir elles lui font enfiler des gants moelleux avec d'infinies précautions, à la fois pour cacher ses mains, et pour les protéger.

Dame Blanche admire le résultat.

– Mademoiselle, je ne sais pas de quelle terrible condition le roi Grégoire vous a extirpée, mais, vu votre état, vous pouvez remercier le ciel d'y avoir survécu. Vous pouvez le remercier doublement : les épreuves n'ont pas altéré votre beauté, et, croyez-moi, c'est rare. Votre beauté est votre seule richesse, mais c'est la plus grande que puisse posséder une femme en ce monde. Vous en êtes la preuve vivante : regardez où vous êtes et comment vous êtes vêtue ! Inespéré, n'est-ce pas ?

Comme Élisa ne répond toujours rien, la dame fronce les sourcils.

– Ôtez-moi d'un doute, vous ne seriez pas stupide ?

Face au silence persistant, Dame Blanche secoue la tête doucement.

– Après tout, qu'est-ce que cela change ? C'est peut-être mieux ainsi. Le roi ne s'en apercevra même pas, et seule une fille intelligente souffrirait de n'être aimée que pour son apparence. Décidément, belle et stupide, vous avez toutes les qualités nécessaires pour être heureuse. Allons, suivez-moi, mon enfant.

Élisa la suit à nouveau dans les méandres des couloirs finement décorés.

– C'est ici.

La jeune fille a envie de demander « quoi ? ». Elles sont face à deux très grandes portes, flanquées de deux gardes. Un silence lourd imprègne les lieux. Un silence qui n'est pas celui du vide, mais celui de personnes aussi muettes qu'elle, même si leur impossibilité est d'une autre nature.

Dame Blanche adresse un mouvement de tête aux gardes, qui aussitôt ouvrent les battants. Élisa se trouve sur le seuil d'une pièce immense à tout point de vue : en hauteur, en longueur et en largeur. Elle est remplie de personnes tout à fait immobiles, de chaque côté de la travée qui s'offre à Élisa.

– Allons, mon enfant.

Élisa tremble de tous ses membres face à ce public impressionnant, mais avance au milieu d'eux dans le seul bruit de glissement doux que produisent les étoffes de sa robe. Elle lève la tête. Le roi, assis sur un trône, au bout de ce chemin, l'attend avec superbe. À ses côtés, un homme, debout, capte l'attention. Aussi sombre que le futur roi rayonne, il porte un chapeau de soie violette, assorti à la couleur de sa chape, portée par-dessus une soutane blanche. Une grande croix est posée sur sa poitrine, au bout d'une chaîne en or. L'homme d'Église porte sur Élisa un regard noir, méfiant et brûlant… de haine ? Il ne la connaît même pas !

– Mes chers sujets… commence enfin le roi lorsque Élisa n'est plus qu'à quelques mètres de lui.

Il était temps que quelqu'un brise ce silence pesant.

– Voyez-vous cette splendide jeune fille ?

Oh oui, tout le monde a bien eu le temps de la voir, et d'être éblouie par sa beauté sans pareille, magnifiée par ses atours royaux. Personne encore n'avait vu d'aussi jolie personne. Mais les regards ne sont pas tous admiratifs, loin de là. Élisa décrypte de l'envie, de la jalousie, de la peine à cause de son jeune âge, du dégoût pour la même raison, de la pitié pour ses origines modestes (croit-on alors), et de la haine. De cette haine impossible à expliquer, orientée vers ceux qui occupent une place qu'ils n'étaient pas destinés à occuper. L'ordre social en rassure certains. Généralement ceux qui ne manquent de rien.

Grégoire se lève et tend la main à Élisa.

– Eh bien, je vais l'épouser… Si elle se révèle aussi bonne que belle jusqu'au jour du mariage.

Des clameurs s'élèvent. Le regard de l'homme d'Église est deux fois plus noir. Puis tous se prosternent devant Élisa.

– Fêtons cela ! Musique ! Agapes ! Danse !

Et c'est comme si tout arrivait en même temps, d'un seul coup. Des musiciens accourent, jouant de divers instruments à corde et à vent ; des valets transportent des tables remplies des mets les plus exquis et alléchants ; des danseurs et des danseuses tournoient et virevoltent ; les courtisans et les courtisanes s'égaient, se servent du vin, rient le plus délicatement possible. Les regards brillent de plus en plus. Et de jolies jeunes filles entraînent Élisa pour lui faire visiter le château.

– Tu as tellement de chance ! lui dit l'une d'entre elles alors qu'elles se trouvent dans l'un des somptueux jardins intérieurs.

Une autre lui donne un coup de coude.

– Hé, on ne tutoie pas la future reine ! Mais c'est vrai que vous en avez, de la chance, demoiselle. Le roi est si charmant.

– Et si riche, glousse une autre.

– Mais alors… Pourquoi avez-vous l'air si triste ?

– Il faut la faire rire !

Et les voilà qui essaient de la dérider en racontant blagues, récits farfelus, croustillantes rumeurs de cour, fabliaux irrévérencieux... Elles se donnent tant de mal que, parfois, un sourire affleure aux lèvres d'Élisa. Entraînées par leur propre joie, elles se lancent dans des rondes et des jeux de jambes et de mains auxquels Élisa n'a pas le cœur de participer. Elle reste en retrait sur un banc de pierre dans la galerie du cloître. Une voix grave s'échappe d'une fenêtre.

– Le roi Grégoire a perdu la tête. Épouser une fille de la forêt, qui vivait dans une grotte et dont il ne sait rien ! Pour sûr, elle l'a envoûté. Et pourquoi ne dit-elle mot ? Qu'a-t-elle donc comme sombre secret à dissimuler ?

– Monseigneur, soupçonnez-vous une quelconque menace ?

– Il faudrait être aussi naïf que toi pour ne rien soupçonner. Je n'ai pas encore de preuve, mais mon instinct me trompe rarement... En tant qu'archevêque, il est de mon devoir de protéger la cité des ennemis anti-catholiques, voire diaboliques, qui risquent de la menacer.

– Monseigneur, vos soupçons sont compréhensibles. Et puis... Mlle Hermine, votre filleule, n'était pas loin de séduire le roi. Elle est si jolie, on le comprend. Et je me suis laissé dire que vous auriez eu là un poids supplémentaire pour influencer de royales décisions. L'église pourrait être tellement plus opulente ! Mais désormais...

– M'accuserais-tu d'être calculateur, sale vermine ? Ces allusions pourraient bien me déplaire, je te prie de tenir ta langue. File hors de ma vue !

Élisa se lève en toute hâte pour rejoindre les jeunes filles. Un curé, rond et petit, sort par une porte en bois et longe les murs comme le ferait un rat.

Lorsque la fête est finie, le roi mène Élisa dans la chambre que Dame Blanche lui avait fait rejoindre plus tôt, mais entre-temps la pièce a été réaménagée. Des tentures rouge et brun ont été tendues, et en lieu et place du lit à baldaquin, un matelas moelleux a été disposé à même le sol, recouvert de coussins et de couvertures à sequins. Le ballot d'orties et la première tunique presque terminée ont été posés délicatement, sur le sol recouvert de tapis verts.

–Vous ne vouliez tellement pas quitter votre grotte, explique le roi Grégoire, que j'ai compris que vous y étiez attachée. Peu importent vos raisons, j'ai demandé à ce que votre chambre y ressemble le plus possible afin que le changement ne soit pas trop brutal.

Élisa est sensible un instant à cette louable intention. Ce jeune roi, après tout, fait des efforts pour qu'elle se sente bien. Durant une seconde, elle a envie de pencher le buste en avant pour le remercier d'être aussi prévenant. Puis elle se souvient qu'il aurait pu, tout simplement, ne pas la forcer à le suivre.

Une douceur n'annule pas une brutalité, voilà une vérité que femmes et filles devraient se tatouer dans le cerveau.

Le roi Grégoire, en revanche, ne s'est jamais pensé brutal, et il rayonne d'autosatisfaction, persuadé de se conduire comme le meilleur homme du monde. Le plus séduisant et le plus prévenant. Comment ne pas tomber amoureux de lui ? Sincèrement, il ne voit pas.

Élisa rayonne, elle aussi, et le prince en déduit qu'elle apprécie ses efforts. Mais elle ne voit qu'une chose : son travail de tissage n'est pas perdu, et elle pourra le reprendre dès qu'elle se trouvera seule.

La lumière qui émane d'elle la rend si belle que Grégoire en est bouleversé. En plus de cela, elle est si calme et douce... En annonçant ses fiançailles avec elle, au début, il désirait surtout manifester la haine de ce qui pèse sur ses épaules, et l'empêche d'être heureux. Il en a tellement assez des manœuvres politiques qui lui dictent toute sa vie ! La politique, qui plus est, n'est vraiment pas son fort, il n'y comprend rien.

Mais désormais, il n'est pas loin de penser qu'il pourrait bel et bien tomber amoureux de cette belle enfant.

Le plus souvent, on l'appelle fée Morgane

Elle préfère le terme de « magicienne », mais beaucoup aiment à la nommer « fée ». Elle accepte les deux mots, car ils reflètent l'amour qu'on lui porte… Même si elle n'est au final ni l'une ni l'autre.

Magicienne ou fée ou quoi qu'elle soit, elle aime à se connecter avec cette autre magicienne ou fée ou quoi qu'elle soit qu'est la reine de Margelonne. Brunehaut, elle, est le plus souvent qualifiée de « sorcière », car personne ne connaît sa bonté, et beaucoup la croient insensible aux déboires du peuple.

Morgane se connecte à l'esprit de Brunehaut dans son sommeil, sans que cette dernière en ait la moindre conscience. Morgane a ce pouvoir-là, que n'a pas Brunehaut, mais celle-ci a le pouvoir de visiter le futur, que n'a pas Morgane. Sa connexion avec la reine lui permet de s'y rendre.

Seuls une époque et un lieu intéressent l'esprit de Brunehaut, consciemment ou pas, si bien qu'elle se rend, sauf rares et brèves exceptions, uniquement à Copenhague au XIXᵉ siècle. Morgane l'y accompagne toujours sans qu'elle le devine. Elle découvre avec elle le récit qu'est en train d'écrire cet homme malingre. Un tissu de mensonges, certes pas sans inventivité, ni talent, ni admirable noirceur ponctuée de lumière.

C'est grâce à lui que Morgane a trouvé le sort à faire peser sur Élisa. Elle était un peu à court d'idées au moment où elle tendait les orties à cette pauvre enfant dans la grotte. Elle jette tant de sorts que, parfois, elle ne sait plus comment être originale. Or elle aime beaucoup l'originalité.

Sur le coup, elle a trouvé très astucieuse l'idée de cet écrivain de réduire Élisa au silence pendant le tissage des tuniques. Il fallait qu'elle souffre, c'était entendu. On ne peut défaire un sort pur sans en payer le prix. C'est comme cela que fonctionne la magie, on n'y peut rien. Ce n'est qu'après coup que Morgane s'est avisée que tisser des orties pendant des jours et des jours, ç'aurait été suffisant, sans doute, comme lot de souffrances. À quoi servait, en sus, de réduire au silence une enfant qui aime tant parler ?

Hélas, c'était trop tard, le sort était lancé.

J'aurais dû réfléchir davantage avant de me laisser influencer par les idées d'un homme du futur pour faire souffrir cette pauvre enfant… Le sort des femmes n'est-il pas déjà suffisamment façonné par les hommes du passé et de notre présent ?

Morgane se promet de se rattraper pour atténuer le sort de la fille de Lisbeth.

Élisa

Parfois, lorsque Élisa se promène dans un couloir, la température descend de quelques degrés. Une ombre noire passe et le sang de la jeune fille se glace. La voix de l'archevêque se fait entendre au loin. D'autres fois, ses affaires disparaissent. Ou bien sont remplacées par d'autres. La crème de lait qu'elle aime passer sur son visage s'est transformée en suie, ou bien ses vêtements ont été parsemés de poil à gratter. Elle est victime de multiples malveillances, grandes ou petites. Combien de domestiques sont à la solde de l'homme de religion ? Combien agissent seuls, par simple jalousie ? Elle ne se pose pas la question longtemps, ni souvent. Elle est tout entière préoccupée par le tissage des tuniques. Elle avance rapidement, malgré les fréquentes interruptions dues aux obligations d'une future reine.

Le jour du mariage approche.

Ce jour arrive, il est là et bien là, malgré les nombreuses tentatives anonymes et invisibles pour faire sortir Élisa de ses gonds et ternir son image. Après tout, elle n'était qu'en période d'essai, le roi a été très clair à ce sujet: il ne l'épouserait que si elle se révélait aussi bonne que belle. Et c'est bien ainsi qu'elle s'est montrée. Elle a réussi à ne pas dire mot, au grand dam de ses ennemis. Grégoire a trouvé ce silence si pudique et charmant... Et il a pris l'air calme d'Élisa pour de la tempérance et de l'humilité.

En réalité, elle était concentrée.

Même se marier ne lui fait ni chaud ni froid, en comparaison de son objectif. Elle se laisse préparer et revêt les atours somptueux qu'on lui donne. L'image d'Éric surgit souvent, et le manque qu'elle ressent de son absence est la seule chose qui tord son visage de douleur. Mais elle se reprend vite. Elle est en mode survie.

*

* *

C'est l'archevêque qui officie lors de la cérémonie. Il pose la couronne sur la tête d'Élisa. Il l'enfonce bien fort. La serre exagérément. Élisa réprime un cri de douleur. Des perles de sang coulent sur son front.

–Voici notre nouvelle reine! s'exclame le déjà-roi Grégoire.

Cela donne le signal d'une acclamation générale autant qu'hypocrite. La fête peut commencer. Chacun compte bien en profiter quel que soit le degré de son aigreur, de sa déception, de son envie ou de sa jalousie.

Élisa se laisse entraîner dans les danses, les festins et les jeux. Elle le fait avec le plus d'entrain et de sourires possible, comme on le lui a toujours appris, sans qu'elle ait eu à se forcer quand elle était heureuse et enfant.

Elle revoit Brunehaut. La jeune princesse Brunehaut devenue reine sous ses yeux. Elle imagine la détresse qu'elle a pu éprouver et qui est désormais la sienne. La peur du moment où il faudra rejoindre le roi dans sa chambre. Sa belle-mère était-elle aussi terrifiée qu'elle ? Comment ne l'aurait-elle pas été avec un homme qu'elle ne connaissait pas et qui pour elle était un vieillard ? Au moins Élisa a-t-elle pour époux un homme bien de sa personne et pas trop âgé. Pour autant, elle ne l'aime pas. Elle ne le connaît guère. Et elle n'a ici aucun allié pour se sortir de cette impasse.

– Le meilleur moment de la soirée est là, dit le roi à Élisa. Celui de notre union de corps !

Il a prononcé ces mots assez fort pour que tout le monde autour les entende. Ricanements et regards salaces. Élisa est morte de honte. Les mots de Gerda à propos de Brunehaut lui reviennent : « Elle se laisse mourir. » Elle revoit sa belle-mère errer dans le château telle une âme en peine. Comprend soudain ce qu'elle a pu vivre. Et ce qui a pu la briser. Elle ne veut pas connaître tel destin.

Et ça y est, la voilà, elle aussi, dans la chambre de son époux. Qu'est-ce qui passe dans ce regard qui ne la lâche pas ? De l'amour, ou bien la fierté de la posséder ?

Élisa secoue la tête avec vigueur, ce qui décontenance Grégoire. Comment pourrait-elle ne pas ressentir la même chose que lui ? Ses désirs et ses envies sont si impérieux qu'ils ne peuvent être que partagés.

Il s'approche d'elle. Elle recule.

Il agrippe son corsage.

Elle se débat et se dégage.

Il fronce les sourcils, recommence son assaut, et la tient plus fort. Il commence à dénouer les lacets, en faisant mine de ne pas voir Élisa tourner la tête en tous sens. Elle se débat, mais il est plus fort et semble croire qu'il s'agit d'un jeu.

Puis elle a une idée.

Elle se débat plus violemment et réussit à se dégager à nouveau. Avant que Grégoire ne se jette encore sur elle, elle lui fait signe de patienter, avec une mine enjouée qui le rassure. Elle ne sait pas d'où lui vient l'énergie nécessaire pour afficher ce sourire mutin, alors qu'elle meurt de peur, mais elle y parvient.

Elle ôte alors délicatement, le plus lentement possible, les gants blancs que lui ont enfilés les dames de compagnie. Une lueur d'intérêt érotique brille dans les yeux du roi. *Voilà une grande idée*, songe-t-il, *digne d'une femme intelligente et sensuelle, à n'en point douter.*

Mais il ne tarde pas à pousser un cri d'horreur et à reculer de trois pas. Les mains et les avant-bras d'Élisa sont repoussants. Ils semblent atteints d'une maladie fort contagieuse. Il est hors de question qu'elle le touche avec ça.

– Ma reine, gémit-il, de quel mal êtes-vous donc atteinte ? Je vais quérir les meilleurs médecins du royaume pour vous guérir. Ne vous inquiétez pas, vous retrouverez la blancheur de lait qui est la vôtre. Et ensuite, enfin, nous pourrons célébrer notre nuit de noces. Je comprends à quel point vous êtes déçue. Vous avez l'air si ébranlée, mon Dieu ! Mais nous allons faire le maximum pour que nos corps s'unissent enfin.

Elle baisse les yeux comme on lui a appris à le faire face à un individu qui a forcément raison, puisque c'est un homme, a fortiori s'il s'agit d'un roi. Il interprète cela comme un signe de résignation face à leur nuit de noces ainsi gâchée. Il a un pauvre sourire et n'ose pas même lui donner un baiser sur les lèvres. Il lui dit au revoir chastement.

– Bonne nuit, ma mie. Vous pouvez retourner dans vos appartements.

Il a du mal à maîtriser sa voix, coincée dans sa gorge par la frustration. Élisa s'en retourne et ne peut s'empêcher de soupirer de soulagement. Elle a échappé au pire, au moins pour le moment.

Une fois de retour dans sa chambre aménagée comme une luxueuse et confortable caverne, elle reprend son ouvrage. Ses mains ne risquent pas de s'arranger. Si le roi s'intéressait un tant soit peu à ce qu'elle fait, il saurait d'où viennent ces rougeurs. Mais il s'en moque. Seuls l'apparence et le calme de sa reine l'intéressent. Qu'il lui envoie tous les médecins qu'il voudra ! Heureuse et soulagée par ce sursis, elle termine la sixième tunique. Mais s'aperçoit avec dépit qu'elle n'a plus d'orties à tisser.

Elle doit se rendre dans un cimetière. Elle ne pourra le faire qu'en pleine nuit, quand personne ne la verra.

*

* *

La journée suivante, elle doit faire face aux visites de dizaines de médecins, sous la surveillance de Dame Blanche. Ils ont tous pour consigne de guérir très rapidement la reine. Les diagnostics sont divers et variés. Aucun n'est juste. On lui détecte une maladie de peau, ou bien un mal né du choc de son changement de vie brutal. Certains lui chuchotent à l'oreille de cesser de se donner du plaisir toute seule, les femmes en sont toujours punies, car c'est contre nature, comme chacun sait.

Elle acquiesce à toutes ces inepties et se laisse recouvrir d'onguents. Elle boit des potions puis les recrache discrètement. Elle se laisse examiner sous toutes les coutures. Baigner dans du lait d'ânesse ou de l'urine d'animaux variés connue pour avoir d'innombrables vertus. Son corps se plie à tous leurs caprices. Son esprit est ailleurs. Il est déjà tourné vers cette nuit. Elle passera par la fenêtre pour que personne ne la voie et ira cueillir des orties.

Hans

– Tu étais un enfant si solitaire… Tu as pleuré toutes les larmes de ton corps quand ton père, un humble artisan cordonnier, est mort alors que tu n'avais que onze ans. Ta mère, tu t'en souviens ? Bien sûr que tu t'en souviens. Elle travaillait tellement, d'abord en tant que domestique, puis blanchisseuse, avant de se remarier avec un gantier sérieux et sans tendresse, que tu n'aimais guère. Ta demisœur ? Tu ne l'aimais pas non plus, parce qu'elle ne t'aimait pas. Et puis, tu t'es toujours senti décalé… À l'école, un jour, rappelle-toi, tu as dessiné un château merveilleux rempli de tours biscornues, aux gargouilles effrayantes, aux meurtrières fleuries, sans douve, et entouré de jardins où des oiseaux ne cessaient de tourner et de virevolter. Jamais, dans aucun livre, on n'avait vu de tel ouvrage. Ce dessin était trop curieux, voire dérangeant, mais surtout tu l'avais dessiné alors que tu aurais dû travailler… Et tu as été renvoyé. Tes journées oisives ont dès lors été remplies par la rêverie. Tu t'es construit un petit théâtre. Tu taillais des robes pour tes poupées – oui, tu jouais à la poupée – et tu lisais. Lisais, lisais. Ton héros était William Shakespeare. Tu rêvais d'écrire des pièces de théâtre aussi géniales que les siennes, mais encore davantage de les jouer. Et puis, tu avais une jolie voix. Ah çà, tu en avais des talents ! Tu aurais pu devenir chanteur, ou comédien. Tu n'as pas manqué de chance. Certaines personnes t'ont aidé dans la poursuite de ces rêves. Mais, quoi que tu fasses, tu n'étais jamais comme les autres. Tu parais toujours bizarre, encore aujourd'hui. Regarde-toi. Tu es maigre et pas très beau, reconnais-le, avec ce long nez, ce long visage, ce regard de chien battu et cette petite bouche charnue comme en l'attente éternelle d'un baiser. Avant même d'avoir trente ans tu as commencé à souffrir d'une calvitie qui rend chaque année ton front plus large et plus haut. Tu ne pouvais réussir que dans une activité où l'on ne te voyait pas. Ta voix ne pouvait être entendue que si d'autres corps s'en faisaient l'écho.

– À qui parlez-vous ainsi, cher Hans ?

Il n'a même pas sursauté et n'a pas cessé de contempler son reflet dans la psyché, comme s'il s'agissait de quelqu'un d'autre.

– Je savais que vous seriez dans les parages. Je commence à deviner votre présence, et, ma foi, ce n'est pas désagréable de ne plus être seul. C'est la première fois que cela m'arrive.

Dans le miroir, derrière le reflet de Hans, Brunehaut est là.

–Vous dressez un portrait de vous bien sombre… Pourtant, vous avez grandi avec une mère aimante, et un beau-père qui ne vous a pas maltraité. Et cette famille Collin qui vous aide… C'est une sacrée chance, non ? Sans compter que vous avez déjà une certaine notoriété grâce à vos écrits, à trente-trois ans à peine. Je ne vois pas là matière à plainte ou même insatisfaction.

Hans s'arrache à son reflet et se jette dans son fauteuil pour faire face à Brunehaut. Sa beauté presque surréelle le frappe toujours en plein cœur. Elle lui rappelle avec cruauté combien lui en manque. Pourquoi Dieu l'a-t-il privé de cette qualité ? C'est une grande injustice.

–Vous êtes bien loin d'éprouver toutes mes difficultés, rétorque-t-il, je suis attaqué de toutes parts ! Des collègues poètes ou écrivains se moquent de moi, me traitent de clown triste et geignard. On m'a même représenté au théâtre sous les traits de Pierrot ! Moi qui rêvais d'y briller… Alors que vous, par exemple, je suis sûr qu'on ne cesse de vous dire combien vous êtes belle. Êtes-vous consciente de l'atout que vous possédez ? Autour de vous, les autres sont des rats. Personne ne les regarde. Ils sont inexistants. Invisibles. Vous captez toute la lumière. La chance est de votre côté, madame. Il vous suffirait d'avoir un peu de talent pour le chant ou la comédie pour devenir la reine des planches. Alors que moi…

L'air vibre. Hans s'accroche aux accoudoirs de son fauteuil, l'air affolé.

– Un tremblement de terre !

– Non, cher Hans, ça n'en est pas un.

Elle semble chuchoter mais sa voix est tonitruante.

– Mais comment…

Tout se stabilise enfin. Brunehaut, ou bien son fantôme, ou la projection d'elle-même, difficile de savoir, se penche vers Hans au point de le faire reculer.

– Il serait temps que vous cessiez de catégoriser les chances ou les atouts de chacun, dit Brunehaut d'une voix enfin ordinaire où point cependant une furieuse impatience, et surtout de les comparer aux vôtres. C'est indécent.

– Pourquoi se voiler la face ? Le monde est injuste, vous le savez bien. Il vaut mieux naître riche que pauvre, fort que faible, beau que laid… C'est la triste vérité.

– Cessez donc ! Vos contes sont si hauts en couleur que je ne peux pas croire que vous soyez homme à voir le monde en noir et blanc. Vous voyez les nuances. Vous êtes capable, j'en suis sûre, de réaliser qu'on peut être laid mais immensément charismatique, faible mais assez fin stratège pour se sortir de bien des situations, pauvre mais bénéficiant d'appuis inestimables tels que ce Collin vous en a apporté… Vous êtes tout aussi capable de voir que ma beauté que vous enviez tant n'empêche nullement le mépris et la violence de mon propre mari. Pensez-vous réellement que capter toute la lumière, comme vous dites, m'apporte quoi que ce soit ?

– Je… je suis désolé… Je me suis mal exprimé… Je sais ce que vous vivez… Pardonnez-moi.

– Et cessez de vous lamenter, ou de compter les points. Voyez combien de gens souffrent en ce monde, plaignez-les, agissez si vous le pouvez pour améliorer leur sort, et sachez apprécier ce dont, vous, vous avez la chance de bénéficier… Même s'il vous arrive encore de souffrir aujourd'hui d'être trop malingre, trop triste, incompris ou que sais-je…

– Vous avez raison… Je… Pardonnez-moi… Je ne sais que trop bien hélas ce que c'est que d'être soumis à la violence des hommes. Je n'ose imaginer ce que cela doit être quand cela ne cesse de se reproduire. Comment puis-je vous aider, Brunehaut ? Y a-t-il un moyen de vous extirper des griffes de ce tyran ?

– Vous ne pouvez rien faire. En tout cas, vous ne pouvez rien pour m'aider moi. Mais vous avez le pouvoir de faire en sorte que cela arrive moins souvent, pour moins de femmes.

– Vous me prêtez trop d'influence.

– C'est vous qui pensez en avoir trop peu. Voyez-vous, j'ai cru que les mœurs évolueraient avec le temps… Mais à force de parcourir votre époque j'ai pu constater à quel point les femmes sont encore méprisées, agressées, souvent violées, ou bien tuées… Rien n'a changé, ou si peu.

– J'en suis très attristé, mais qu'y puis-je ?

– Agir sur l'avenir.

– Je le répète, vous me prêtez…

– Vous écrivez ce qui vous plaît, puisque vous en êtes l'auteur, comme vous me l'avez délicatement rappelé la dernière fois. Et il semble vous importer beaucoup de rapporter autant les ombres que les lumières de ce monde dans vos contes de fées, n'est-ce pas ?

– Je ne souhaite rien occulter, en effet. Les enfants ont parfaitement le droit qu'on leur tende un miroir juste de ce qu'ils vivent.

– Alors pourquoi le monde que vous décrivez dans vos contes est-il rempli de femmes muettes, sacrificielles et qui ne vivent qu'au travers des hommes ? Ou bien de vilaines et odieuses sorcières ? Il existe tant d'autres manières d'être femme !

– Vous exagérez, mes héroïnes sont courageuses et persévérantes ! Et je ne souhaite pas brider mon écriture en me souciant de ce qui pourra complaire aux femmes du futur. C'est hors de question !

– Je ne vous ai rien demandé de tel, mais de cesser de tordre le réel. Arrêtez de raconter des mensonges ! Si vous persistez à me présenter comme une vilaine âme, on ne cessera de mépriser les femmes qui ont un peu de pouvoir. Si vous me montrez envieuse de la beauté de plus jeunes femmes que moi, on ne cessera de croire que les femmes sont stupides, et rivales entre elles. Si les seuls aspects admirables que vous mettez en scène chez Élisa sont la beauté, la bonté, la gentillesse et la persévérance muette, on ne cessera de croire qu'une femme ne doit avoir que des qualités de douceur discrète qui la rendent invisible. Si vous…

– Vous êtes en train de faire disparaître tous les ressorts narratifs de mon récit, madame ! Une histoire a besoin de ficelles, or vous souhaitez toutes les détruire.

– Tant d'histoires ont été contées et écrites entre votre époque et la mienne, comment ces ficelles-là ont-elles pu ne pas changer ? Ne sont-elles pas déjà bien usées ? Vous êtes plus imaginatif et talentueux que vous ne le croyez, cher monsieur…

Brunehaut a utilisé sa voix puissante qui fait vibrer les murs. Puis elle disparaît subitement, à nouveau propulsée dans son époque.

Élisa

Enfin seule. Enfin la nuit. Élisa cherche la robe la plus simple dans le coffre où sont rangés ses vêtements. Elle aurait du mal à enjamber la fenêtre et à passer inaperçue dans les atours somptueux et froufrouteux que le roi aime la voir porter. Hélas, sa garde-robe est entièrement composée de ce genre d'habits. Elle n'a qu'une option : sa chemise de nuit en coton blanc. Et pour ses pieds ? Parmi ses escarpins précieux et ses poulaines au bout long et pointu, elle ne voit aucune chausse légère et à semelle plate. Rester pieds nus est le plus sage.

Elle empoigne deux grands sacs robustes qu'elle a volés à la lingerie du château et saute sur le rebord de sa fenêtre, avant de s'enfoncer dans le noir d'encre d'une nuit voilée.

Dame Blanche lui a indiqué sans le savoir le chemin du cimetière. La dévotion étant une qualité largement répandue en cette époque et en ce royaume, on parle vite de ce lieu aux jeunes femmes fraîchement mariées ou embauchées, qui arrivent d'une autre contrée. Il est en effet fort bien vu d'aller se recueillir sur la tombe des seigneurs disparus. À Élisa, c'est le chemin de l'église qu'on a expressément indiqué, la prière étant conseillée comme un remède possible à ses problèmes de peau… Mais elle a capté l'information du cimetière, donnée à une autre.

Elle court à la vitesse d'une bille blanche lancée dans les ténèbres. Au début, elle pousse de petits cris à cause des cailloux pointus ou des racines noueuses sous ses pieds, mais très rapidement l'habitude remplace la douleur. Elle ne sent plus rien lorsqu'elle arrive aux portes du cimetière.

Elle stoppe sa course, hésitante. Les nuages se sont dissipés, découvrant une lune pleine et scrutatrice. De petites flammes courent de tombe en tombe. Plus tard, on les appellerait feux follets et on en comprendrait le phénomène physique, mais, à l'époque d'Élisa, ce ne sont que des esprits malins ou annonciateurs de la mort d'un enfant.

Elle avance au milieu des croix et des pierres tombales. Des fleurs se ratatinent doucement sous le clair de lune. Des vers de terre caressent les épitaphes. Et Élisa déniche les orties au milieu des ronces. Elle les coupe au moyen d'une petite serpe et les dépose dans son grand sac de lingère. Ses mains rougies ont tant l'habitude d'être brûlées par les plantes urticantes qu'elle n'a même pas à réprimer de gémissement. Elle finit par s'apaiser, couvée par les étoiles scintillantes, et entourée d'âmes tranquilles et dormantes.

Elle ramasse ce qu'elle peut mais a si peur d'être surprise qu'elle ne reste pas longtemps. Elle rentre, tisse, passe une journée similaire à la précédente, et ressort la nuit suivante pour courir à nouveau jusqu'au cimetière.

Mais cette fois, alors qu'elle a rempli un sac entier d'orties, des gémissements la surprennent soudain. Elle se dissimule derrière un caveau entièrement recouvert de lierre et cherche à deviner d'où vient le bruit.

La lune troue le ciel noir et éclaire, entre caveaux, tombes et croix, deux femmes venues pleurer au-dessus de petites tombes. À leurs plaintes, Élisa comprend que leurs enfants sont enterrés là. Sommées de rester dignes le jour, elles viennent la nuit, à l'abri des regards, exprimer leur douleur.

Élisa décide de ne pas les déranger et s'éloigne en silence.

Elle sort du cimetière en inspectant les alentours. Heureusement, pour elle et pour les deux éplorées, elle ne voit personne. Cependant, elle n'est pas rassurée par les ténèbres et se met à courir jusqu'au château. Elle ne ralentit pas avant d'avoir atteint la fenêtre de sa chambre. Elle se retourne. Pas une âme qui vive derrière elle. Tout va bien.

Elle serre le ballot d'orties contre elle, se hisse sur le rebord, bascule dans sa chambre et décide de ne plus penser qu'à une seule chose : poursuivre le tissage des tuniques.

Mais une bougie s'allume dans le noir.

– Vous voyez, messire, je vous l'avais dit, siffle le curé rond et obséquieux qu'Élisa a vu longer les murs du cloître. Votre femme est une sorcière.

Le visage du roi est déformé par une grimace de déception.

Hans

« Tremblante comme si elle allait commettre une mauvaise action, elle se glisse à la lueur de la lune dans le jardin, parcourt les longues allées, traverse les rues solitaires, et arrive au cimetière. Elle y aperçoit, sur une des plus larges pierres tumulaires, un cercle d'affreuses sorcières qui déterrent les cadavres et en dévorent la chair. Élisa est obligée de passer devant elles ; les sorcières la poursuivent de leurs regards infernaux, mais la jeune fille récite sa prière, cueille les orties brûlantes, et les rapporte au château… »

Hans relit le passage qu'il vient d'écrire. Il sourit. L'aspect horrifique de cette scène le réjouit. Il repense à sa dernière conversation avec Brunehaut. Elle ne comprend rien. Elle ne pense pas en écrivaine. Pour faire un bon récit, il faut émouvoir le lecteur. Dans ce passage-ci, Hans a décidé de le faire trembler de peur. Quoi de mieux que des sorcières qui déterrent des cadavres pour les dévorer ? Sont-ce des ficelles usées, comme l'en a accusé Brunehaut ? Non. Ce genre de scènes n'existe dans aucun autre conte qu'il connaît. Il est le précurseur de ces inventions terrifiantes. Même les enfants en frémiront de plaisir !

Il poursuit. Le bruit de la plume courant sur le papier le met en joie. Pourquoi s'en priver ? Pour rester fidèle à « la vérité » ? C'est un conte de fées (et de sorcières) qu'il écrit, non un traité sur la manière de vivre au Moyen Âge. Non, vraiment, Brunehaut a tout faux.

« Elle se mit donc en route, mais le roi et le méchant courtisan la suivirent. Ils la virent entrer dans le cimetière, et plus loin ils aperçurent les sorcières consommant leur épouvantable sacrilège. Le roi se détourna avec horreur, en pensant que la tête qui s'était reposée sur sa poitrine appartenait à l'un de ces monstres. »

– Oui, c'est parfait, c'est bien ! Voilà qui accrochera les lect…

Il n'a pas le loisir de terminer sa phrase. Il vient tout bonnement de disparaître de sa chaise. *Pouf.*

Brunehaut

– Qu'est-ce que je fais là ? demande Hans, apeuré.

Le voilà enfin. J'ai eu un peu de mal à le faire voyager avec moi. Je ne suis pas encore experte en la matière. Une autre présence crépite dans mes oreilles durant quelques secondes. Mais elle est trop faible et trop lointaine pour que je la repère précisément. Je ne peux pas m'y attarder davantage, de peur de perdre la concentration qui me permet d'être ici avec l'écrivain de cette histoire.

– Où sommes-nous ? bredouille Hans.

– Nous sommes là où Élisa risque de courir à sa perte, à cause des inepties de personnes comme vous, qui racontent n'importe quoi sur les sorcières.

– Je vous interdis de…

– Regardez autour de vous. Nous sommes dans les appartements de la princesse Élisa.

– Élisa ? Vraiment ?

La princesse est au centre de la pièce, vêtue d'une longue chemise blanche, les mains et les pieds pleins de cloques, rouges à faire peur. Elle semble terrifiée. Face à elle, un bloc de haine, personnifié par deux hommes. L'un est jeune, beau et bien mis. L'autre est vêtu d'une tunique marron de curé, dont la ceinture de corde a glissé sous son ventre bedonnant.

Aucun d'eux trois ne perçoit notre présence, à Hans et à moi.

– Pourquoi ne bougent-ils pas ? murmure Hans.

– Alors là, figurez-vous que j'en suis comme vous très surprise. Jusqu'ici je n'avais jamais vu personne d'immobile lors de mes voyages dans le temps ou dans l'espace. Regardez le rideau, à la fenêtre. Il a été mû par une brise mais ne retombe pas. Il est figé. Le temps est figé !

– Comment est-ce possible ? Pourquoi suis-je ici ?

– C'est moi qui vous ai fait venir. Pour que vous rencontriez en chair et en os les personnages de votre conte.

Hans s'approche d'Élisa, la regarde de près, touche son bras. Il est fasciné.

– C'est la princesse de mon conte... C'est Élisa ! C'est... c'est... c'est époustouflant !...

Je m'en approche aussi. J'aimerais lui parler. L'aider. Je sens entre elle et moi un lien fort, que je n'avais jamais perçu auparavant. Nos destins me semblent liés.

Puis Hans fait face au jeune homme au visage déformé par le dégoût.

– Et lui, c'est le roi Grégoire. Je l'imaginais plus beau, et moins… Il a l'air trop sûr de lui, non ? En tout cas, je ne le trouve pas aussi séduisant que je l'imaginais.

–Vous voyez ? La réalité est bien différente de votre récit.

– C'est merveilleux de se retrouver dans cette époque. Regardez-moi ce mobilier ! Et ce paysage par la fenêtre ! C'est si sauvage. C'est encore plus beau que je ne le pensais.

– Une seconde avant que vous n'arriviez, le petit curé que vous voyez là venait de dire ceci : «Vous voyez, messire, je vous l'avais dit. Votre femme est une sorcière.»

– Merveilleux. Le récit est en marche.

– Merveilleux ? Savez-vous ce que signifie pour une femme d'être traitée de sorcière, à cette époque ?

– Je le sais, hélas. Mais qu'y puis-je ?

– Qu'y pouvez-vous ? Enfin, Hans ! Cette jeune fille devant vous, bien vivante, va mourir ! Cela ne vous fait-il rien ?

– Mais si. Bien sûr. Rassurez-vous, je compte bien dénoncer le pouvoir de l'Église qui accuse faussement Élisa d'être une sorcière.

– Et ce faisant vous faites croire que les « vraies » sorcières sont des êtres abjects qui se délectent des cadavres dans les cimetières. Avez-vous jamais vu ou entendu une femme faire ce genre de choses ?

– Non, mais tout le monde sait que les sorcières sont des êtres odieux et maléfiques…

– C'est faux !

Les murs vibrent. Hans a posé ses mains sur ses oreilles. J'essaie de me calmer, puis reprends plus posément...

– Aucune sorcière n'a commis de chose aussi macabre. Cessez de véhiculer de si horribles mensonges !

– Vous exagérez, Brunehaut. Ce n'est qu'une histoire, que je raconte. Les êtres surnaturels destinés à effrayer font partie de bien des récits pour enfants. Et, à mon époque, tout le monde sait désormais que les sorcières n'existent pas.

– Désolée de vous décevoir, cher monsieur...

Hans et moi sursautons tous les deux en même temps. Une femme apparaît à son tour dans la pièce. Une femme de mon époque, aux longs cheveux bruns ceints d'une couronne de fleurs. Sa robe aux manches évasées est d'un rouge écarlate. Son regard noir, dans un visage laiteux, semble vous transpercer. Il est d'une force peu commune.

– Les sorcières existent, poursuit-elle. À l'époque d'Élisa comme en la vôtre. Mais je confirme les dires de Brunehaut : jamais elles n'ont déterré et encore moins dévoré de cadavres.

Je suis éberluée par l'apparition de cette femme dans mon propre voyage spatio-temporel. En même temps, les ondes qu'elle émet me sont familières. Comme si elle avait souvent été là sans que je le sache.

– Mais qui êtes-vous ?

– Morgane, pour vous servir.

– La fée Morgane ! s'exclame Hans, au bord de l'apoplexie.

– Fée si vous voulez, répond-elle nonchalamment.

La fée Morgane, là, devant moi ? La puissante, bonne et mystérieuse fée Morgane ! Elle existe donc vraiment.

– On dit votre pouvoir si grand ! je m'exclame.

Si quelqu'un peut quelque chose pour Élisa, c'est bien cette fée ! Si rien n'advient, elle ne peut que connaître le pire, à ce stade de son histoire.

– Puissante magicienne, pourriez-vous quelque chose pour cette jeune princesse ?

– Ma chère Brunehaut, je me demande parfois si votre incapacité à vous sauver vous-même ne provient pas de votre obsession à sauver les autres. Vous êtes si bonne…

– Ne croyez pas cela.

Je revois le pauvre valet transformé en chevreau, la cuisinière torturée, les princes changés en cygnes… Et maintenant Élisa, ici, en bien mauvaise posture. Les larmes me montent aux yeux. Tant de malheurs par ma faute.

Morgane sourit, fait le tour de la pièce lentement, mains dans le dos. Puis elle s'arrête et affiche un regard tendre.

– Figurez-vous que cette nuit, grâce à vous, reine Brunehaut, sans que vous le sachiez, j'ai pu voyager une nouvelle fois dans le temps, encore plus loin qu'à votre époque, cher monsieur Andersen. Étrange ère, je vous assure… Imaginez-vous que les femmes y portent des braies et des cheveux courts ! Quelle liberté, quel gain de temps, quel…

– Où voulez-vous en venir ? la coupe Hans.

– Oui, pardon…

La jeune fée sort un ouvrage d'une besace qu'elle porte en bandoulière. Les yeux brillants de malice, elle se tourne vers l'écrivain.

Morgane

– Ceci est votre biographie, cher monsieur, explique la fée. Celle qui fait autorité au XXe siècle.

– Au XXe siècle ? On parle de moi dans si longtemps ? On a écrit ma biographie ?

– Vous vous en pâmerez d'orgueil plus tard. Cette biographie a été écrite en 1975 par un certain Elias Bredsdorff. Et écoutez cela.

Elle ouvre le livre à une page cornée.

– « Quant aux amours… une suite de déconvenues douces-amères. L'élue a été Louise, fille de Jonas Collin. Elle a finalement dû juger Hans Christian trop falot avec sa figure maigre et ses contradictions. Plus tard, la belle Jenny Lind, le célèbre "rossignol du Nord", ne saura pas davantage répondre à ses élans… »

Hans blêmit d'un coup. Brunehaut le voit vaciller et se rapproche de lui pour le soutenir.

– Ne restons pas là, glisse-t-elle à l'oreille de l'écrivain.

– Lâchez-moi ! Je veux écouter la suite.

– Pas besoin d'en lire davantage, répond Morgane. Jusqu'au début du XXIe siècle, les chercheurs donnent tous officiellement, toujours, la même version incomplète de vos amours, cher monsieur. Vous ne seriez tombé amoureux que de femmes. Et les rares qui donnent les preuves d'une autre vérité ne sont pas pris au sérieux.

– Quelle… quelle vérité ? demande Hans en tremblant.

Morgane secoue la tête.

– Nous sommes entre nous, monsieur, inutile de cacher votre inclination pour les hommes. Brunehaut et moi ne sommes pas du genre à porter jugement.

– Oh, fait Brunehaut.

– Dans plusieurs siècles, poursuit Morgane, on persiste donc à dissimuler vos amours masculines… Comme si c'était honteux. Mais, après tout, ce ne sont que quelques lignes dans un livre, pas de quoi s'émouvoir. N'est-il pas ?

Hans blêmit.

– Les choses auront-elles donc si peu évolué dans les siècles à venir ? s'enquiert-il. J'avais tellement confiance en l'avenir…

– Mais l'avenir, c'est nous qui le faisons. Et surtout ceux qui écrivent les histoires, et laissent au monde futur leur vision du monde.

– Mais que… que pourrais-je… Que puis-je ?…

– Écouter votre amie Brunehaut, pour commencer. Elle vous a déjà amplement expliqué ce que vous pouvez faire.

– Hans… souffle Brunehaut en voyant le désarroi débouler sur son visage.

– Au fait, ma chère Brunehaut, sachez que c'est votre esprit qui m'a menée vers cette biographie. Puis qui m'a menée ici pour que j'en informe Hans. Votre pouvoir n'agit pas de manière désordonnée. Il poursuit un but…

La milliseconde suivante, Morgane est propulsée de nouveau à son époque, sur l'île de Margelonne. Elle sait que cela a aussi provoqué le départ de Hans et de Brunehaut du lieu où se trouvait Élisa. Et le cours du temps a pu reprendre, suspendu qu'il était par les pouvoirs de la fée.

Élisa

Elle a à peine le temps de récupérer les tuniques qu'elle a déjà faites. Quelques minutes plus tard, on la jette dans un cachot humide et froid, qui en côtoie d'autres où sont terrées de pauvres femmes, et où grouillent les rats.

Fini les velours et les coussins douillets. Fini les mets fins et les mots doux. Fini le calme et la propreté.

Rien de tout cela ne la détourne de son objectif: continuer son tissage.

En fin de journée, le médecin du roi passe devant les grilles des cachots. Il est vêtu d'une robe pourpre à capuche avec ceinture de cuir. Il saisit une croix ornée de pierres précieuses qui pend à son cou et l'embrasse dévotement. Un jeune homme habillé d'un froc gris, et coiffé d'une toque plate, le suit à petits pas.

–Vois-tu, apprenti, énonce le médecin en désignant les prisonnières, le corps est un équilibre entre quatre humeurs : la bile noire, la bile jaune, le sang, et le flegme. La femme, du fait de ses menstruations, perd du sang, ce qui crée un déséquilibre. Elle est essentiellement dominée par le flegme, humeur froide et humide. Cela la rend fragile, molle, timorée, lâche et menteuse. Ne la plains pas : elle n'est qu'apparemment innocente d'être née ainsi. Toutes ces tares ne sont que la conséquence du péché originel. Elle s'évertue à perpétuer péché sur péché.

Une fois la ronde du médecin terminée, qui ressemblait à la visite d'un zoo, Élisa entend la prisonnière d'à côté chuchoter.

– Je vous ai reconnue, ma reine, quand je vous ai vue arriver ici. Nous étions au même endroit hier soir.

Hier soir ?

– J'ai été arrêtée en même temps que vous, alors que moi j'étais encore au cimetière. Je ne faisais que pleurer mon enfant disparu, mais on m'a accusée de choses horribles. On m'a traitée de sorcière qui déterrait les cadavres pour les dévorer. Comment peut-on inventer une chose pareille ? La femme qui était avec moi a réussi à s'enfuir, mais moi… Une fois ici, ils ont essayé de me faire avouer que vous étiez avec nous pour commettre ces actes atroces de sorcellerie…

C'était donc un piège savamment organisé… L'archevêque avait, de toute évidence, dit au roi Grégoire que sa femme sortait la nuit on ne savait où. Il l'avait déjà fait suivre la première nuit, c'est évident, et il se doutait qu'elle retournerait au cimetière la nuit suivante. Il a, sans aucun doute, suggéré au roi de la suivre à nouveau, en compagnie du curé à sa botte. Le roi a été témoin tout comme Élisa de la scène des femmes éplorées. Le curé lui a fait croire qu'il s'agissait d'horreurs que, dans les ténèbres, il s'est imaginé voir vraiment. Et il s'est laissé persuader qu'Élisa allait se joindre à elles.

– Pour ces hommes-là, poursuit la prisonnière, les médecins, les hommes d'Église, les monarques, les femmes sont moins que des êtres humains, et nos paroles ne comptent pas. Autant être muettes, cela reviendrait au même…

*
* *

Une mince ouverture tout en haut du mur donne accès à l'extérieur. Des enfants aiment y piétiner et s'y pencher pour chanter: «Sorcières, sorcières! Pendons-les, brûlons-les, exterminons-les, faisons-les disparaître de la surface de la Terre!»

Élisa ne se préoccupe que d'une chose: elle va manquer d'orties, il lui reste deux tuniques à terminer, et le passage sur le bûcher est prévu pour le lendemain.

Le désespoir la gagne alors que le dernier fil d'ortie a été tissé. Tout est perdu. Ses frères ne seront pas délivrés du sort qui les empêche d'avoir une vie d'humains normale, et elle mourra brûlée vive. Elle aurait au moins aimé revoir Éric une dernière fois. Effleurer la douceur de ses lèvres, humer l'odeur dans son cou…

Elle s'allonge sur les tuniques déjà tissées, en remerciant le ciel que ses bourreaux n'aient pas eu l'idée de les lui confisquer. Ils les ont trouvées si rêches et urticantes qu'au contraire cela les a amusés de la voir s'en servir de matelas.

Aucune larme ne lui vient. Elle est au-delà du chagrin. Il n'y a plus que la mort à attendre, et le seul espoir à avoir est qu'elle ne soit pas trop douloureuse.

– Tu abandonnes déjà ?

Qui a parlé ? Les autres prisonnières n'ont même plus la force de soulever les paupières, alors qui ?

– Et la magie, alors ?

Élisa se redresse. Ce rat face à elle, dressé sur ses pattes arrière, agite le museau d'une drôle de manière.

– Ah, je déteste prendre l'apparence de si petits animaux, ma voix porte si peu !

Morgane ? Élisa n'a fait que se répéter le prénom de la fée.

– Bien sûr que c'est moi. Regarde, je suis venue avec des alliés. Et ils t'ont apporté un présent.

Des dizaines de rats émergent en couinant d'un trou entre deux pierres de taille. Ils portent entre leurs dents des branches d'orties, qu'ils déposent devant Élisa.

– Ils sont bien courageux, ajoute le rat Morgane, car ces plantes les brûlent autant que les humains. J'ai dû leur promettre bien des choses pour les convaincre de t'aider.

Élisa a envie de demander pourquoi Morgane l'aide ainsi, mais à la place elle accepte les orties avec reconnaissance. Le tissage peut reprendre, au milieu des rats qui lui lèchent les pieds, pendant que Morgane leur interdit de les croquer.

Brunehaut

Je le suis.

Hans se promène sur le quai de Langelinie, proche de la citadelle de Kastellet, dans sa bonne ville de Copenhague. La mer Baltique se déploie en un canal très large, où s'ébrouent les canards et où glissent les cygnes. Des cygnes majestueux, même sans couronne. Une forme de malaise étreint mon cœur en repensant à ce moment où j'ai transformé les princes. J'ai envie de demander aux cygnes devant moi : «Votre vie est-elle enviable ?»

Hans s'assied sur un rocher, face à la mer, peut-être pour y réfléchir à ce que Morgane lui a révélé.

– Vous avez vu ? je lui demande.

Il ne sursaute même plus quand je lui parle, avant même d'apparaître. Je rassemble mes jupes pour m'asseoir à ses côtés.

– Vu quoi ?

– Vos contes vont passer à la postérité.

– Oui ! Grands dieux, je n'arrive pas à le croire.

Il se tait durant un long moment.

– J'avoue que… reprend-il lentement, j'avoue que je n'avais pas pris la mesure de l'impact que peut avoir ce que l'on écrit, ou pas, sur la vie réelle… J'ai une responsabilité dont je n'avais pas conscience.

– Je ne vous le fais pas dire…

Morgane ! Elle est apparue subitement, comme l'autre fois dans ce château dont j'aurais aimé connaître le nom : j'aurais envoyé des gens pour sauver Élisa… Or je n'ai rien pu faire.

La fée a beaucoup changé. Nonchalamment installée sur un rocher qui émerge de l'eau, à quelques mètres de nous, elle est vêtue en homme. Elle porte des braies et une tunique courte serrée par une ceinture. Ses cheveux sont courts. Elle a rassemblé ses jambes sur le côté droit et posé ses mains de l'autre côté.

– Une statue en bronze, un jour, sera érigée ici même, dit-elle. Une jeune fille qui aura exactement la position que j'ai là.

– Vous ressemblez à une sirène, dit Hans.

– Précisément.

Elle sourit de manière énigmatique, puis saute de son rocher jusque sur le rivage, et s'approche de nous. De Hans, surtout. Elle le fixe.

– Brunehaut et moi avons des pouvoirs magiques que vous n'avez pas. Pourtant votre pouvoir à vous est encore plus grand.

Morgane s'évapore juste après ces paroles.

Élisa

Le jour point à peine, un filet de soleil vient seulement de s'immiscer dans le cachot, et un grand choc réveille Élisa.

– C'est l'heure, manante ! Debout !

Le bourreau a cogné les barreaux avec une barre de métal. L'homme est effrayant, chauve, massif, vêtu de cuir et de piques de fer. Son visage n'est pas visible : un masque ne laisse entrevoir que les yeux et la bouche.

– Lève tes fesses, sale sorcière ! Allez, hop, c'est le grand jour.

Elle a du mal à émerger des limbes du sommeil. Puis elle réalise avec frayeur que, la veille au soir, elle s'est endormie avant d'avoir terminé la dernière tunique. Elle rassemble tout son ouvrage et les orties restantes dans un ballot qu'elle glisse sous sa robe de bure.

– T'as mangé combien de rats pour être aussi grosse, petite gourmande ? Ça va mettre plus longtemps à brûler, toute cette graisse, ah ah ah !

Le bourreau lui tire le bras pour qu'elle se lève de sa paillasse et l'emmène dans les couloirs humides et nauséabonds, jusqu'à la lumière du grand jour. Elle cligne des yeux en portant un bras en visière. On s'habitue vite à l'obscurité, et on oublie d'être éblouie. Élisa remarque à ses côtés les pauvres prisonnières, déjà à moitié mortes à force de privations et de maltraitances, soutenues par deux gardes pour qu'elles aient l'air de pouvoir tenir debout. Et, à peine contenue par une rangée d'autres gardes, une foule qui leur hurle des horreurs et leur jette tomates, œufs, détritus. Un enfant se faufile entre les jambes des gardes et passe la lame d'un couteau contre les mollets d'Élisa. Elle se retient de crier de douleur. Le gamin a déjà décampé. Le sang coule, les larmes montent à ses yeux, mais elle se mord les lèvres pour ne pas défaillir. Penser à ses frères l'aide à tenir.

– On commence par celle-là, dit le bourreau en la désignant. Elle est plus vive, ça fera un beau spectacle d'ouverture.

Deux gardes hochent la tête et hissent Élisa sans ménagement dans une charrette recouverte de paille.

– Et n'oubliez pas de faire un grand tour de ville pour l'exhiber !

Élisa se remet tout de suite au travail. Elle tisse avec espoir, sous les mots crus, les insultes et les jets de pierre.

– Filles, femmes, vieillardes, voyez ce qui vous pend au

nez, s'il vous prend de faire ce qui vous plaît ! chantent des hommes et même des femmes en riant.

La phrase est reprise par les enfants, qui la claironnent à tue-tête.

Que racontent-ils ? se demande Élisa. *Je n'ai rien fait qui me plaise depuis que je suis arrivée ici.*

Mais le chant, ce tour de ville, puis le bûcher qui l'attend n'existent que pour dresser les jeunes filles à obéir tout en oubliant leurs propres désirs. Des filles, des femmes et des hommes assistent à la scène en silence, eux, l'air triste et en colère, sans oser l'exprimer de peur de se trouver à leur tour aux côtés d'Élisa, en route vers le bûcher.

Élisa tisse, tisse, tisse. Elle ne sent plus ses doigts. Leur peau est déjà largement partie en lambeaux, tout comme celle de ses pieds, avec lesquels elle a écrasé les tiges pour en faire de la filasse. La dernière tunique est presque finie !

Mais elle ne l'est pas encore, et elle arrive devant le bûcher dressé. Le bourreau attend là, une torche flambante à la main, prêt à la jeter dans les branches de bois sec dès qu'Élisa sera attachée contre le poteau qui les surplombe.

C'est alors que des exclamations de stupeur s'élèvent, couvrant les chants de haine. Onze cygnes d'une blancheur éblouissante et couronnés d'or entament une descente du haut du ciel.

Mes frères !

Chacun des oiseaux effleure de son aile les cheveux

d'Élisa, puis tourne autour de la charrette afin d'en éloigner la foule malveillante.

– C'est un miracle ! dit l'un des villageois.

– Une telle blancheur ne peut être qu'un signal divin, souffle un autre.

– Notre reine est innocente ! avance encore un troisième.

Cette dernière idée enfle en une rumeur persistante. Les visages de la petite foule en retrait, de tristes et en colère, passent à l'émerveillement.

Élisa se lève. Elle tient une première tunique qu'elle lance sur le dos d'un des cygnes. Elle réitère ce geste dix fois, avec chaque oiseau.

Un à un, les cygnes se transforment en garçons, vêtus de la tunique d'orties. Aloys, Bernard, Clovis, Fulbert, Gontran, Lothaire, Norbert, Renaud, Théobald, Tristan, Urbain… les revoilà redevenus eux-mêmes, coiffés de leur couronne. Seule la tunique d'Aloys, l'aîné, la dernière qu'Élisa a jetée, n'était pas entièrement terminée.

Gontran lui fait remarquer qu'il a gardé trois plumes sur le bras droit, conséquences de la manche inachevée.

Un grand silence a remplacé les clameurs précédentes. Le peuple entier, jusqu'aux gardes et au bourreau, reste sans voix face au miracle. Élisa ne peut qu'être bénie des dieux pour l'avoir provoqué.

– Faites place !

Le cri brise le silence recueilli. Le roi, juché sur son cheval, fend la foule. Il stoppe sa monture devant la charrette et reste un long moment à observer Élisa, amaigrie, mains et pieds brûlés, cheveux en pagaille, entourée de garçons à l'air vaillant. Ils ont une drôle d'allure avec leur couronne d'or et leur pauvre vêtement. Ils se serrent contre leur sœur pour la protéger de tout.

Le roi met pied à terre, et s'avance vers Élisa qui recule d'un pas.

La foule, tout autour, retient son souffle.

Après une seconde de flottement, il pose un genou devant sa reine.

– *Ooooh,* font les badauds.

Hans

Il pose sa plume lentement sur son bureau.

Devant lui, une liasse de feuilles remplies d'une écriture serrée. Voilà, il a terminé l'écriture de son conte, *Les cygnes sauvages*, qu'il enverra à un éditeur dès que possible, avec un ensemble d'autres contes. Il a savamment dosé les traits d'impertinence et d'humour noir qu'il affectionne, avec le politiquement correct qui l'empêchera d'être censuré.

Il relit la fin :

« Toutes les cloches des églises se mirent en branle d'elles-mêmes ; les oiseaux accoururent en bandes joyeuses, et jamais roi n'eut un cortège comme celui qui ramena au château les deux jeunes époux. »

Le roi Grégoire a pardonné à Élisa, et Élisa a pardonné à Grégoire. Leur amour peut s'épanouir. Tout est parfait.

Mais Hans n'en est guère satisfait.

Il se laisse aller quelques secondes contre le dossier de son fauteuil. Ferme les yeux. Puis ouvre un tiroir, à droite, scellé par une clé sortie de sa poche. Il en sort une autre liasse. Sur la première page, on peut lire ce titre : *Le brasier.*

Élisa

– Ma reine, dit Grégoire, genou à terre devant sa jeune épousée. Ce qui vient de se passer est d'une si grande pureté que votre innocence est avérée. Je vous pardonne votre étrange comportement. Vous deviez être sous l'emprise d'un bien sinistre sort pour vous promener presque nue dans un cimetière. Je saurai oublier cet atroce épisode qui me fit tant de mal. Je vous autorise à reprendre votre royale place auprès de moi, où vous pourrez enfin me chérir comme il se doit !

Élisa, entourée de ses onze frères adorés, et du peuple muet de stupeur, reste interloquée par ce discours.

Toutes les violences lui reviennent en mémoire. Le garde qui l'a tirée de force de sa grotte, l'enlèvement, le mariage sans consentement, la poigne du roi pendant la nuit de noces, l'accusation infondée, l'emprisonnement, la maltraitance, les brimades… Et c'est *elle* qui devrait être pardonnée ? C'est *lui* qui aurait eu tant de mal ? C'est *elle* qui devrait le chérir ? Le masque d'ange du roi, accompagné de ses supposées douces paroles, lui donne la nausée.

Quelque chose monte de son ventre jusque dans sa gorge et elle craint de réellement vomir son dégoût, mais, au lieu de cela, après quelques hoquets, c'est un hurlement qui est éjecté de son corps :

– NOOOOOOOOOOOOOOOOOOOOOOOOOO-OOOOOOOOON !

Si fort que vibrent les murs des maisons.

Si fort que le château vacille, et que l'un des lions d'or couchés sur un pilier de marbre tombe en un grand fracas.

Si fort que les bonnes gens ont mal aux tympans, et ne s'en remettront qu'au bout d'un moment.

Chacun se souviendra pendant de longs mois de ce cri venu des profondeurs de l'âme d'Élisa.

– Je n'ai jamais consenti à vous épouser, Grégoire, précise-t-elle d'une voix claire et puissante.

Exprimer ce que l'on ressent est un délice qu'Élisa n'avait jamais mesuré jusqu'ici.

– Je suis trop jeune, poursuit-elle, et je ne vous aime pas.

Le roi se redresse promptement. Son visage est rouge de fureur.

– Comment oses-tu me répondre ainsi, sorcière ? Ah, je me suis bien trompé sur ton compte. Tu es donc l'une des leurs. Brûlez-la, qu'on en finisse !

Le prince tremble d'indignation, mais la frange du

peuple qui était jusqu'ici en retrait s'avance et se resserre autour d'Élisa. Les autres, encore paralysés de stupeur et sentant que quelque chose est en train de basculer, n'osent pas protester et s'éloignent l'air de rien. On en voit certains se faufiler dans les ruelles pour s'enfuir.

– Vous allez laisser cette gamine tranquille, ose l'une des villageoises qui avait l'air la plus triste jusque-là. Et ça suffit, maintenant, de cramer nos filles pour un oui ou pour un non.

– Quoi ? On ose me tenir tête ! Qui a parlé ? Une autre sorcière à envoyer au bûcher ?

– Personne ne sera tué.

La voix est si forte qu'elle fait trembler le sol. Pourtant, Élisa a eu l'impression de parler normalement. Mais un feu nouveau crépite en elle, et ce feu grandit, et lui donne une force inégalée.

– Si j'apprends qu'une seule femme de votre royaume est brûlée ou torturée, continue la voix surréelle, grave et intense d'Élisa, je vous jure, roi Grégoire, que la douleur que je vous infligerai sera telle que vous n'en dormirez plus la nuit. Est-ce clair ?

– Comment osez ?…

Le roi tente de se jeter sur Élisa mais une force invisible l'arrête alors qu'elle lève doucement la main.

– N'as-tu pas compris la puissance de mon pouvoir, roitelet ? Je te conseille de ne plus rien tenter contre moi. Ni contre aucune autre innocente.

La douleur crispe tout le corps de Grégoire. Lorsque cela cesse, l'air terrifié, il monte sur son cheval… et s'enfuit.

Élisa prend enfin le temps de se jeter dans les bras de ses chers frères, sous les hourras du peuple resté là, qui avait bien besoin de telles joies.

Hans

Le brasier…

Hans a relaté, sous forme versifiée, une autre version du conte, qui porte ce titre.

(En vérité, la plus grande partie du texte a été écrite sous la dictée de Morgane, qui s'est bien amusée.)

Dans ce poème, Brunehaut est toujours une méchante sorcière. Hans a plaidé qu'il le fallait obligatoirement, l'idée étant que cette version ait une chance de plaire à l'époque qui est la sienne, et d'être publiée, donc largement diffusée.

– N'allons pas trop vite, mes amies. Si le méchant de l'histoire est le roi et non la reine, c'est la censure qui attend ce texte, et rien d'autre. Ce serait le pire qui puisse arriver, nous l'aurions écrit pour rien.

Brunehaut a abdiqué. Seul compte pour cette belle âme que la personnalité de la jeune Élisa soit réhabilitée. Pour que les petites filles qui liront ce conte plus tard aient envie de ressembler à une princesse digne, forte, désirante, ambitieuse et dont la jeunesse ne suscite pas systématiquement la jalousie de femmes âgées de quelques années de plus à peine. Qu'on ne leur fasse pas croire qu'elles ne peuvent exister que pour sauver les hommes d'eux-mêmes, ou juste pour leur faire plaisir. Et pour qu'on ne leur insuffle pas l'idée qu'un garçon qui les maltraite dès le début d'une histoire d'amour puisse se muer en gentil prince charmant.

Hans ouvre un autre tiroir, et en extirpe le début d'un texte commencé quelques années auparavant : son autobiographie, déjà intitulée *Conte de ma vie**.

Il n'a fait aucune mention de son amour pour Edvard dans ces lignes. Il n'a même pas tenté de le travestir pour qu'on en devine l'essence plus tard, après sa mort, quand il ne risquera plus l'opprobre.

Il n'en est pas fier.

Il s'est en effet avisé que taire ses inclinations dans sa propre autobiographie a pu alimenter, dans le futur, l'idée qu'il fallait les cacher. Encore, et toujours.

Alors il a pris une décision.

D'abord, il a renoncé à demander à Edvard de brûler toutes les lettres qu'il lui a envoyées, dont beaucoup sont équivoques. Jusqu'ici, il tremblait que sa correspondance ne soit divulguée. Désormais, il se prend à espérer qu'elle sera connue.

* Publié en 1855. Partiellement traduit en français en 1930, par Cécilie Lund et Jules Bernard (éditions Stock).

Ensuite, comme pour le conte des *Cygnes sauvages*, il écrira une biographie officielle, qui aura des chances d'être publiée de son vivant (et il sait désormais qu'elle le sera, et qu'elle traversera les siècles), et une officieuse, qui dira tout de ses véritables amours, même malheureuses.

Hans se perd dans ses pensées. S'il n'avait pas craint le déshonneur, Edvard se serait laissé aller à vivre une histoire avec lui. Il en est persuadé. Ce droit ne leur a pas été accordé…

Il faut que les gens qui parleront de Hans Christian Andersen, plus tard, sachent qu'il portait en son cœur l'espoir que plus jamais on ait à se cacher d'aimer qui que ce soit. Il faut que l'on dise qu'il souhaitait que toutes les histoires d'amour puissent être vécues.

Il gardera « Le VRAI conte de ma vie » dans un tiroir. À sa mort, on le découvrira, et on en fera ce que l'on voudra, comme de toutes ses lettres d'amour enfiévrées. Tout peut arriver, et peu importe ce qui arrivera…

*
* *

De même, il ignore si la version officieuse des *Cygnes sauvages*, qu'il va faire imprimer anonymement, aura ou non du succès. S'il parviendra, ou non, jusqu'aux générations futures. Mais au moins aura-t-il essayé.

Dès demain, il enverra un coursier chez Gerling, l'imprimeur de la rue Snaregade, pour y porter *Le brasier*.

Morgane

Cela crépite entre ces deux-là !

Il se nomme Éric, cet amoureux transi qui dévore Élisa du regard. Un crochet a été fait pour le récupérer au fin fond de sa forêt. Au départ, on ne l'a pas trouvé là où Élisa lui avait dit d'attendre. Après des heures de recherche, elle a failli abandonner tout espoir.

– Qu'est-ce que j'imaginais ? se lamentait-elle. Qu'il allait m'attendre patiemment comme Pénélope qui attend son Ulysse ? Je vis dans un doux rêve…

Elle finissait à peine cette phrase qu'une branche s'est mise à craquer. Le jeune charpentier a émergé d'entre plusieurs troncs serrés, les bras chargés de bois. Il était juste allé en chercher en prévision de l'hiver. Il escomptait donc attendre encore pendant des mois… Le chien Fidèle a accouru à sa suite et s'est jeté sur Élisa avant qu'Éric ait le temps de l'embrasser.

Puis tous sont repartis en direction de l'île de Margelonne.

Avant de partir du royaume où elle a failli être assassinée, Élisa a réussi à faire admettre au roi Grégoire que leurs épousailles n'avaient pas été organisées dans les règles, puisqu'elle n'y avait jamais consenti. Si on pouvait y forcer une manante, il en allait tout autrement d'une princesse. Grégoire aurait pu s'opposer à cette interprétation, mais Élisa dégageait désormais une telle force de persuasion que cela l'a trop effrayé pour qu'il insiste. Et puis garder pour épouse une femme qui hurle si fort ? Quelle impudeur ! C'était hors de question.

L'archevêque, quant à lui, a eu du mal à cacher sa satisfaction de voir partir Élisa, mais celui-là ne perdait rien pour attendre. Morgane et Élisa ont convenu de retourner dans cette contrée prochainement pour y faire régner enfin la justice.

Plus aucune embûche ne devrait arrêter le petit groupe, maintenant qu'Éric l'a rejoint. Morgane sourit. C'est une drôle de troupe que la leur : onze frères, une sœur, un amoureux, un chien et elle-même, que beaucoup aiment à nommer fée. Pendant le trajet, chacun essaie de glaner auprès d'elle les éclairages qui lui manquent.

– Alors, c'est notre belle-mère qui nous a jeté ce sort ?

Aloys serre les poings.

– Dès que nous serons de retour à Margelonne, elle paiera pour ce qu'elle nous a fait !

– Pas si vite, jeune homme, tempère Morgane. Les apparences sont trompeuses. Mais es-tu prêt à entendre la vérité ?

– Bien sûr, mes frères et moi ne sommes plus des enfants !

– Même une vérité qui changera probablement le regard que vous portiez sur votre père ?

– Qu'est-ce qu'il a à voir là-dedans ? C'est bien cette sorcière qui nous a maudits, n'est-ce pas ?

– Elle ne l'a fait que pour vous protéger. Comme elle n'avait aucun pouvoir réel, elle n'a pu faire appel qu'à sa magie.

Face aux airs ahuris de la sorofratrie, Morgane explique tout. Elle choisit de ne rien dissimuler de la noirceur du roi. Ni son désir d'écarter les princes pour conserver le trône le plus longtemps possible, ni celui de se rapprocher de la princesse pour assouvir son abjecte faim de chair fraîche.

Élisa avait déjà eu un aperçu de la véritable personnalité du roi leur père, et aurait dû ne pas avoir beaucoup de chemin à faire pour réussir à appréhender le reste. Mais on n'accepte pas si facilement que son propre père ait pu avoir pour soi des sentiments autres qu'un pur amour paternel. C'est tout simplement impossible de se le représenter quand on est si jeune, a fortiori quand son père représente l'ordre et la loi. Ses frères ont encore plus de mal à accepter que tout cela soit vrai.

En voyant leur air choqué, Morgane se demande si elle n'a pas été trop brusque dans ces révélations.

–Vous mentez ! osent les plus âgés, après un moment de sidération.

La nausée qui suit leur fait regretter l'accusation. On n'accuse pas une fée de mensonge. Par représailles, elle a par la pensée comprimé tous leurs organes pendant une à deux secondes. Puis elle parle posément.

– Je ne dis que la stricte vérité.

Le reste du trajet se fait dans un silence pesant. Si chaque illusion avait la consistance d'un petit caillou blanc, on aurait pu les voir perdues sur le chemin par des Petit Poucet aux poches de plus en plus légères, et au cœur de plus en plus lourd.

Il leur faut plusieurs barques pour rejoindre l'île.

Brunehaut attend sur le rivage.

C'est la première fois que Morgane la voit en vrai, en dehors de leurs rencontres en d'autres lieux et d'autres temps. Elle ne peut pas s'empêcher de la prendre dans ses bras, dès qu'elle met le pied à terre.

La reine arbore un beau sourire triomphant et détendu.

–Venez tous vous reposer au château, leur lance-t-elle.

Élisa bondit dans les bras de sa bonne Gerda, pendant que ses frères jettent des regards partout aux alentours.

– Où est le roi notre père ? demande Gontran. Pourquoi ne nous accueille-t-il pas ?

Ils ont beau, tous, connaître enfin la vérité, ils ont envie de le revoir. Et de le revoir à sa place de roi, car tel était l'ordre dans lequel ils ont vécu leur enfance. Personne n'a envie que les repères de souvenirs heureux soient bouleversés et souillés par une vérité trop dérangeante.

C'est l'unique raison qui fait que cette vérité est trop souvent balayée sous de grands tapis.

– Mes chers enfants, répond la reine Brunehaut d'un air grave, je suis désolée de vous apprendre une bien triste nouvelle.

Hilde, postée derrière la reine en l'attente d'un ordre, baisse les yeux pour ne rien montrer de son trouble.

– Sachez que votre père est parti, poursuit Brunehaut, il y a trois jours de cela.

– Quoi ? bondissent les onze frères.

– Notre père n'aurait jamais quitté son poste, s'exclame Aloys, il aimait trop être roi ! Tout le monde était soumis à ses ordres et au moindre de ses désirs. Ne pensez-vous pas plutôt qu'il a été enlevé ?

– Rien de tout cela, répond Brunehaut. Je me suis mal exprimée. Il a dû s'exiler… par décision de la cour.

– Mais… mais c'est le roi, bredouille Gontran. Lui seul peut prendre pareille décision. Il ne se serait pas exilé de lui-même !

– Certes non, aucune chance.

Brunehaut lève le menton et prend une forte inspiration.

– Ce qui est arrivé, mes chers enfants, c'est qu'il a perdu le pouvoir…

Elle réprime un sourire de triomphe.

– … Parce que je l'ai pris.

– C'est impossible, se récrie Aloys. Il avait le pouvoir absolu et vous… Vous êtes une… une…

Morgane pose sa main sur le bras du garçon. Pour le calmer, mais aussi pour lui rendre raison.

– Il s'agit bien d'une femme, en effet, l'aide-t-elle. Mais ce qui est reconnu par le peuple n'a-t-il pas autant de valeur que des lois décidées par quelques-uns seulement ? Si Brunehaut est encore vivante, c'est que non seulement le peuple, mais en plus la garde armée ont jugé bon de l'y laisser. Ne vois-tu pas une certaine justice en cela ?

– Je trouve surtout que c'est un putsch et rien d'autre, gronde Théobald.

Brunehaut convoque son regard le plus doux.

– Ne vous inquiétez pas, chers princes, mon but n'est pas de vous ravir le trône. Il vous revient. Vous déciderez entre vous lequel gouvernera. Je n'ai pris les choses en main que dans l'attente de votre retour. J'ai jugé que l'exil de votre père était la plus clémente des sanctions pour ses crimes. Il se trouve sur une île à des lieues d'ici, sous surveillance étroite et avec interdiction d'approcher toute personne de sexe féminin. Vous pourrez aller lui rendre visite si vous le désirez, et si vous souhaitez constater qu'il n'est pas maltraité. Vous aurez aussi, logiquement, le pouvoir de lever ou de modifier sa peine, mais j'ose espérer que vous ferez preuve de sagesse.

Tous ont en tête pendant ces paroles les explications de Morgane quant aux violences que le roi a fait subir à la reine pendant de longues années, et quant à celles qu'il projetait de faire subir à Élisa… Aloys s'approche de sa belle-mère et s'agenouille devant elle.

– Ma reine, vous avez fait preuve d'une grande clémence envers le roi mon père. À votre place, j'aurais volontiers exigé son exécution immédiate. Vous avez une belle âme, je le vois désormais.

– Levez-vous, mon fils. Et célébrons votre retour à tous comme il se doit. Je décrète qu'une grande fête aura lieu dès ce soir. Cela se passera sur la place du village, et tous les habitants du royaume y seront invités.

Ce rôle de véritable reine lui va à ravir, pense Morgane. Brunehaut lui prend le bras.

– Ma chère Morgane, attendez, j'ai quelque chose à vous montrer au château.

*

* *

Morgane suit Brunehaut dans des volées de marches tortueuses, avant d'arriver devant une porte close.

– Ce sont les appartements du roi.

La reine contemple la paroi derrière laquelle elle a subi tant de sévices.

– J'ai hésité à faire condamner ces lieux, ou à ce qu'ils soient brûlés… Mais je crois que je vais juste les vider pour en faire un lieu de joie. Une salle de jeux pour enfants, peut-être ? Les princes et la princesse sont en âge d'en avoir, cela servira sans doute.

–Vous aussi, ma reine, vous êtes en âge d'avoir des enfants.

– C'est vrai, Morgane, c'est vrai. J'ai l'impression d'avoir déjà vécu mille ans, mais je n'en ai que vingt et un.

– J'aimerais savoir, chère Brunehaut... Comment avez-vous finalement réussi à prendre le dessus sur le roi ?

– C'est pour vous expliquer cela que je vous ai menée ici. Venez...

Elle finit par ouvrir la porte. Morgane découvre avec stupéfaction une immense faille qui ouvre la pièce du sol au plafond. Le grand lit a été fendu en deux, comme si la foudre y était tombée. On voit le ciel et les oiseaux par la béance pratiquée dans le mur. Un moineau s'est posé sur le coffre explosé, au milieu des affaires abandonnées par le roi. Il pépie gaiement.

– Est-ce votre œuvre ?

Brunehaut acquiesce.

–Je ne sais pas ce qui s'est produit, ni comment. Le roi allait me violenter, comme tant de fois avant cela. J'avais fini par accepter que mes pouvoirs ne fonctionnent hélas pas dans cette situation. J'en connais désormais la raison. Pour ne pas devenir folle, je me plaçais dans un état de dissociation. J'étais deux personnes. Mon corps là, mon esprit ici. Mes pouvoirs n'avaient aucune chance de trouver un chemin en moi, puisqu'ils tombaient dans un gouffre au beau milieu de mon âme.

– Intéressant, juge Morgane. En effet, il faut être une âme pleine et entière pour réussir à exercer sa puissance.

– Mais un jour, il n'y a pas si longtemps de cela, j'ai entendu un cri venant de très, très loin. Une jeune fille semblait hurler un « non » venu des profondeurs du monde.

Elle a entendu Élisa, pense Morgane. *Incroyable, puisque c'était à des lieues et des lieues d'ici !*

– Cela a provoqué quelque chose en moi, poursuit Brunehaut. Subitement, mon esprit a rejoint mon corps. Ce cri les a fait se relier. Il a comblé le gouffre. J'ai par ailleurs entendu diverses histoires de femmes qui au même moment ont eu de ces courages qu'elles n'avaient jamais eus auparavant. Ce fut comme si ce cri avait été libérateur pour toutes les femmes de la Terre, en colmatant toutes les âmes brisées. Je me suis redressée face au roi, je l'ai regardé bien en face et... Vous voyez le résultat ici de ce qui s'est produit. Le regard du roi s'est teinté de terreur mais aussi de souffrance. Je pense lui avoir comprimé le cerveau et le cœur juste assez pour qu'ils n'éclatent pas. Dès lors, il ne m'a plus épouvantée. Je me savais plus forte que lui. Et lui aussi l'a compris. Il s'est exilé d'assez bonne grâce, convaincu que j'aurais pu le tuer rien qu'en pensée... Et que cela pourrait fort bien arriver un jour de mauvaise humeur. J'avoue l'avoir aussi un peu menacé de le transformer en porc pour tout le restant de sa vie. L'idée m'a amusée...

– Ma chère Brunehaut… Votre pouvoir s'est enfin émancipé de la terreur que vous ressentiez pour votre bourreau.

– Je le crois. Et mon pouvoir s'en est trouvé accru. Gausselmus, mon médecin, en est le premier étonné. Oh, ne vous inquiétez pas, il ne me dénoncera pas, mon cas le passionne. En revanche, je n'arrive plus du tout à voyager dans le temps. Même pour voir ce bon Hans. Il va me manquer, je crois.

Elle reste pensive un moment, puis prend les mains de Morgane.

– Je vous en prie, ma chère, je sais que vous avez fort à faire, mais restez à ma fête ce soir.

Élisa

Un brasier illumine la place.

Élisa ne peut s'empêcher de penser au bûcher sur lequel elle a failli périr.

Bûcher, brasier, si peu de différences à première vue.

Ce feu-là n'est cependant pas celui de la mort, mais de la joie.

Les villageois, ceux qui n'ont pas crié leur haine ou jeté des détritus sur Élisa, sont tous venus. Le vin aidant, très vite rires et chants se sont élevés, et tout le monde s'est mis à danser. Hilde et Gerda farandolent gaiement, et même Teuthardus s'y met au bout d'un moment.

Gausselmus, un peu en retrait, observe Morgane, fasciné. La puissance qui émane d'elle lui donne le vertige. Il est aussi fort surpris par l'aura que dégage la princesse qu'il n'avait pas vue depuis trois ans. Sentant son regard peser sur elle, Élisa s'approche du guérisseur.

– Je vous ai toujours apprécié, Gausselmus, sachez-le. Vous étiez le seul des médecins de mon père qui m'expliquait les remèdes que vous me donniez quand j'étais malade. Les autres ne me parlaient même pas.

– Je me sens honoré par cette distinction que vous me faites, princesse.

Son regard passe de la reine Brunehaut à la fée Morgane puis glisse jusque sur Élisa.

– Ne serais-je pas en train d'assister à un événement extraordinaire ?

– Que voulez-vous di…

Élisa pousse subitement un cri de joie. Voilà qu'arrive, guidé par Éric accompagné du chien Fidèle, un couple à l'allure humble. Les Petipié ! Elle se jette dans leurs bras et les couvre de câlins.

– Nous nous verrons très souvent désormais, je vous le promets !

– Mon ange, murmure Lison, tu… tu es une princesse, en vérité ? La princesse de Margelonne ?

– Je suis votre fille. C'est tout ce qui compte pour vous et moi.

– J'ai toujours su que ton âme était noble, ajoute Willibert.

– Cela n'a rien à voir avec ma naissance. Votre âme est beaucoup plus noble que celle de bien des seigneurs que je connais.

– Il y aura toujours une chambre prête au château pour

vous, déclare Brunehaut à l'adresse des Petipié. Il semble que vous ne puissiez être heureux que proches de votre fille adoptive... Vous pourriez partager votre temps entre ici et votre ferme ? J'emploierais des gens pour s'occuper de celle-ci quand vous n'y seriez pas...

Ils hochent la tête avec un bonheur évident.

Les onze princes, quant à eux, se laissent gagner par la liesse et font rougir les jeunes filles en les prenant par la taille pour danser. Élisa s'approche d'Aloys qui caresse rêveusement les trois plumes à son bras droit.

– Mon frère, en tant qu'aîné le trône te revient. Quand voudras-tu que nous organisions le couronnement ?

– Ma chère sœur, je crains de n'avoir aucun désir de diriger le pays, ni aucun talent pour cela. Je veux bien accepter le couronnement comme le veulent nos lois, mais... me promettras-tu de... gouverner à mes côtés ? Je te fais grande confiance pour savoir quoi décider de mieux pour notre peuple.

Élisa devine ce que cela signifie. Aloys ne voudra s'occuper de rien... Et ce sera tant mieux. On ne peut guère gérer ces choses quand on n'en a aucun goût. Elle l'a vu avec le roi Grégoire, chef par obligation, malheureux de l'être, et prompt à prendre les mauvaises décisions. Aloys a l'intelligence de bien se connaître, et de le reconnaître, ce qui est rare.

– J'accepte avec joie, mon frère. Je te propose de prendre Brunehaut comme conseillère. Elle a beaucoup observé et appris pendant le règne de son mari le roi, notre père. Je suis certaine qu'elle te sera d'une grande aide. Et elle, le talent de gouverner, elle l'a !

Élisa, en vérité, aurait aimé être proclamée reine. Elle aurait voulu trôner aux côtés de son cher Éric. Mais rien de tel n'aurait été accepté par le peuple. Hélas, les mœurs de cette époque ne permettent aux femmes que d'œuvrer dans l'ombre.

Pour se consoler, elle rejoint Morgane qui danse autour du brasier.

– Qu'êtes-vous réellement ? Une fée, comme on le dit ? lui demande-t-elle à l'oreille, tout en ne cessant pas de danser. On vous appelle le plus souvent « fée Morgane »…

– Et si je te disais que je suis plutôt une sorcière ?

– Une sorcière ? De celles que l'on brûle sur les bûchers ?

– Une de celles-là, tout à fait. Je te rappelle que c'est aussi ton cas.

– Mais je ne suis pas sorcière, moi ! Je n'ai aucun pouvoir, qui plus est.

– Le crois-tu vraiment ? Comment as-tu transformé des crapauds venimeux en lys merveilleux ? Comment as-tu réussi à envoyer les plus beaux songes dans l'esprit des Petipié, la nuit où tu les quittais ? Et comment as-tu réussi à pousser ce cri qui a résonné dans le monde entier, et qui a donné de la force à toutes les femmes du monde ?

– Mais je…

Morgane chuchote encore plus doucement, tout près de l'oreille d'Élisa.

– Tu as tout d'une sorcière, ma chère Élisa, et tes pouvoirs s'accentueront au fil du temps, tu verras. Brunehaut t'apprendra à les utiliser.

– Brunehaut? Elle aussi est une… une sorcière?…

Elle se tourne vers sa belle-mère, qui danse avec un jeune homme de son âge, complètement envoûté par sa beauté.

– Bien sûr qu'elle l'est, conclut elle-même Élisa, sans que Morgane ait dit un mot.

Par leurs pouvoirs conjugués, Morgane et Brunehaut insufflent à Élisa la fierté d'être sorcière. L'amour de soi, l'amour des autres sorcières. Cette force-là. Ce brasier-là qui brûle dans la poitrine.

Gausselmus, pendant ce temps, installé sur un rondin, dessine au fusain sur un parchemin sorti de sa besace qu'il a posé sur une plaque de bois, elle-même calée sur ses genoux. Il a représenté le feu de joie, et autour, une à une, il croque Morgane, Brunehaut et Élisa en train de danser. Il commentera ainsi ce dessin, une fois chez lui: «Rare réunion de sorcières, en une même époque et un même lieu. L'énergie dégagée par leur danse sera ressentie dans les cœurs et les esprits pendant plusieurs lunes.»

D'ores et déjà, tous les fêtards et toutes les fêtardes

sur la place sentent une flamme grandir en eux. Jamais ils n'avaient rien ressenti d'aussi extraordinaire. Ce flux est d'une telle puissance que chacun a l'impression que ses pieds quittent la terre, de quelques centimètres et pendant quelques secondes, et ce plusieurs fois dans la nuit.

Morgane, Brunehaut et Élisa captent l'attention de tout le monde.

Elles sont si fortes, si déterminées, et cela les rend si belles.

Rien ni personne ne peut plus entraver la puissance que dégage Élisa. Elle sent la force des deux autres sorcières, elle s'en nourrit, elle leur offre la sienne, et tous ces flux tournoient autour du brasier qui réchauffe les lieux, et jette des étoiles dans les regards.

Épilogue

Discours de Mme Sigrid Laferté, chercheuse, anthropologue, spécialiste des contes, autrice de plusieurs ouvrages sur Hans Christian Andersen, à Stockholm, le 30 juin 2024, lors du séminaire « Contes, origines, vérités et modernisme ».

« Le texte qui a été retrouvé récemment aux archives de Copenhague est une curiosité. Il a été imprimé, de toute évidence, en 1838, soit la même année que celle où Hans Christian Andersen a écrit *Les cygnes sauvages*. Ce récit, intitulé *Le brasier*, en est une version très différente. Le style n'est clairement pas celui d'Andersen. Pourtant, il est signé HCA. Il semble n'avoir été imprimé qu'en petite quantité, et n'avoir eu aucun succès. Ce conte sous forme de poème était beaucoup trop éloigné des canons de l'époque. Mais la question qui se pose est : comment a-t-il pu être écrit à cette même époque ?

» C'est une question passionnante, qui bouleverse nos certitudes sur les prises de conscience sociétales du

XIXe siècle. Il existait des écrivains, voire des écrivaines, qui ont essayé de faire passer des idées novatrices sans y parvenir. Nous nous en doutions sans en avoir de preuve. Seuls nous sont parvenus les textes qui ont été publiés ou reconnus, aux idées donc acceptables et acceptées par l'époque. Que ce texte ait été préservé est un miracle. Il n'a pas encore livré tous ses mystères. En attendant, le voici, projeté à l'écran. Il vous a aussi été distribué. Je vous laisse découvrir cette version étonnamment moderne… »

Le brasier

Connaissez-vous l'histoire des cygnes sauvages ? Non ? C'est dommage !

C'est un conte méconnu, parce que le titre en donne un mauvais aperçu.

Figurez-vous que les personnages principaux n'en sont pas des oiseaux.

Non, cette histoire est d'abord celle d'Élisa, la plus jeune fille du roi.

Elle était intelligente et vive, et avait onze frères d'humeur festive.

Onze, c'est beaucoup, mais quand on aime, on ne compte pas du tout !

Ils vivaient tous heureux dans un beau château en briques grenat.

Le toit était vert, et quatre tours dominaient de beaux jardins d'hiver.

Il y avait même deux lions d'argent qui trônaient devant le bâtiment.

Cet éclat attirait la noblesse des autres villes, qui désirait marier ses filles.

Il n'y avait en effet plus de reine, depuis sa mort qui avait causé tant de peine.

Si le roi choisissait la fille d'un seigneur, ce dernier gagnerait en splendeur !

Cette idée étourdissait les envieux. Leurs filles, moins, car le roi était déjà vieux.

Or elles rêvaient toutes, c'est contrariant, d'un jeune et fringant prince charmant.

La petite Élisa s'amusait de ces visites, jusqu'à ce jour qui arriva trop vite...

Le roi, en ce jour spécial, fut séduit par une visiteuse sans égale.

Brunehaut était d'une grande beauté, mais n'avait que dix-huit ans et peu d'autorité.

– Suis-je obligée d'épouser ce vieillard tout ratatiné ? voulut-elle protester.

– Oui, répliqua son père, et ce fut le dernier mot de cette affaire.

Ce conte est aussi celui de cette femme, qui pour son promis n'éprouvait aucune flamme.

La belle Brunehaut, jusqu'ici pleine de douceur, se figea de tristesse et de fureur.

« Puisque c'est comme ça, je vais abuser des richesses de ce vieux roi. »

Mais c'était une piètre consolation. Tristesse et fureur devinrent ses seules émotions.

Elles grandirent tant qu'elles se muèrent en un pouvoir maléfique et surpuissant.

Un jour qu'Élisa surprit dans le miroir de Brunehaut son reflet, elle en fut tout effrayée.

Elle venait d'y voir une affreuse sorcière à l'âme toute noire.

« J'ai dû rêver, pensa Élisa. J'ai beaucoup trop d'imagination, en vérité ! »

La petite fille éclata de rire à cette idée.

Mais Élisa n'avait pas rêvé. La nouvelle reine était bien devenue sorcière, en secret.

Chaque jour, ses pouvoirs grandissaient. En même temps croissait sa méchanceté.

Brunehaut avait une forme d'aversion surtout envers les onze garçons.

Un jour, ils pourraient prétendre au trône, et l'écarter des richesses de la couronne.

« J'en mourrais ! pestait-elle en y pensant. Je dois m'éviter cet avenir sans attrait. »

N'avoir plus qu'un vieillard à ses côtés la révulsait, alors elle eut une idée.

Elle changea en cygnes sauvages tous les frères d'Élisa, quel que soit leur âge.

Comme il ne faisait pas chaud, les oiseaux s'envolèrent vers le sud au plus tôt.

Élisa jouait à chat avec un chien quand les onze cygnes s'en allèrent au loin.

Élisa resta la seule enfant au château, sans aucun frère à qui adresser un mot.

« Qu'a-t-il bien pu leur arriver ? Ils ne m'auraient jamais abandonnée ! »

Elle ignorait qu'elle avait évité la même disparition juste en raison de sa condition.

En tant que fille, elle n'hériterait d'aucun pouvoir, et ne pourrait rien faire déchoir.

Mais les larmes d'Élisa rappelaient à Brunehaut qu'elle avait gâché onze vies bien trop tôt.

La reine avait beau être devenue sorcière, elle avait encore du cœur et des artères.

Or la culpabilité y circulait, la tourmentant avec force et sans arrêt.

Alors elle plaça Élisa chez des paysans dans les bois, loin d'elle et de son roi.

Le roi n'en fit pas un drame, sûr que n'importe quelle dame, de n'importe quel rang, savait éduquer une enfant. Il croyait que c'était dans leur sang !

(Ce genre d'idées stupides et d'adages circulait en cet âge.)

Plusieurs années s'écoulèrent. Élisa vivait paisiblement malgré l'absence de ses frères.

La famille qui l'hébergeait ne tarissait pas d'éloges envers cette âme bien née.

Cette réputation alla jusqu'au château… où elle hanta l'esprit de Brunehaut.

La reine ne pensait plus qu'à son délit, dont souffrait encore le roi son mari.

« Élisa doit disparaître de la Terre, pour que ma culpabilité s'y enterre ! »

Voilà ce que pensait la belle-mère : c'est bête, parfois, une sorcière.

La reine tenta d'abord de faire tuer Élisa, avec des crapauds venimeux jetés sur ses bras.

Mais on lui rapporta cette magie : les crapauds se changèrent en jolies fleurs de lys.

Son orgueil piqué comme par une aiguille, la reine ordonna qu'on ne nourrisse plus sa belle-fille.

Les pauvres paysans s'en seraient voulus longtemps, s'ils avaient laissé mourir l'enfant.

Alors, pour sauver les apparences, ils l'empêchèrent juste de se laver, sans réduire sa pitance.

Élisa alla auprès de son père se plaindre de ce traitement : après tout, elle était son enfant !

Mais face à une souillon aux cheveux pleins de brindilles, le roi ne reconnut pas sa propre fille.

Il songea seulement : « Mais quelles sont ces manières ? » C'est bête, parfois, un père.

– Quel crime de lèse-Moi ! Se présenter ainsi devant le roi !

– Mais…

– Une fille doit être propre et jolie ! Sinon à quoi lui sert d'être née ainsi ?

– Je…

– Hors de ma vue !

Et il la chassa du royaume comme un vulgaire rebut.

Pour quitter le royaume, Élisa dut marcher longtemps, car le domaine était très grand.

Elle trouva dans la forêt une cabane abandonnée et s'y installa dès son arrivée.

Quelques jours plus tard arriva le royal chien, qui l'avait suivie parce qu'il l'aimait bien.

C'est ainsi qu'une nouvelle vie commença, rude, solitaire, et loin des apparats.

L'hiver était fini, mais lutter pour sa survie n'en demandait pas moins d'énergie.

Élisa se souvint des conseils des paysans pour chasser, faire du feu ou choisir des baies.

Elle réussit même à éloigner les loups, et au final, ne se débrouillait pas mal du tout !

Elle n'avait rien d'une demoiselle en détresse, car ce n'est pas bête, en fait, une princesse.

Un jour, Élisa rencontra une vieille guillerette qui, comme elle, était en pleine cueillette.

– Tu es bien jeune pour vivre toute seule dans la forêt, jugea la vieille avec intérêt.

– Je suis robuste et pleine d'allant. Si vous le pouvez, je le peux aussi, c'est évident !

La paysanne sourit. Élisa s'en trouva enhardie.

– N'auriez-vous pas vu, par hasard, onze garçons qui sont frères, dans les parages ?

– Des garçons, non. En revanche, chaque printemps, onze cygnes viennent se poser dans la région.

» Sur un lac, précisément. C'est un spectacle magnifique ! Et ils sont tous couronnés, étrangement.

– Des cygnes couronnés ? Il y a de quoi être étonnée !

– J'ai manqué en défaillir. Mais tu ferais bien d'aller vérifier mes dires.

Le clin d'œil de la vieille dame incita Élisa à courir vers l'endroit qu'elle lui désigna.

Elle ne vit aucun cygne sauvage, mais trouva onze plumes sur le rivage.

C'étaient de belles grandes plumes soyeuses, qui la rendirent toute joyeuse.

– Les cygnes ont abandonné ces bouts de leur parure à dessein, j'en suis sûre !

Elle s'assit sur une pierre en forme de poire et attendit, pleine d'espoir.

Elle attendit, attendit, et attendit, si bien que peu à peu s'annonça la nuit.

Au soleil couchant, c'était si beau ! Onze cygnes sauvages vinrent se poser sur l'eau.

Ils portaient tous une couronne d'or sur la tête. Le cœur d'Élisa était en fête.

Une fois le soleil derrière l'horizon, les oiseaux retrouvèrent leur apparence de garçons.

– Mes frères !

– Élisa !

Ils prirent chacun à leur tour la jeune fille dans leurs bras.

Les frères et la sœur n'avaient pas connu de tel bonheur depuis des milliers d'heures !

– Le mauvais sort nous transforme chaque jour, expliqua l'un sans détour.

– Nous ne pouvons nous approcher que quelques jours dans l'année, dit celui d'à côté.

– Le restant du temps, nous vivons sur un rocher au milieu de l'océan, ajouta le plus grand.

– Je ne veux plus vous quitter ! s'écria Élisa, sur un ton déchirant de sincérité.

Les onze garçons l'enlacèrent à nouveau, ne pouvant retenir leur émotion.

Les frères tissèrent pendant la nuit un filet assez grand pour leur frangine chérie.

Redevenus cygnes au lever du soleil, ils saisirent dans leurs becs cette drôle de corbeille.

Puis ils emportèrent au-dessus de la mer leur sœur, pour un long vol tout en douceur.

Les cygnes déposèrent Élisa sur leur rocher. Elle s'y endormit, tant elle était fatiguée.

La vieille dame était devant elle à son réveil. Quelle magie avait permis cette merveille ?

– Mais comment avez-vous fait pour…

La vieille rajeunit, et toute sa beauté éclata au grand jour.

– Êtes-vous une fée ?

– Je suis Morgane. C'est ainsi que tu peux m'appeler.

Ce conte est aussi l'histoire de cette fée ou que sais-je, qui s'y connaissait en sortilèges.

– Écoute-moi attentivement, Élisa. Tu peux délivrer tes frères du sort qui un jour les enchaîna.

Pour cela il te faudra tresser, pour chacun d'eux, un manteau fait d'orties. Oui, je sais, c'est curieux.

Mais ce n'est pas fini : pendant tout le temps de ce travail, il te faudra ne prononcer ni mot ni cri.

Si tu parles avant que le dernier manteau ne soit fait, tes frères resteront animaux à jamais.

– Mais je ne sais pas tresser de manteau, moi ! Encore moins avec des orties ! Je n'ai jamais appris.

– Comment, tu ne sais pas ? Ce n'est pas dans ton sang de femme de savoir des choses comme ça ?

– Mais non ! Et en plus, devoir me taire ! Jamais je n'y arriverai, ce serait un calvaire !

– Ce n'est pas dans ton sang de femme de souffrir en silence, de toute ton âme ?

– Bien sûr que non, ma dame !

– Je te taquine, belle enfant, bien sûr que les femmes n'ont pas tout cela dans le sang.

» Cela dit, désolée, le remède, c'est ça et voilà tout. À toi de voir si tu préfères tes frères ou ton bagou !

Élisa retourna sur le rivage. Puis se fit, dans une grotte, un lit de branchages.

Son bon chien l'y rejoignit, et l'aida dans sa recherche d'orties.

Lorsqu'elle en dénicha, elle sut qu'elle ne devait plus faire entendre le son de sa voix.

Elle commença sa cueillette et son ouvrage (Morgane lui avait expliqué l'art du tissage).

Élisa pleurait silencieusement à cause de ses mains brûlées et en sang.

Si elle avait pu parler, elle aurait maudit ce sort idiot, avec plein de gros mots.

Ses frères connaissaient le remède depuis le début, mais auraient voulu qu'Élisa ne l'eût jamais su.

Tristes de ce qu'elle s'imposait pour eux, ils se retirèrent sur leur rocher, sous un beau ciel bleu.

Élisa souffrait en silence, mais se réjouissait de l'avancée de ce travail immense.

Un jour, son chien se mit à grogner. Elle n'eut pas le temps de se cacher.

Un beau et fringant prince charmant se présenta sur son magnifique cheval blanc.

C'était le prince du royaume, venu chasser dans les parages avec ses hommes.

Le prince fut ébloui par la beauté de la jeune fille qui se trouvait devant lui.

Ses mains brûlées étaient dégoûtantes, mais cela ne gâchait pas cette beauté adolescente.

Le prince voulut savoir qui elle était, mais Élisa resta aussi muette qu'un mausolée.

Il lui proposa de l'emmener dans son fief, mais elle fut loin d'opiner du chef.

Le message était clair même sans mot, pourtant le cheval du prince ne bougea pas un sabot.

Le jeune homme tenta autre chose : il lui fit le récit de sa vie, entièrement rose.

Il décrivit à Élisa un château encore plus beau que celui d'à côté, c'était dire le niveau.

Le sien possédait huit tours et pas moins de cinq lions d'or devant. N'était-ce pas alléchant ?

Mais Élisa refusa à nouveau, et ce refus était encore plus véhément.

Le prince pensa que la pauvrette avait perdu l'esprit : vouloir rester dans ce triste abri ?

Ne pas vouloir suivre un prince aussi superbe que lui ? Aussi spirituel et bien bâti ?

Alors il l'emmena de force sur son beau cheval blanc. Il la désirait tant !

Même folle et les mains brûlées, il n'avait plus qu'une seule idée en tête : l'épouser.

Elle n'avait que seize ans, mais pour le prince rien qui concernât les femmes n'était important.

Il pensait qu'elles n'existaient que pour sa propre félicité.

Hélas, beaucoup pensaient ainsi à cette époque. Espérons que le futur fasse disparaître de tels coqs.

Élisa réussit à emporter son ballot d'orties, et le premier manteau fini.

Élisa avait beau se débattre avec hardiesse, le prince l'installa dans la plus belle pièce.

Il lui offrit les bijoux les plus beaux, et encore bien d'autres cadeaux.

Mais il était ennuyé que ses avant-bras restent repoussants, malgré les onguents.

Et pour cause : chaque nuit, Élisa s'enfuyait pour aller cueillir des orties.

Elle passait par la fenêtre dans un seul but : courir où il y en avait le plus.

Elle n'en adorait pas l'atmosphère, mais il se trouve que c'était au cimetière.

Chaque nuit, elle poursuivait son ouvrage, et tressait les manteaux avec rage.

Elle était si pressée d'en finir pour pouvoir enfin exprimer ses désirs !

L'archevêque détestait cette fille venue de nulle part, qui attirait tous les regards.

Il faut savoir que le prince devait prendre la main de la propre nièce de cet homme saint.

Ce mariage aurait assuré une position confortable à l'homme d'Église peu honorable.

Il était furieux que ses plans tombent à l'eau, alors il fit surveiller Élisa par son réseau.

C'est ainsi qu'il apprit qu'elle passait au cimetière chacune de ses nuits.

Quelle formidable aubaine ! Il ne pouvait pas rêver mieux pour attiser la haine.

– Sorcière ! s'écria-t-il pour mettre cette affaire en lumière.

Le prince ne voulut pas croire l'archevêque quand il lui raconta cette histoire.

Mais, pour en avoir le cœur net, il se posta sous la fenêtre de celle qu'il voulait parfaite.

Son cœur se serra comme dans un fermoir lorsqu'il la vit sortir dans la nuit noire.

Il tomba de bien haut lorsqu'il la vit s'approcher des caveaux.

Et son opinion fut faite lorsque la pleine lune couva sa silhouette.

Si seulement cela lui avait ôté de la valeur, mais la beauté d'Élisa irradiait sous cette lueur.

Le prince mesura ce qu'il perdait, et pleura durant toute la nuit qui restait.

Au matin, le prince sécha ses larmes et décida qu'il fallait rompre le charme.

Cette sorcière lui avait volé son cœur, par il ne savait quel sort, potion ou liqueur.

Cette beauté maléfique le faisait souffrir, il fallait donc l'occire.

Alors, il la condamna au bûcher, pratique courante quand une femme vous dérangeait.

Élisa fut jetée dans un cachot vraiment pas grand, dans l'attente du châtiment.

Bien sûr, Élisa ne put pas s'expliquer. De toute manière, ça n'aurait rien changé.

Elle l'avait expérimenté : qu'elle parle ou pas, les hommes ne l'écoutaient pas.

En plus, maintenant, on la croyait sorcière. Eh oui, c'était une bien pénible ère.

Par chance, Morgane se promenait par là, et contacta le peuple des souris et des rats.

Ceux-ci acceptèrent d'apporter à Élisa les orties qu'il lui fallait pour finir son contrat.

Élisa poursuivit son tissage de plus belle, espérant le finir avant l'heure cruelle.

Arriva trop vite le jour funeste où l'on porta Élisa sur une charrette.

On lui fit faire le tour de la ville, dans le dessein de faire peur à toutes les filles.

« Voyez ce qui vous pend au nez, s'il vous prend de faire ce qui vous plaît ! »

Élisa supporta insultes et mots crus, jets de tomates, d'œufs et de détritus.

Mais elle n'y prêtait pas attention, car elle continuait à tisser avec application.

Onze cygnes d'une blancheur éblouissante du haut du ciel entamèrent une descente.

Ils entourèrent rapidement la charrette et firent s'éloigner la foule inquiète.

C'était si beau et si impressionnant que le peuple vit là un signe d'apaisement.

Onze signes du ciel prouvaient l'innocence de la belle.

Élisa avait quasiment fini les manteaux, et les jeta sur les oiseaux.

Ils se transformèrent en princes couronnés, sous les cris de la foule éberluée.

L'un d'eux avait encore trois plumes sur l'épaule : Élisa n'avait pas fini son étole.

Ces trois plumes, on s'en souviendrait comme de la preuve que personne n'avait rêvé.

Le prince du royaume accourut à grands pas, dès qu'il apprit l'innocence d'Élisa.

– Épouse-moi, puisque tu es bénie ici-bas ! ordonna-t-il, sûr de soi.

Élisa prit une forte inspiration et hurla :

– NOOOOOOOON !

Si fort que vibrèrent les murs des maisons.

Si fort que le château vacilla, et que l'un des lions d'or tomba en un grand fracas.

Si fort que les bonnes gens eurent mal aux tympans, et ne s'en remirent qu'au bout d'un moment.

Chacun se souviendrait pendant de longs mois de ce cri venu des profondeurs de l'âme d'Élisa.

– Je ne vous épouserai pas, précisa-t-elle. Je suis trop jeune, et je ne vous aime pas.

– Comment oses-tu me répondre, sorcière ? Brûlez-la, pour la punir de ses manières !

Le prince tremblait d'indignation, mais le peuple entier se resserra, et tint cette position :

– Vous allez laisser cette gamine tranquille. Ça suffit, maintenant, de cramer nos filles.

Le prince n'en revenait pas : son peuple ne l'écoutait pas !

Il jugea trop dangereux de leur tenir tête, alors il s'écarta pour laisser passer la charrette.

Élisa en descendit et se jeta dans les bras de ses frères attendris.

– Hourra ! cria le peuple, qui avait bien besoin de telles joies.

Après plusieurs jours de marche, les douze jeunes gens arrivèrent au château du patriarche.

En leur absence, tout avait changé : la reine Brunehaut s'en était allée.

Le roi avait découvert qu'elle était une sorcière. Effrayé, il l'avait chassée de ses terres.

Élisa eut de la peine pour Brunehaut, même après ce qu'elle avait fait de pas très beau.

Ce qu'elle craignait le plus était arrivé : elle ne possédait plus rien d'autre que sa beauté.

Ne la poussait-on pas, au fond, à devenir de plus en plus méchante, à force d'épouvante ?

Le roi écouta ses enfants, et maudit son aveuglement, cause de tous ces tourments.

– En même temps, ce n'est pas ma faute. Comment deviner une âme si noire en ma Brunehautte ?

– Peut-être, suggéra l'un des fils, aurait-il fallu s'intéresser à plus qu'à sa beauté, pour le deviner ?

À cette excellente blague, le roi rit à gorge déployée. Les idées modernes le réjouissaient.

Et d'ailleurs, impressionné par son enfant, il décréta qu'Élisa serait reine dès ses dix-huit ans.

Lui-même en avait assez d'être roi, et il serait content de se prélasser enfin chez soi.

On n'avait jamais vu ça : une fille hériter du trône de son père le roi !

Les onze frères approuvèrent ce désir, car ils préféraient s'amuser plutôt qu'être sires.

Ils aideraient Élisa à gouverner le royaume, mais elle seule en méritait le trône.

Élisa répondit d'un grand oui, car elle avait des tas d'idées pour le pays.

Les onze frères ôtèrent leurs couronnes, et les posèrent sur leur sœur destinée au trône.

– Une seule me suffira, s'esclaffa-t-elle. L'or des dix autres servira aux demoiselles.

» Je souhaite changer la loi qui permet de les brûler ou de les chasser, sans autre forme de procès.

Les frères surent qu'Élisa ferait une excellente reine, et qu'elle ne ménagerait pas sa peine.

Une grande fête fut organisée au château pour célébrer le retour des jouvenceaux.

Mais aussi pour célébrer les idées nouvelles. Même Morgane y vint, et elle était si belle !

En la voyant rire et danser, Élisa réalisa qu'elle ne lui avait jamais dit qu'elle était une fée.

Lorsqu'elle osa le lui demander, Morgane eut un rire tonitruant sous la lune dorée.

Elle lui adressa un clin d'œil, puis vint lui murmurer à l'oreille :

– Et si je te disais que j'étais une sorcière ? Comme Brunehaut, mais avec une vie moins amère.

» Toutes les sorcières ne sont pas méchantes ! Ne te sens-tu pas toi-même assez puissante ?

Élisa fut d'abord choquée par ces mots, puis sentit en elle quelque chose de chaud.

Elle comprit que le bûcher, qu'elle avait évité, brûlait en elle pour la porter.

Pour passer du bûcher au brasier, il n'y avait pas beaucoup à cheminer.

Une grande joie entraîna Élisa dans une danse effrénée, joie qui emplit la nuit, ainsi que les jours d'après.